Tod im Schatten des Fels – Der Fall Jürgen H.

1. Auflage, erschienen 3-2023

Umschlaggestaltung: Romeon Verlag
Autor: Karl Heinz Valtiere
Layout: Romeon Verlag
Karten: openstreetmap.org

ISBN: 978-3-96229-443-4

www.romeon-verlag.de
Copyright © Romeon Verlag, Jüchen

Das Werk ist einschließlich aller seiner Teile urheberrechtlich geschützt. Jede Verwertung und Vervielfältigung des Werkes ist ohne Zustimmung des Verlages unzulässig und strafbar. Alle Rechte, auch die des auszugsweisen Nachdrucks und der Übersetzung, sind dem Verlag vorbehalten. Ohne ausdrückliche schriftliche Genehmigung des Verlages darf das Werk, auch nicht Teile daraus, weder reproduziert, übertragen noch kopiert werden. Zuwiderhandlung verpflichtet zu Schadenersatz.

Alle im Buch enthaltenen Angaben, Ergebnisse usw. wurden vom Autor nach bestem Gewissen erstellt. Sie erfolgen ohne jegliche Verpflichtung oder Garantie des Verlages. Er übernimmt deshalb keinerlei Verantwortung und Haftung für etwa vorhandene Unrichtigkeiten.

Bibliografische Information der Deutschen Nationalbibliothek:
Die Deutsche Nationalbibliothek verzeichnet diese Publikation in der Deutschen Nationalbibliografie; detaillierte bibliografische Daten sind im Internet über *https://portal.dnb.de/opac.htm* abrufbar.

Karl Heinz Valtiere

Tod im Schatten des Fels – Der Fall Jürgen H.

Justizroman

Inhalt

1. Kapitel	Rhöndorf, Frühling 2018	9
2. Kapitel	Bad Honnef, Sommer 2018	15
3. Kapitel	Köln, Winter 1974	22
4. Kapitel	Düsseldorf, Winter 1974	30
5. Kapitel		44
6. Kapitel	Rhöndorf, Herbst 2018	51
7. Kapitel	Rhöndorf, Winter 2018	60
8. Kapitel	Rhöndorf, Sommer 2019	72
9. Kapitel	Rhöndorf, Frühling 2020	89
10. Kapitel	Münster, Herbst 1980	91
11. Kapitel		106
12. Kapitel		110
13. Kapitel		117
14. Kapitel		126
15. Kapitel	Düsseldorf, Winter 1980	133
16. Kapitel	Rhöndorf, Sommer 2021	140
17. Kapitel	Düsseldorf, Sommer 1983	159
18. Kapitel	Düsseldorf, Herbst 1983	165
19. Kapitel	Kaiserswerth, Frühling 1984	171
20. Kapitel	Rhöndorf, Frühling 2022	175
21. Kapitel	Köln, Frühling 1985	193
22. Kapitel	Düsseldorf, Sommer 1988	208
23. Kapitel	Kaiserswerth, Winter 1989	216
24. Kapitel	1990 – 2015	228
25. Kapitel	Rhöndorf, Winter 2022/23	236
26. Kapitel		254

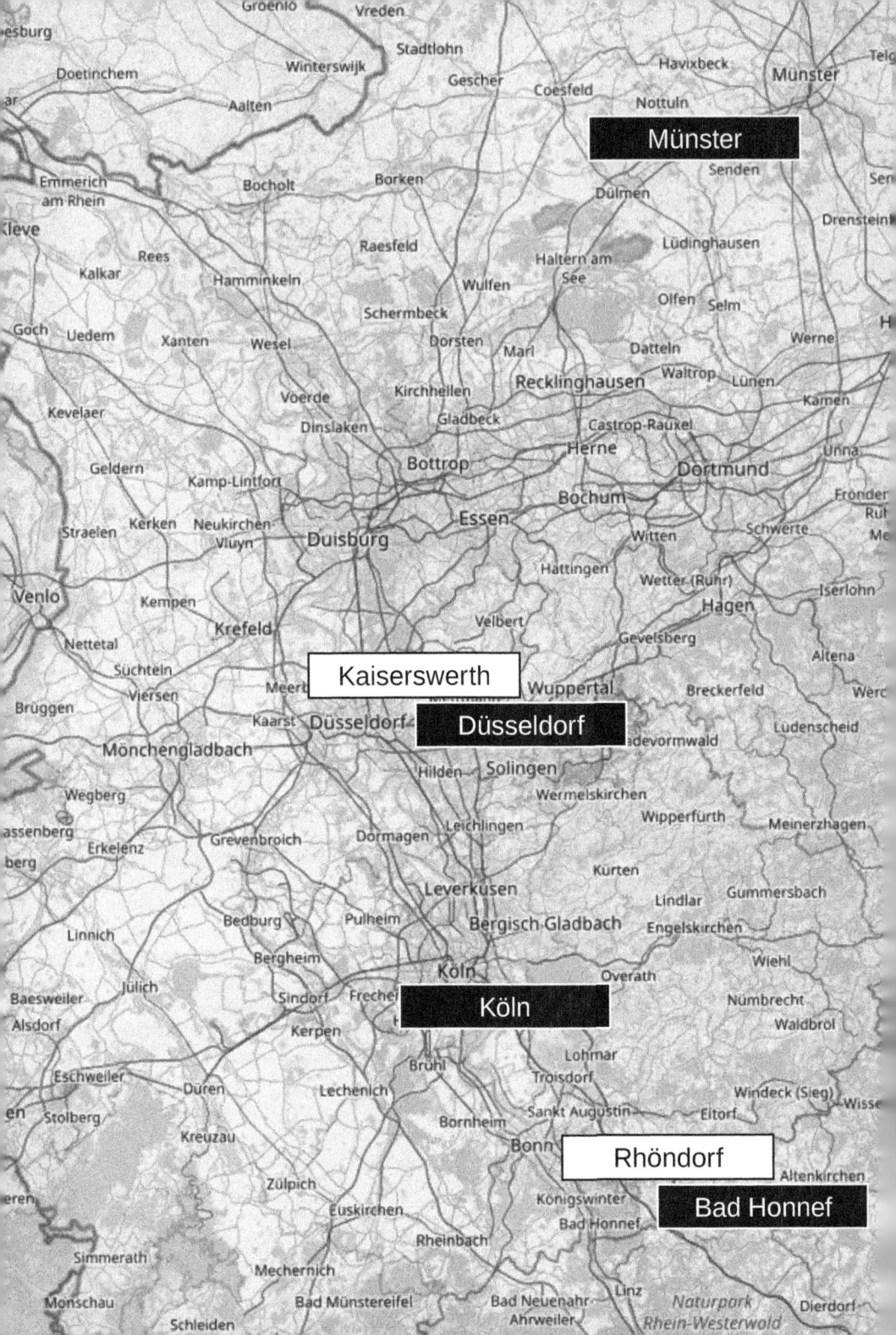

1. Kapitel   Rhöndorf, Frühling 2018

Es war ein strahlend schöner Frühlingstag im April des Jahres 2018, als er sich endlich zu diesem ersten notwendigen Schritt in die Vergangenheit entschloss. Er hatte viel zu lange damit gewartet. Erst die Erkenntnis, dass mit fortschreitendem Alter alles nur noch schwerer wird, hatte ihm den nötigen Schub gegeben, dieses Vorhaben nun als Pflichtaufgabe anzugehen.

Er stellte das Auto auf dem Parkplatz am Ziepchens-Brunnen in Rhöndorf ab und fand sofort wieder den Weg für den Aufstieg zum Drachenfels. Die Ortschaft war so, wie er sie im Gedächtnis hatte, nur noch schöner. Die sorgfältig restaurierten und bemalten alten Fachwerkhäuser strahlten Wohlhabenheit aus, die Bürger fröhliche Weltoffenheit. Der Wohnort des ersten Bundeskanzlers der Bundesrepublik Deutschland hatte seinen rheinisch-optimistischen Charme der Nachkriegszeit nicht verloren. Wie oft und wie sorglos war er hier allein, mit seinem Vater oder mit Freunden in seiner Kindheit herumgelaufen! Es war die Zeit der 1950er Jahre, als Kinder und Heranwachsende von ihren Eltern allenfalls die Warnung vor Fundmunition mit auf ihre Touren ins Siebengebirge oder an den Rhein bekamen und sich ihre Wege selbst suchen durften.

Nur langsam kam er den kurzen, steilen Anstieg bis zum Ulanendenkmal hinauf; so mühsam hatte er das nicht in Erinnerung. Dafür wurde man hier aber, oberhalb der

Bebauungsgrenze von Rhöndorf, mit der weiten Sicht auf das Rheintal und nach Westen hin bis in die Eifel belohnt. Heute Nachmittag lag bei klarem, blauem Himmel ein üppiger Glanz über diesem friedfertigen Landstrich. Er erinnerte sich daran, wie damals Musik von Tanzveranstaltungen aus Restaurants heraufgeschallt war, als die Menschen nach dem Krieg langsam wieder Geselligkeit suchten.

Der Weg schlängelte sich jetzt weniger steil an der Dr. Max-Horster-Hütte vorbei in den Wald, von links stellte sich mehr und mehr das dunkle Felsmassiv des Drachenfels in den Weg. Durch das Buschwerk rechts neben dem Weg konnte er nach Osten hin Teile der Wolkenburg-Felswand erkennen; jetzt musste die Abzweigung nach rechts zum Stürtzplatz und zum Steinbruch kommen. Gespannt musterte er das vor ihm liegende Gelände, aber es war nur die nach links abbiegende Wegrichtung zum letzten Steilhang den Drachenfels hinauf auszumachen. Irritiert ging er den Weg wieder ein Stück hinab und wiederholte langsam den Aufstieg, während er das Buschwerk rechts des Wegs scharf beobachtete. Und da konnte er es sehen: In der Böschung am rechten Wegrand war unter einem Busch eine leichte Delle nach unten sichtbar. Er arbeitete sich durch das Grün und stand in einem kaum noch erkennbaren, vom Weg rechts wegführenden Korridor zwischen Bäumen und Büschen. Vorsichtig folgte er dem überwucherten alten Pfad den Hang nach Osten hinab. Jetzt konnte er durch Bäume und Unterholz auch den Stürtzplatz erkennen, auf dem früher die im Steinbruch herausgehauenen Felsquader gelagert wurden. Diesen Platz hatte man später als Gedenkstätte an den Bonner

Geologen Dr. h.c. Bernhard Stürtz gestaltet, der sich Ende des 19. Jahrhunderts erfolgreich für eine Beendigung des Steinbruchbetriebs am Drachenfels eingesetzt hatte. Geröll, Baum- und Wildwuchs überdeckten inzwischen den Platz und nur mit Mühe fand er den alten Gedenkstein. Die Inschrift war noch lesbar: Dem treuen Freunde des Siebengebirges Geologen Bernhard Stürtz, Dr. phil. H.c.. Das früher in den Stein eingebettete Flachrelief seines Kopfes war herausgebrochen. Was war nur geschehen, dass jetzt so unmissverständlich die Zugänglichkeit dieses Orts verhindert und die Erinnerungen hieran dem Verfall überlassen wurden? War es etwa der gleiche Grund, der ihn heute hierhin getrieben hatte, nämlich das abscheuliche, nie gesühnte Verbrechen im Steinbruch?

Langsam bewegte er sich weg vom Stürtzplatz zum nördlich gelegenen Hanggelände, wo sich durch hochragende Felsen hindurch der Zugang zu dem kleinen Steinbruch befand. Das letzte Mal war er hier vor mehr als sechzig Jahren gewesen und noch immer hatte er den Moment vor Augen, als er sich ein halbes Jahr nach der Tat getraut hatte, mit seinem Vater in den engen Felsdurchgang zum Steinbruch hineinzugehen. Die damals noch nackten Felswände und die herumliegenden Bruchsteine waren jetzt großflächig mit Moos, Schlingpflanzen und Unkraut überwachsen; die Natur schaffte es auch hier, dem Ort wieder ein tröstlicheres Antlitz zu geben. Dennoch überkam ihn Beklommenheit, als er hinter dem Felsdurchgang zu dem durch Geröll und Hangabrutschungen kaum noch zugänglichen Abbaugelände hinüberblickte. Kein Vogel war zu sehen, auch die Sonne schien hier schon am

Nachmittag nicht mehr. Es herrschte die gleiche unheimliche Stille wie damals, dies war immer noch der verbotene, lebensfeindliche Ort jenseits der weltoffenen, fröhlichen Seite des Drachenfels. Hier war der achtjährige Junge gestorben, von seinem Mörder feige erstochen, nachdem er sich heftig gegen dessen Schläge gewehrt hatte.

※ ※ ※

Langsam legte sich seine Erregung, als er von dem Ausflug in ihr behagliches Haus aus der Jahrhundertwende, das am Berghang des Frankenwegs in Rhöndorf lag, zurückgekehrt war. Hierhin waren sie vor drei Jahren nach dem Ende ihrer Berufszeit umgezogen. Die Heimat seiner Jugend war für ihn der Fluchtpunkt aus seiner nicht mehr stimmigen Arbeitswelt geworden, in der man von ihm erwartete, Neues möglichst kritiklos zu bejubeln und Bewährtes möglichst widerstandslos abzuschaffen. Als er aus dem Fenster seines kleinen Arbeitszimmers im ersten Stock nach Nordwesten zum Drachenfels hinübersah, musste er daran denken, dass maßgeblich er es gewesen war, der auf diesen Hauskauf gedrängt hatte. Seine Frau bevorzugte stattdessen ein Haus in größerer Nähe zum Ortskern Bad Honnef, um im Alter keine langen Wege in Kauf nehmen zu müssen. Es war der romantische, direkte und unverbaubare Blick auf die Südostseite des Drachenfels, mit dem er sie seinerzeit argumentativ überrollt hatte. Nach dem heutigen Ausflug dorthin musste er sich aber eingestehen, dass ihn bei der Kaufentscheidung wohl weniger der landschaftliche Reiz als sein Unterbewusstsein in die dauerhafte Nähe zum ungelösten Rätsel seiner Jugend gezogen hatte. Er musste diese Sache nun endlich zu Ende bringen, um einen befreienden Schlussstrich zu ziehen; wer weiß, wie lange er das bei diesem über 60 Jahre alten Fall noch konnte.

Als er an seinem Schreibtisch Platz genommen, ein Blatt Papier und einen Bleistift herausgeholt hatte, kehrte das Gefühl der jahrzehntelangen Routine zurück, die er sich beim Angehen vor ihm liegender Problemfelder, gleich welcher Kategorie, erworben hatte. Und so schnell wie früher hatte er als Ergebnis eine Recherche- und Vorgehensliste vor sich. Als Erstes musste er wieder die im Internet verfügbaren Hinweise auf den Fall zusammentragen, auf die er schon in den 1980er Jahren über bestimmte Suchwörter, an die er sich noch genau erinnern konnte, gestoßen war. Erst danach war es sinnvoll, die Print-Medien des hiesigen Gebiets auszuwerten, und als Drittes wollte er den Versuch nicht scheuen, vielleicht noch greifbare, frühere Freunde im Ort über möglicherweise nachträgliche Erkenntnisse zu dem Fall zu befragen. Die über Jahrzehnte angesammelten Fakten und Nachrichten müssten es dann eigentlich erlauben, den genauen Hergang der Tat, die Maßnahmen der Polizei und die erzielten Ermittlungsergebnisse nachzuzeichnen. War dieser Punkt erreicht, konnte er bei seinen Aufklärungsversuchen offensiver werden und den Gründen dafür nachgehen, dass der Täter trotz zahlreicher Hinweise und neuer Techniken bis heute offenbar nicht überführt worden war.

Sofort nach dem Frühstück des folgenden Tags begann er mit der Internet-Recherche, für die er sich den ganzen Tag Zeit nehmen wollte. Mithilfe seiner aufgestellten Reihe von Suchwörtern versuchte er an die Meldungen der Medien und der Polizei zu diesem Fall zu kommen. Doch es war kaum zu glauben – nach Durchsicht zahlloser Seiten, die sich auf seine damals noch weiterführenden Suchwörter geöffnet hatten, erzielte er diesmal keinen Treffer mehr, weder mit dem seinerzeit in der Lokalpresse bekannt gegebenen, vollen Namen des ermordeten Jungen »Jürgen H.«, noch mit den Worten »Jungenmord Drachenfels«, »Mord im Steinbruch Drachenfels«, noch mit anderen Wortkombinationen. So wie beim gestrigen Besuch des Tatorts kam in ihm spontan das Gefühl auf, dass hier Kräfte am Werk waren, die alle Hinweise und Spuren auf dieses ungelöste Verbrechen vernichten, zumindest unterdrücken wollten. Dass der Namen des Mordopfers nicht mehr aufrufbar war, erschien wegen des Persönlichkeitsschutzes noch erklärlich; weshalb aber waren alle weiteren Meldungen gelöscht? Sollten hier etwa zielgerichtet jegliche Hinweise auf das Verbrechen vernichtet worden sein, damit ein unrühmliches Kapitel der Polizeiarbeit –ganz im Sinne des Täters – geschlossen werden konnte? Er würde später diesem Verdacht nachgehen müssen.

2. Kapitel   Bad Honnef, Sommer 2018

Das war nun schon das vierte Mal, dass der alte Herr vor der Tür stand. Frau Schmidthofer begrüßte ihn wieder freundlich und führte ihn zu seinem Platz in der Ecke des Redaktionsraumes der Lokalzeitung in Bad Honnef. Heute wollte er die beiden Halbjahresbände 1957 der »Bad Honnefer Volkszeitung« einsehen, nachdem er zuvor schon alle sechs Bände von 1954 bis 1956 durchsucht hatte. Sie begannen, ihn hier zu belächeln, weil dies eine ihnen wohlbekannte Situation war. Ältere Leser glaubten, sich an Berichte oder Meldungen aus grauen Vorzeiten felsenfest zu erinnern, die es dann aber nicht, nicht hier oder nicht zum angegebenen Zeitpunkt gegeben hatte. Doch dieser Herr, der sich als ehemaliger Rechtsanwalt vorgestellt hatte, war besonders hartnäckig geblieben und hatte immer wieder betont, dass er den Jungen, der damals in seiner Nähe gewohnt haben soll, selbst gekannt hätte und dass dieses Verbrechen über Jahrzehnte hinweg ganz Honnef bewegt hätte. Er hatte ihnen Näheres über den Mordfall von 1954 oder später erzählt, was sie in der Redaktion aber nicht interessierte, weil sie wirklich Wichtigeres zu tun hatten. Da es diese Zeitungsjahrgänge nicht in digitalisierter Form gab, war ihm aber die persönliche Einsichtnahme vor Ort gestattet worden.

In seiner Erinnerung hatte der Mord im Herbst oder Winter stattgefunden; deshalb blätterte er stets die Bände von hinten nach vorne durch. Heute saß er nun schon wieder über zwei Stunden hier, ohne fündig zu werden. Inzwischen war er bei den Ausgaben von März und Februar 1957 angekommen, als er plötzlich mit lautem Ausruf »Da ist es!« aufsprang. Es dauerte dann nur noch eine Stunde, bis er sich von allen Meldungen in diesem Zeitraum Notizen gemacht hatte. Jedes Detail seiner Erinnerungen wurde durch die Pressemeldungen bestätigt. Er konnte nicht umhin, Frau Schmidthofer das stolz zu berichten und ihr für ihren Langmut zu danken.

Damit fühlte er endlich Boden unter den Füßen, nachdem er selbst schon Zweifel an seiner Erinnerungsfähigkeit wegen seiner langen Abwesenheit von seiner früheren Heimatstadt bekommen hatte.

Mit neuem Elan konnte er an den folgenden Tagen seine Sammlung der Presseberichte auch aus anderen Zeitungen komplettieren, nachdem jetzt der 20. Februar 1957 als der exakte Zeitpunkt des Verbrechens feststand. Als wenig ergiebig erwiesen sich die Nachfragen bei früheren Freunden und Bekannten über deren Wissensstand zu dem Fall. Er wusste noch genau, wie sich diese im Jahr 1957, als er gerade 12 Jahre alt geworden war, alle maßlos über die Tat aufgeregt hatten. Damals war auf einmal Angst bei den sonst so unternehmungslustigen Jungen eingekehrt und man vermied die Streifzüge durchs Siebengebirge. Heute erinnerten sich einige überhaupt nicht mehr daran, die meisten der übrigen verwechselten den Fall mit ganz anderen Mordfällen, und nur bei einem einzigen waren noch so genaue Kenntnisse des Falls wie bei ihm vorhanden. Dieser versicherte ihm, dass es zumindest in den letzten 30 Jahren keinerlei Neuigkeiten oder neue Polizeimeldungen in dem Fall gegeben habe. Damit konnte er seine Recherchen zur Nachrichtenlage einstweilen abschließen und sich daran machen, aus den vorliegenden Polizeiangaben eine Zusammenfassung zum Tathergang und zu den damaligen Ermittlungsergebnissen zu erstellen. Das sollte dann seine Basis für weitere Aufklärungsversuche zum Fall werden.

Nachrichtenlage zum Mordfall Jürgen H.

Der achtjährige Jürgen H. verließ Mittwoch, den 20. Februar 1957, gegen 14 Uhr die elterliche Wohnung in der Luisenstraße in Bad Honnef. Er schaute erst eine Fernsehsendung bei Nachbarn an, besuchte anschließend seine am Mühlenweg in Rhöndorf wohnende Großmutter und danach seine Tante. Gegen 16.15 Uhr wurde er in der Nähe des damaligen Rheinhotels Bellevue gesehen, wo er mit einem Jungen spielte und gegen 16.30 mit diesem vom Mühlenweg in die Rhöndorfer Straße einbog. Kurz vor 17 Uhr wurde Jürgen letztmals lebend am Ziepchen-Brunnen in Rhöndorf gesichtet; dort forderte er einen anderen Jungen auf, mit ihm spielen zu gehen.

Der Junge wurde zwei Tage später, am Freitag 22. Februar 1957, in dem ehemaligen Steinbruch hinter dem Stürtz-Platz zwischen Drachenfels und Wolkenburg tot aufgefunden. Die Leiche wies tödliche Verletzungen durch Messerstiche an Kopf und Brust, Spuren von Schlägen mit einem stumpfen Gegenstand und fünf bis sechs Narben aus früheren Verletzungen am Rücken auf. Seine linke Faust hielt einige bis zu 17 cm lange, braungraumelierte und kürzlich geschnittene Haare umklammert, die er offenbar dem Täter im Kampf ausgerissen hatte. Die Polizei stellte weiter fest, dass der Täter einen Unfall durch Absturz von einer der Felswände des Steinbruchs hatte vortäuschen wollen; denn die Leiche wurde vom Platz des Mordes an eine unterhalb einer Felssteilwand liegende Stelle verbracht. Am Tatort wurde ein 30 cm langer Hammer gefunden, dessen neuer Metallkopf einige Meter neben dem in einem Gebüsch liegenden, blutverschmierten Holzstiel lag. Mit dem offenbar dem Täter gehörenden Hammer wurden aber nicht die Schläge gegen den Jungen ausgeführt.

Einen Tag später, am Samstag 23. Februar 1957, berichtete die Honnefer Volkszeitung von der Aussage eines 9-jährigen Mädchens, das Jürgen H. mit einem brillentragenden Mann auf der Löwenburgstraße in Rhöndorf, von welcher der Aufstieg zum Drachenfels abgeht, gesehen habe. Die Zeitung relativierte die Aussage mit der Bemerkung, »bekanntlich sind jedoch Kinderaussagen mit Vorsicht zu genießen«. Die Lokalpresse berichtete außerdem von der Aussage der Familie des Mordopfers, dass Jürgen H.

sehr misstrauisch gewesen sei und kaum mit einem Fremden mitgegangen wäre.

Zehn Tage nach der Tat berichtete die Lokalpresse von der Beerdigung des Mordopfers auf dem Friedhof in Bad Honnef. Fast 500 Menschen hätten dem Jungen ihr letztes Geleit gegeben.

Zwei Wochen nach der Tat meldete die Polizei die Festnahme eines Tatverdächtigen aus Heidebergen (Bonn-Holzlar), in dessen Wohnung ein Messer aufgefunden wurde, dessen Klinge zu den Stichen am Mordopfer passe. Der festgenommene 43-jährige Mann sei verschiedener Straftaten verdächtig, leugne jedoch hartnäckig. Eine Woche später folgte dann die Meldung, dass dieser Mann freigelassen wurde, weil sich der Verdacht nicht bestätigt habe.

Die Lokalpresse erinnerte außerdem daran, dass sich in diesem Fall gewisse Parallelen zu dem Mord an der 15-jährigen Annemarie Scholten ergäben. Diese war 1951 in einem Steinbruch bei Eudenbach (Siegkreis) aufgefunden worden. Auch damals habe der unbekannte Mörder versucht, das »grausige Geschehen« als Unfall darzustellen.

Am 12. März 1957, also mehr als drei Wochen nach der Tat, gab die Kriminalpolizei bekannt, dass ihr von einem Mann berichtet worden sei, der am Tattag nach 17 Uhr aus Richtung des Burghofs am Drachenfels kommend sich an dem kleinen

Springbrunnen an der alten Pumpenstation gegenüber der Drachenburg die Hände gespült und sich dann in auffälliger Hast auf dem abwärts führenden Weg am Schwimmbad vorbei entfernt habe. Dieser Unbekannte sei 1,80 Meter groß, etwa 45 Jahre alt, schlank, bartlos gewesen, habe eine Hornbrille getragen und sei mit einem schwarzgrauen Wintermantel mit aufgesetzten Taschen und mit einer dunklen, feingestreiften Hose, unten umgekrempelt, und mit dunklen Halbschuhen, Größe 42, bekleidet gewesen. Ein dunkelbrauner Filzhut und eine hellbraune Akten- bzw. Kollegtasche hätten die Kleidung vervollständigt.

Zum Wetter am Tattag 20. Februar 1957 berichtete die Lokalpresse, es sei schlecht und die Wege zum Steinbruch seien in schlüpfrigem Zustand gewesen, sodass kaum mit Spaziergängern auf dem Weg zum Steinbruch habe gerechnet werden können.

Als er sich die Fakten des Falls durch den Kopf gehen ließ, konnte er den der Presse gegenüber gezeigten Optimismus der Polizei, den Täter schnell zu überführen, sehr gut nachvollziehen. Hier gab es zahlreiche klare Spuren und sonstige zielführende Ermittlungsansätze. Es gab die Haare des Täters, die in der Hand des Jungen aufgefunden worden waren und schon nach damaligem Stand der Kriminaltechnik aufgrund ihrer Struktur bestimmten Personen zugeordnet werden konnten. Dann gab es den vom Täter zurückgelassenen Hammer, an dem sich möglicherweise auch dessen Fingerabdrücke befanden, zu denen die Polizei wahrscheinlich aus ermittlungstaktischen Gründen nichts der Presse gegenüber bekannt gegeben hatte. Darüber hinaus war davon auszugehen, dass der Täter Blut des Opfers an seiner Kleidung hatte, sodass bei Tatverdächtigen gezielt hiernach gesucht werden konnte. Die Zeugenaussage zu dem am Tattag am Burghof des Drachenfels gesichteten Mann schließlich wies eine Reihe von so charakteristischen Merkmalen auf, dass seine spätere Identifizierung sehr wahrscheinlich war.

Doch es war kein Durchbruch in diesem Fall zu verzeichnen. Noch zwanzig Jahre später berichtete die Polizei von ihren Bemühungen, die aber allesamt im Sande verlaufen waren. So waren bis dahin Spuren auch bis nach Holland verfolgt worden; man war lange Zeit der These nachgegangen, dass sich der Täter unter den damals zahlreichen Besuchern befunden haben könnte, die mit dem Schiff von Holland nach Königswinter gekommen waren. Danach endeten die Polizeimeldungen zu dem Fall, sodass er davon ausgehen konnte, dass es seitdem keine neuen Erkenntnisse der Polizei mehr gegeben hatte. Dies erschien ihm allerdings sehr merkwürdig, denn noch bei seiner polizeilichen Stabsarbeit im aktiven Dienst hatte er die Welle der überraschenden späten Aufklärungserfolge aufgrund der Fortschritte in der DNA-Technik miterlebt. Um hier mit der Aufklärung weiterzukommen, musste er sich deshalb unmittelbar mit der Bonner Polizei in Verbindung setzen. Er spürte, wie sein früherer Beruf ihn wieder einholte.

3. Kapitel

Köln, Winter 1974

Hier oben mit dem herrlichen Blick über den Rhein zum Stadtteil Poll hinüber versank ein wenig die lärmende Betriebsamkeit dieser Großstadt unter ihr. Stefanie Steinert genoss die frische, kühle Luft am offenen Fenster des Wohnzimmers ihrer Mietwohnung in einem Altbau am Oberländer Ufer in Köln-Marienburg. Das fahle Licht dieses Novembertags des Jahres 1974 stimmte sie schon zur Mittagszeit auf den Abend ein.

»Jetzt sollten wir aber langsam fahren, Frank, sonst kommen wir in den Stau auf der A3«, rief Stefanie ihrem Mann in seinem Arbeitszimmer nebenan zu, der wieder kein Ende finden konnte. Am Wochenende zu arbeiten, war bei ihm langsam zur Gewohnheit geworden, nachdem er beim Landgericht Düsseldorf einen furiosen Berufsstart hingelegt hatte. Einerseits war sie froh darüber, weil diese Entwicklung ganz im Sinne ihres Vaters war, andererseits bemerkte sie aber schmerzlich den Abbau gemeinsamer Zeiten mit ihrem Mann. Ihre Eltern waren ihrer Klage darüber damit begegnet, dass sie durch dieses Opfer den unverzichtbaren Beitrag für eine außergewöhnliche Richterkarriere ihres Mannes mit besten Zukunftsaussichten für sie beide leiste. Außerdem baue sie als Ärztin ja eine eigene und auch ausfüllende berufliche Existenz auf.

Nachdem Frank sich nun endlich auch umgezogen hatte und sie mit Blumen bewaffnet in ihren VW eingestiegen waren, fand Stefanie zügig den Weg aus dem Zentrum von Köln heraus über die Rheinbrücke auf die Autobahn Richtung Düsseldorf. Ihre Eltern, von denen sie heute wieder eingeladen waren, besaßen eine kleinere Villa in Kaiserswerth am Leuchtenberger Kirchweg in unmittelbarer Rheinnähe. Noch pünktlich kamen sie am Spätnachmittag an und Frau Korbach, der gute Geist im Haushalt ihrer Eltern, führte sie sofort in die Bibliothek, wo man bei Einladungen in kleinerem Rahmen üblicherweise den Aperitif einnahm.

Die Begrüßung fiel heute besonders herzlich aus. Sein Schwiegervater Wilhelm kam spontan auf ihn zu und Frank hatte das Gefühl, dass dieser sonst so formbedachte Mann ihn am liebsten umarmt hätte. »Frank, mein Junge, da seid ihr ja endlich, wir haben Euch viel zu lange nicht gesehen«, rief er ihm zu und begrüßte erst nach ihm seine Tochter, die sich schon Mutter Hildegard zugewandt hatte. Zusammen gingen sie zu den beiden weiteren Gästen, die bereits vor dem Kamin saßen. »Ich brauche Euch ja nicht vorzustellen, Ihr kennt Euch lange genug«, meinte Wilhelm, und sie nahmen Platz neben dessen langjährigem Freund und Bundesbruder Konrad Weigelt mit seiner Frau Claudia. Frank und seine Frau waren von den Schwiegereltern noch nie mit anderen als den Weigelts eingeladen worden, insbesondere nicht mit Berufskollegen Wilhelms. Denn Wilhelm hielt, wie andere hohe Justizbeamte auch, private Kontakte im Kollegenkreis für verpönt, weil durch persönliche Beziehungen die Gefahr einer Belastung für das dienstliche Verhältnis entstehen konnte.

Die ungewöhnlich gute Stimmung seines Schwiegervaters übertrug sich auf die kleine Gesellschaft und sofort wurde das junge Paar über Neuigkeiten ausgefragt. Stefanie berichtete vom Ende ihrer Facharztausbildung und der nachfolgenden, unbefristeten Festanstellung in ihrem Kölner Krankenhaus, wozu ihr das Ehepaar Weigelt, das Stefanie wegen ihrer wohlerzogenen Zurückhaltung sehr mochte, herzlich gratulierte. »Und sonst so gibt es nichts Neues, Steffi?«, fragte Mutter Hildegard in ihrer lebenspraktischen, manchmal aber auch plumpen Art, unter besonderer Betonung des »sonst so«, was die Kategorie der möglichen Neuigkeit andeuten sollte. Alle belächelten die Frage, kommentierten sie aber nicht mehr, weil bekannt war, dass sich Hildegard sehnlichst ein Enkelkind wünschte. Etwas genervt atmete Stefanie hierauf nur tief durch, und Frank war froh, dass Wilhelm ihr durch Themenwechsel zur Hilfe kam. Wie schon bei ihrer Ankunft fiel ihm auf, dass seinen Schwiegervater heute etwas stark bewegte. Er sollte auf der Hut sein, dass sie nicht wieder von ihm, diesem an sich herzensguten Mann überfahren wurden.

Frank kannte Wilhelm von Harlinghusen seit 1970, als er sich auf Drängen von Stefanie endlich zu einem Anstandsbesuch bei ihren Eltern in Kaiserswerth bereit erklärt hatte. Der große, sportliche, schwarzhaarige Frank hatte die schlanke und brünette Stefanie, die nahezu seine Größe erreichte, während seiner Referendarzeit in Köln kennengelernt und wollte, als er gehört hatte, wer ihr Vater war, dem

Präsidenten des Oberlandesgerichts Düsseldorf möglichst aus dem Weg gehen. Seine Erfahrungen mit Freundinnen bis dahin hatten ihn gelehrt, dass die Intensität der Kontrolle der Väter über das Leben ihrer Töchter in direkt proportionalem Verhältnis zur gesellschaftlichen Stellung des Vaters stand. Als kleiner Nachwuchsjurist konnte er sich dem wohl kaum entziehen, sodass der freiheitsliebende Frank Probleme auf sie beide zukommen sah. Das Verhältnis zu den Eltern war dann auch anfangs sehr kühl, hatte sich später aber verbessert, als Stefanie ihre Eltern unmissverständlich damit konfrontiert hatte, dass sie diesen und keinen anderen Mann wolle. Allerdings gab es immer wieder Irritationen durch die Einflussversuche der Eltern auf das junge Paar, die Frank mit zunehmender Unterstützung von Stefanie konsequent abwehrte. 1971 hatten sie geheiratet, nachdem er sein Assessorexamen erneut, wie schon das Referendarexamen, mit Spitzennote absolviert hatte. Nach dem Examen hatte er eigentlich erst seine angefangene Dissertation bei einem bekannten Bonner Staatsrechtsprofessor zu Ende bringen und danach in die Richterlaufbahn eintreten wollen. Als er von seinen Plänen der Justizverwaltung seines Kölner Oberlandesgerichts berichtete, machte man ihm aber, um ihn umgehend der Justiz zu sichern, das verlockende Angebot, sofort beim Landgericht Düsseldorf in die Richterlaufbahn einzusteigen; er könne dann ja seine Dissertation neben der Richtertätigkeit weiterführen. Auch Stefanie sprach sich für diese Alternative aus, weil er so eine feste berufliche Verwendung im Kölner Raum hatte und sie hier ihre erste gemeinsame Wohnung beziehen konnten. So hatte er dann die Richterstelle bei der 1. Zivilkammer des

Landgerichts Düsseldorf angetreten. Von da an konnte man Franks Verhältnis zu seinen Schwiegereltern als normal bezeichnen, nachdem diese verdaut hatten, dass ihre Tochter mit der Trauung den Familiennamen ihres Mannes unter Verzicht auf ihren adligen Geburtsnamen angenommen hatte.

Das Gespräch drehte sich jetzt um die frühere Messerklingenfabrik in Solingen, die Konrad Weigelt vor Kurzem verkauft hatte, weil er sich zur Ruhe setzen wollte. Er und Wilhelm gehörten dem Geburtsjahrgang 1912 an und kannten sich schon seit der Schulzeit. Sie hatten sich auch nicht aus den Augen verloren, als Konrad Maschinenbau in Aachen und Wilhelm Jura in Freiburg und Bonn studierten. Beide heirateten Mitte der 1930er Jahre, fanden nach dem Krieg ihre Heimat im Rheinland wieder, und die Familien pflegten regelmäßigen Kontakt. Wilhelm, der vor dem Krieg Rechtsanwalt war, fand 1946 den Weg in die Justiz, als vom NS unbelastete Juristen für den Neuaufbau der Justiz gesucht wurden. Dort machte er eine beispiellose Karriere. Er begann beim Landgericht Köln, wechselte 1955 zum dortigen Oberlandesgericht und wurde 1965 Vizepräsident, danach Präsident des Oberlandesgerichts Düsseldorf. Als sich 1948 die Ankunft von Stefanie ankündigte, wurde Claudia Weigelt, die kinderlos blieb, von Hildegard als Patentante auserkoren. Dieser Rolle berühmte sich Claudia auch noch, als Stefanie schon längst erwachsen war, weil sie das Mädchen wegen der strengen Eltern oft bedauerte und sich die Position als ihre Fürsprecherin erhalten wollte.

»Übrigens – wir haben noch etwas zu feiern, liebe Claudia, lieber Konrad«, wechselte Wilhelm unvermittelt das Thema, »bei Frank hat sich auch etwas getan. Er ist jetzt vorzeitig zum Landgerichtsrat und Richter auf Lebenszeit ernannt worden. Seine Probezeit wurde abgekürzt wegen seiner beiden vorzüglichen richterlichen Beurteilungen.« Wilhelm strahlte vor Stolz und auch Frank lächelte verbindlich, obwohl ihm derartige Herausstellungen nicht lagen. Er wusste zwar, dass Stefanie ihrer Mutter die Neuigkeit von der Lebenszeit-Ernennung schon vor einer Woche telefonisch mitgeteilt hatte, aber woher kannte sein Schwiegervater die nicht genannten Details zu den Beurteilungen? Er spürte wieder das über ihm wachende Kontrollauge und wurde missmutig, zumal das auktoriale Auftreten Wilhelms etwas den Eindruck vermittelte, als sei er im Hintergrund mitverantwortlicher Lenker des Erfolgs seines Schwiegersohns. Diese Wendung missfiel ihm gründlich.

Mittlerweile hatte Frau Korbach das Essen aufgetragen und man ging ins Esszimmer, das mit großem Fenster zur Rheinseite nach Westen hin angelegt war und eine breite Sicht auf den ruhig und langsam vorbeiziehenden Schiffsverkehr eröffnete. Frank beteiligte sich jetzt nicht mehr an der weiterhin regen Unterhaltung und stocherte etwas lustlos im Essen herum. Die neben ihm sitzende Stefanie merkte sofort, dass etwas nicht stimmte, und versuchte, ihn ins Gespräch zu ziehen.

»Frank, stell Dir vor, meine Eltern haben uns für den Sommerurlaub in ihre Ferienwohnung in Davos eingeladen, ist das nicht toll?«, eröffnete sie ihm.

»Da kann ich jetzt aber noch gar nichts zu sagen, weil ich nicht weiß, wann ich Urlaub nehmen kann«, reagierte Frank hinhaltend.

»Uns steht der ganze Zeitraum der Gerichtsferien von Mitte Juli bis Mitte September zur Disposition, Frank, wir richten uns da voll nach Euch, ich weiß ja, wie eingespannt Du bist«, setzte Wilhelm nach, der Franks Antwort schon hatte kommen sehen und sich argumentativ offensichtlich vorbereitet hatte.

»Wir können Euch erst einmal nur ganz herzlich für diese Einladung danken, Wilhelm«, erwiderte Frank nach kurzer Überlegung, »ich muss das in unserer Kammer klären, ich rufe Dich dann an«, zog Frank sich aus der Klemme.

»Ich kenne Euren Kammervorsitzenden Dr. Sieveking gut, ein sehr hilfsbereiter, umgänglicher Mann, der wird Dir den Urlaub bestimmt ermöglichen«, Wilhelm ließ nicht locker.

»Wie auch immer, wir müssen das erst intern klären, dann sprechen wir drüber, nicht wahr, Steffi?«, band Frank die weitere Diskussion ab, und Stefanie, der die aufgetretene Spannung nicht verborgen geblieben war, pflichtete ihm bei. Da ließ dann auch Wilhelm los und der weitere Abend verlief reibungslos.

Auf der Heimfahrt nach Köln machte Frank dann aber seiner Verärgerung Luft und erklärte ihr die Gründe dafür. Stefanie verteidigte ihren Vater, der heute offensichtlich sehr stolz auf ihn gewesen sei und ihnen beiden eine Freude hätte machen wollen. Sie sei so lange schon nicht mehr in der Schweizer Wohnung gewesen. Der Abend ging etwas missgestimmt zu Ende.

4. Kapitel Düsseldorf, Winter 1974

»Können wir dann anfangen?«, eröffnete Landgerichtsdirektor Dr. Sieveking am Dienstagmorgen der folgenden Woche die turnusmäßige Kammerberatung. Es waren die Fälle vorzubereiten, die am Mittwoch zur mündlichen Verhandlung oder zur Entscheidung der 1. Zivilkammer des Düsseldorfer Landgerichts anstanden. Im Arbeitszimmer des Kammervorsitzenden hatte sich neben Steinert auch der weitere Beisitzer Dr. Henzel mit dem ihm zugeteilten Referendar eingefunden. Die Besprechungen liefen meist im lockeren Ton ab; Dr. Sieveking vermied einen amtlichen oder gar autoritären Führungsstil.

Nach fester Reihenfolge trug Steinert als Erster seine Fälle mit rechtlicher Bewertung vor, zu denen es in der Runde keinen Widerspruch und keine Nachfragen gab. Der Vortrag von Dr. Henzel verlief zunächst ebenso reibungslos, nur bei seinem letzten Fall meldete sich Steinert mit einer Frage, die ein besorgtes Stirnrunzeln des Vorsitzenden hervorrief; Dr. Sieveking mochte keine Komplikationen. In diesem Fall ging es um ein Darlehen über 10.000.- DM, das die verstorbene Darlehensgeberin einem Familienfreund gegen Schuldschein gewährt hatte, den der erbende Pfleger im Nachlass vorgefunden und Jahre später zur Rückzahlung des Darlehens präsentiert hatte. Der von ihm darauf verklagte Freund der Familie hatte unter Beweisantritt durch Zeugnis seiner Ehefrau vorgetragen, dass die Erblasserin noch zu Lebzeiten ihm und seiner Frau gegenüber auf die Rückzahlung verzichtet und danach den Schuldschein vergessen habe. Der klagende Pfleger beharrte seinerseits darauf, dass die Erblasserin niemals verzichtet, sondern allenfalls eine Stundung des Darlehens bewilligt haben könnte.

Dr. Henzel, der als Einzelrichter den Fall vorbereitet und dabei auch den Ehemann des beklagten Ehepaars angehört hatte, schlug vor, der Rückzahlungsklage stattzugeben. Denn die Erblasserin hätte den Schuldschein vernichtet, wenn sie wirklich auf die Rückzahlung hätte verzichten wollen. Er habe aus der Anhörung des Beklagten auch den Eindruck gewonnen, dass die Erblasserin nur eine Stundung des Darlehens beabsichtigte. Hier meldete Steinert seine Frage an: »Wie lautet denn die Erklärung des Beklagten zur Stundungsfrage? Was hat er zur feststellbaren Willensrichtung der Erblasserin in diesem Punkt vorgetragen?«

Dr. Sieveking war von der inquisitorischen Form der Nachfrage Steinerts abgeschreckt, die den mehr als 20 Jahre älteren Dr. Henzel, der nun wirklich genug Routine mit der Bewertung von Willenserklärungen haben dürfte, nur ärgern musste.

»Ich frage danach deshalb so dezidiert, weil ich die Umdeutung der vom Beklagten vorgetragenen Verzichtserklärung in eine Stundungsvereinbarung ohne Beweisaufnahme für nicht ganz unproblematisch halte, Herr Dr. Henzel«, ergänzte Steinert reaktionsschnell und liebenswürdig, weil er das erstarrte Gesicht des Vorsitzenden bemerkt hatte. Steinert war im Lauf der Zeit vorsichtiger und verbindlicher geworden, nachdem er anfangs seine Stellungnahmen zu den Voten seiner Kollegen recht schonungslos abgegeben und Dr. Sieveking ihn in einem persönlichen Gespräch um etwas Mäßigung gebeten hatte. Dann hatte es aber, ein Vierteljahr nach Beginn seiner Richtertätigkeit in der Kammer, in einer Urteilsberatung einen offenen argumentativen Schlagabtausch zwischen Steinert und einem anderen, inzwischen versetzten Beisitzer gegeben, bei dem es um die Auslegung eines Urteils des BGH ging.

Dr. Sieveking hatte hier nicht der Auffassung des Neulings Steinert, sondern der des anderen, deutlich dienstälteren Richters beigepflichtet. Steinert hatte sich auch da nicht umstimmen lassen und hatte sich ziemlich in Rage geredet. Eine Woche später wurde er von seinem Schwiegervater telefonisch gefragt, wie denn so das menschliche Verhältnis zu seinem Kammervorsitzenden sei, was er mit »positiv« beantwortete. Wilhelm hatte darauf lediglich bemerkt, dass das hoffentlich so bleibe; für Frank war das ein Signal, dass etwas von dem Streit bis nach Kaiserswerth gelangt war. Das in der Kammer strittige Urteil war dann wie mehrheitlich beschlossen abgefasst und verkündet worden, wurde aber später nach Sprungrevision vom BGH aus genau den Argumenten, die Steinert ins Feld geführt hatte, aufgehoben. Seit diesem Fall vermied Dr. Sieveking, der Steinert wegen seiner Standfestigkeit in diesem Fall danach sogar in der

Kammer gelobt hatte, so weit wie möglich eine erneute Kollision mit Steinerts Rechtsauffassungen.

»Können wir nicht diesen Punkt, den Kollege Steinert zurecht anspricht, in der Urteilsbegründung näher behandeln und rechtlich etwas vertiefen, Herr Henzel?« Dr. Sieveking strebte offensichtlich auch hier wieder Streitvermeidung durch eine vermittelnde Lösung an. »Ich versuch' es, Herr Sieveking, ich versuch' es, nur sollten wir es bei meinem Entscheidungsvorschlag belassen«, erwiderte Dr. Henzel etwas zerknirscht, »den Urteilsentwurf gebe ich dann in Umlauf.«

Gleich als er abends nach Köln zurückgekehrt war, fragte Stefanie ihren Mann, ob er denn bei der heutigen Kammerberatung ihre geplante Sommerreise angesprochen habe; sie kannte den wöchentlichen Termin. Da seit Samstagabend die Stimmung zwischen ihnen beiden wegen des besitzergreifenden Auftretens ihres Vaters etwas getrübt war, wollte sie in der Urlaubsfrage umgehend Fakten schaffen, ehe sich bei Frank die Verärgerung festfraß. Sie kannte die Reaktionen ihres Mannes, der viele Widerstände auf seinem bisherigen Lebensweg hatte überwinden müssen, was ihn hart, manchmal sogar verbittert gemacht hatte. Außerdem hatte sie das Gefühl bekommen, dass Frank nach seinem erfolgreichen Berufsstart jetzt dringend einen Abstand brauchte, um nicht zu überdrehen.

»Privates konnte ich heute nicht klären, wir hatten zu viel«, beschied er sie knapp. »Und wann geht es?«, setzte sie nach.

»Vielleicht nächste Woche Dienstag. Ich muss ja auch den Kollegen Henzel einschalten. Wir haben aber doch noch reichlich Zeit mit der Urlaubsplanung für den Sommer, Steffi«, versuchte Frank, Zeit zu gewinnen.

»Wir brauchen beide, Frank, nach dieser anstrengenden Arbeitsphase mal Erholung. Schon die Aussicht auf schönen Urlaub hilft, es kann nicht immer so ungebremst weiter mit dem Wirbel gehen.« Stefanie hatte natürlich recht, aber am liebsten wäre ihm ein Urlaub allein mit ihr. Wie konnte er sie nur von dem Vorschlag ihres Vaters abbringen? Sie würde ihren Vater niemals brüskieren wollen.

✳ ✳ ✳

Am Mittwoch der Woche darauf wurde Steinert der Urteilsentwurf des Dr. Henzel im Darlehensfall zur Mitunterzeichnung vorgelegt, wozu er sich nach längerer Prüfung aber außerstande sah. Die Gründe legte er in einem gesonderten richterlichen Votum dar. Der Beklagte habe dezidiert einen Verzicht der Erblasserin auf die Darlehensrückzahlung dargetan. Dass lediglich eine Stundung gemeint gewesen sei, habe der Beklagte bei seiner Anhörung entschieden abgestritten. Bei dieser Sachlage könne man nicht das Beweisangebot des Beklagten für den Verzicht übergehen und frei nach richterlichem Gusto eine Stundungsvereinbarung konstruieren.

Am Freitagnachmittag rief ihn Dr. Sieveking zu sich und führte aus, dass er der Auffassung von Dr. Henzel zuneige. Der Verzicht könne heute leicht der verstorbenen

Darlehensgeberin angedichtet werden. Die Ehefrau des Beklagten als einzige Zeugin für diesen Verzicht halte er für ein zu schwaches Beweismittel. Wenn man diese anhöre, könne man ihre Aussage nicht übergehen und müsse dann die Klage abweisen, was ihm widerstrebe. Es sei deshalb sachgerechter, die Sache ohne Beweisaufnahme abzuschließen.

»Wenn aber die nur vermutete Stundungsvereinbarung nicht zu beweisen ist, wohl aber der Verzicht, kann man das Beweisangebot auf keinen Fall übergehen«, hielt Steinert dagegen, »warum soll eine Ehefrau denn ex ante unglaubwürdig sein? Ich halte das für eine Methode nicht objektiver Urteilsfindung.« Steinert begann, sich wieder zu erregen.

»Lieber Kollege Steinert, wir sind hier doch alle objektiv und Dr. Henzel konstruiert auch nicht nach seinem Gusto das Urteil, wie Sie schrieben. So arbeiten wir hier nicht!«

Dr. Sieveking gab sich pikiert. »Wollen Sie Ihre Position nicht noch einmal überdenken, bis nächste Woche, in der wir die Entscheidung verkünden müssen?« Steinert blieb nichts anderes übrig als »Ja«, wusste aber zugleich, dass dies wieder ein langes Arbeitswochenende werden würde.

✳ ✳ ✳

Am Samstag meldete er sich zuhause ab, was er schon Freitagabend Stefanie angekündigt hatte. Er wollte in der Bibliothek seines Düsseldorfer Gerichts den Darlehensfall anhand dort greifbarer Rechtsprechung grundsätzlich angehen. Sie hatten eigentlich für das Wochenende einen Ausflug nach Holland beabsichtigt und Stefanie wurde traurig. Frank, der auch immer noch nicht die Urlaubsfrage geklärt hatte, versuchte, ihr die Wichtigkeit seines Vorhabens klarzumachen. Er könne nicht einen Fall einfach so laufen lassen, damit das gute Einvernehmen in der Kammer gewahrt bleibe, dafür sei er nun mal Richter geworden. Stefanie wollte dagegen ihren Mann von dem sich abzeichnenden Konfliktkurs abhalten und hielt ihm nicht zu Unrecht entgegen, dass er doch nicht für jeden Fall seiner Kammer die Verantwortung tragen und bei Fällen seiner Kollegen etwas großzügiger verfahren könne als bei seinen eigenen Fällen; sie war inzwischen versierter in der Diskussion mit ihm geworden. Er murmelte darauf nur vor sich hin, dass er das Gewurschtel in diesem Fall aber nicht mitmachen könne.

✳ ✳ ✳

Für Dienstag der folgenden Woche war der Fall zur kammerinternen Entscheidung angesetzt. Steinert legte dazu am Montag dem Vorsitzenden sein schriftliches Votum vor, das aufgrund einer Reihe von Rechtsprechungszitaten und rechtlichen Deduktionen umfangreich ausgefallen war. Im Ergebnis war Steinert bei seinem Vorschlag geblieben; es führe kein Weg daran vorbei, dass jetzt die Beweiserhebung durch Zeugenvernehmung der Ehefrau des Beklagten angeordnet werden müsse. Dr. Sieveking, der das Papier freudlos entgegennahm, hatte sich nicht mehr dazu geäußert.

Kollege Dr. Henzel, dem das abweichende Votum Steinerts bekannt war, trug den Fall erneut mit seinem klagezusprechenden Votum vor. Steinert plädierte für die Beweisaufnahme. Gespannt blickte jetzt Steinert zum Vorsitzenden, der seine beiden Beisitzer verbindlich anlächelte.

»Ich habe mir den Fall noch einmal durch den Kopf gehen lassen. Verfahrensrechtlich sicherer ist wohl die Auffassung des Kollegen Steinert, auch wenn mir die Konsequenz daraus, dass dann die Endentscheidung ganz von der Aussage der Ehefrau abhängt, nicht behagt – so wie Ihnen auch, Herr Henzel. Aber wir kommen wohl an der Beweiserhebung leider nicht vorbei, wenn das Urteil auch in höheren Instanzen Bestand haben soll.« Dr. Henzels Gesicht verdüsterte sich, er sagte aber nichts mehr. Steinert war völlig überrascht, als jetzt ohne weitere Diskussion die Verkündung des Beweisbeschlusses für den nächsten Tag beschlossen wurde. Sie waren beide, wenn auch widerwillig, seiner Auffassung gefolgt, und nur darauf kam es ihm an. Am nächsten Wochenende sollte er mit Stefanie den Kurztrip nach Holland nachholen.

❋ ❋ ❋

»Ich hole ihn«, Stefanie führte wieder ihr Freitagabend-Telefonat mit ihrer Mutter in Kaiserswerth und winkte Frank, der gerade zurückgekommen war, zu ihrer Sofaecke. Sie flüsterte ihm zu, dass Wilhelm ihn noch gerne gesprochen hätte.

»Alles gut bei Dir, Frank? Jetzt könnt Ihr ja mal was ausspannen. Ich habe auch eine gute Nachricht für Dich«, setzte er an und erzählte, dass er mit Dr. Sieveking länger telefoniert habe. Er habe diesem von seiner Familieneinladung zum zweiwöchigen Urlaub in der Schweiz erzählt, bei der er jetzt nachträglich ›kalte‹ Füße bekommen habe, weil sein Schwiegersohn ja noch gar kein grünes Licht vonseiten der Kammer hatte; er wolle sich hierfür bei ihm entschuldigen. Dr. Sieveking habe darauf gesagt, dass doch dafür gar kein Anlass bestehe, selbstverständlich könne das junge Paar in den Urlaub fahren, nur der genaue Termin sollte noch abgestimmt werden.

»Du siehst, das läuft doch prima, Dr. Sieveking ist Dir gewogen, Frank, das solltest Du immer im Hinterkopf haben!« Frank verstand, woher der Wind wehte, wollte damit jetzt aber nicht so einfach zur Tagesordnung übergehen.

»Hätte Dr. Sieveking denn Anlass zur Klage, Wilhelm, das nehme ich doch nicht an?«, erwiderte er.

»Nein, natürlich nicht. Selbst wenn, dann würde er es mir gegenüber nicht verlauten lassen, da ist er viel zu korrekt. So positiv wie er von der Zusammenarbeit mit Dir immer spricht, so hatte ich aber auch den Eindruck, dass man sich von Dir in der Kammer gelegentlich überfahren fühlt. Dr. Sieveking sagte mir unlängst, Du seist wie ein Tanker mit großer Wasserverdrängung.«

»Was soll ich denn damit anfangen, Wilhelm, ich kann mich doch nicht zurücknehmen, wenn ich es besser weiß, das müsste den anderen doch auch klar sein.« Frank wurde langsam gereizt.

»Ich habe während meiner Laufbahn eine Reihe sehr guter Nachwuchsleute in der Justiz kennengelernt, Frank, die oft ähnliche Probleme im persönlich-dienstlichen Verhältnis mit Kollegen und vorgesetzten Richtern hatten wie Du. Nur die wenigen, die es schafften, außer fachlicher Brillanz auch noch Verständnis und Liebenswürdigkeit in das menschliche Verhältnis einzubringen, haben Spitzenpositionen in der Justiz erreicht. Du willst doch nicht einmal als Landgerichtsrat in den Ruhestand gehen?!«

Frank war schockiert von der Aussage und schwieg erst einmal. Im Übrigen ärgerte er sich, dass ihn Wilhelm in der Urlaubsfrage überfahren hatte; es war seine und nicht Wilhelms Sache, die dienstliche Genehmigung dafür einzuholen. Wilhelm hatte sich unter dem Vorwand einer Entschuldigung bei Dr. Sieveking eingemischt, wohl weil er – zurecht – an Franks Einvernehmen mit seinem Urlaubsvorhaben zweifelte.

»Zunächst einmal, Wilhelm, kann ich überhaupt nicht akzeptieren, dass Du Dich um meine Angelegenheiten wie Urlaubsgenehmigung kümmerst, weil ich das alles bestens selbst regeln kann. Ich möchte auch nicht, dass man mich in meinem Gericht nur als Appendix meines Schwiegervaters sieht. Und ich kann auch nicht akzeptieren, wenn Ihr über mich ›out of order‹ redet. Dr. Sieveking kann das, was er vielleicht kritisiert, ja in dienstlichen Beurteilungen festhalten, die dann demjenigen, den es angeht, vorgelegt werden. Was sollen Deine erzieherischen Hinweise von der Seite, Wilhelm?« Frank sah aus dem Augenwinkel, dass Stefanie aus dem Wohnzimmer floh. Er musste das jetzt aber ein für alle Mal klären, auch wenn ihr der Konflikt wehtat, und so entspann sich ein längeres Streitgespräch.

Wilhelm machte erst einen taktischen Rückzieher, indem er zugab, dass seine Einmischung in der Urlaubsfrage aus grundsätzlicher Sicht untunlich war. Gespräche mit den Direktoren seines OLG-Bezirks über die eingesetzten Richter könne man ihm aber nicht verwehren, schon weil dem OLG die Personalhoheit obliege. Er konzediere zwar, dass dadurch bei Außenstehenden der Eindruck entstehen könne, er wolle seinen Schwiegersohn protegieren. Dr. Sieveking kenne er aber als einen klugen Kopf, der dies mit Sicherheit nicht annehme. Wenn Frank dies nicht wolle, werde er in Zukunft nicht mehr mit Dr. Sieveking über ihn reden, es sei denn, es wäre dienstlich geboten. Damit fand das Gespräch ein Ende.

Frank hatte danach das Gefühl, dass Wilhelm diese Klarstellung verstanden hatte, glaubte aber nicht daran, dass er sich künftig konsequent aus seinen Angelegenheiten heraushalten würde. Das teilte er auch Stefanie mit, die wegen des offenen Konflikts in helle Aufregung geraten war. An den Kurztrip nach Holland war nicht mehr zu denken.

✳✳✳

Am nächsten Morgen standen erst einmal Einkäufe auf der Tagesordnung und sie fuhren in die Innenstadt. Die Stimmung war stark gedämpft. Stefanie wollte ihren Vater nicht als Störenfried für Franks Berufsweg sehen, brachte vielmehr Verständnis für seine Versuche der Hilfestellung auf. Schließlich habe er es doch ihrem Vater zu verdanken, dass er sofort nach dem Examen die Stelle in Düsseldorf bekommen habe, was für sie beide von großem Nutzen gewesen sei. Das war nun eine Aussage, die ihn regelrecht erboste, und er stellte klar, wie es wirklich war. Stefanie widersprach ihm aber und verwies darauf, dass Wilhelm ihr von einem Telefonat mit dem Präsidenten-Kollegen in Köln wegen der Richterstelle in Düsseldorf erzählt hatte, was dann zu dem Angebot an Frank geführt habe. Er hatte nie davon gehört, konnte die behauptete Einflussnahme Wilhelms aber auch nicht widerlegen – ein weiterer Punkt, der ihn maßlos ärgerte und den Rest des Tages darüber nachsinnen ließ, wie er sich endgültig aus dieser immer wieder gleichen Situation befreien könne. Stefanie kündigte er an, dass er nach derzeitiger Lage nicht mit ihren Eltern zusammen in den Urlaub fahren werde; wenn sie wolle, könne sie allein fahren.

Den Nachmittag verbrachte er wieder in seinem Arbeitszimmer und fand etwas Muße, sich von dem Ärger zu beruhigen. Sein Blick schweifte durch die zum Teil riesigen

Kronen des alten Baumbestands im hinteren Gartenteil ihres Hauses aus der Jahrhundertwende.

Es sollte doch eigentlich alles jetzt viel leichter werden, nachdem sie die wirklich schwierigen Hürden zu Beginn ihres gemeinsamen Lebens überwunden hatten. Stattdessen schien es schwerer zu gehen. Ihm gingen wieder die Stationen seines bisherigen Lebens durch den Kopf.

Frank stammte aus der Familie eines Diplom-Ingenieurs. Sein Vater starb, als er erst 15 Jahre alt war. Seine Mutter, die jetzt alleine für ihren Jungen sorgen musste, hatte nie den frühen Tod ihres Mannes verkraftet, und auch für Frank war der Verlust des geliebten Vaters, der viel mit ihm unternommen hatte, erst einmal ein Schock. Seine Mutter musste wieder in den Dienst als Grundschullehrerin eintreten und für das Familieneinkommen sorgen. Frank unterstützte sie im Haushalt, wo er nur konnte. Als introvertiertem Jungen, dem der große, ständig fühlbare Kummer seiner Mutter zu schaffen machte, steigerte er ihr zuliebe von sich aus seinen Einsatz für die Schule und entwickelte sich bis zum Abitur zu einem Musterschüler. Seine neue Arbeitsauffassung behielt er auch im Studium bei, das er in kürzestmöglicher Zeit abschloss. Es war für ihn ein weiterer, kaum verkrafteter Schicksalsschlag, als dann seine Mutter kurz vor Ende seiner Referendarzeit nach kurzer, schwerer Krankheit im Alter von 57 Jahren starb und sie so nicht mehr die Freude über das glückliche Ende seiner Ausbildung erleben konnte. Ein kleiner Trost für ihn war, dass sie ihm an ihrem Lebensende immer wieder versicherte, wie gut sie beide gemeinsam die schwere Zeit ohne ihren Vater gemeistert hatten. Da sie ihn überdies in allen Lebensfragen um seinen Rat gefragt und diesen fast ausnahmslos befolgt hatte, war bei ihm immer stärker das Bewusstsein gewachsen, als starker Mann der Familie für ihrer beider Wohlergehen verantwortlich zu sein. Zweifellos war diese Entwicklung der Grund dafür, dass er ungebetene Ratschläge oder Einflussnahmen auf seine Angelegenheiten schlecht akzeptieren konnte und wollte.

Dieses Verhältnis zu seinem Schwiegervater würde sich nie ändern; er musste hier grundsätzliche Abhilfe schaffen, sonst verlor er auch noch Stefanie. Und diesen weiteren Verlust würde er auf gar keinen Fall riskieren. Um das ohne weitere Auseinandersetzungen hinzubekommen, musste er sich etwas einfallen lassen.

5. Kapitel

Eine stimmungsmäßig beruhigte Arbeitswoche lag hinter ihnen. Nach Rückkehr am Freitagnachmittag nahm Frank Stefanie spontan in die Arme, was sie erleichtert, aber doch etwas misstrauisch annahm. Er erklärte, dass er mit ihr über etwas sehr Wichtiges sprechen wolle, was für sie beide die missliche Situation mit ihren Eltern beende. Das sollten sie in Ruhe und in angenehmer Atmosphäre tun, deshalb habe er im renommierten Restaurant ›Marienbild‹ auf der Aachener Straße für sie einen Tisch reserviert.

Aufgeregt zog sich Stefanie um und sie fuhren zu dem Lokal, wo sie zuerst einmal einen Aperitif bestellten. Dann kam Frank sofort zur Sache. Sie wüssten beide, dass man Wilhelm, solange er noch im aktiven Dienst sei, nicht bremsen und von Einflussnahmen auf sein Berufsleben abhalten könne. Um weiteren Zerwürfnissen endgültig aus dem Weg zu gehen, bleibe nur der Weg einer grundlegenden Änderung, die er ohnehin vorgehabt hätte. Er habe jetzt seinen ersten, zweijährigen Berufsabschnitt mit Lebenszeitanstellung hinter sich, habe aber die Erfahrung gemacht, dass das Zivilrecht für ihn etwas langweilig sei. Deshalb werde er zur Verwaltungsgerichtsbarkeit überwechseln und habe das auch schon eingeleitet. Anfänglich hätte man zwar Bedenken gegen den Wechsel in einen anderen Gerichtszweig gehabt, habe dann aber seinen ausdrücklichen Wunsch akzeptiert, als man sich über ihn informiert hatte. Er könne schon im Januar zum Verwaltungsgericht Köln überwechseln und werde, wenn er eine neue, halbjährige Probezeit absolviert habe, danach zum Verwaltungsgerichtsrat ernannt. Damit habe er seine volle Selbstständigkeit wieder, habe außerdem nicht die Fahrerei nach Düsseldorf und sie alle hätten dann ein entspanntes Verhältnis zu ihren Eltern.

Stefanie erschrak, das hatte sie nicht erwartet. Als eine stark auf Sicherheit bedachte Frau überfiel sie die Sorge, dass die gerade erst geschaffene Basis ihrer Ehe infrage stand, und dass sie möglicherweise Frank durch zu starke Parteinahme für ihren Vater dahin getrieben habe.

»Du kannst doch nicht jetzt schon wieder in eine ganz neue Tätigkeit einsteigen, wo Du gerade so viel hinter Dir hast! Du übernimmst Dich Frank, ich mache mir Vorwürfe, dass es dahin gekommen ist.«

»Keine Sorge, mein lieber Schatz, Du bist überhaupt nichts schuld und das wird schon locker gehen, ich werde immer pünktlich bei Dir sein und wir werden uns dann endlich an unserem ungestörten Zuhause freuen können, Steffi«, bemerkte Frank mit strahlendem Gesicht. Er schien überhaupt keine Bedenken oder Ängste zu haben. Sein grenzenloser Optimismus riss sie nach weiterem Gespräch schließlich mit; das war wieder ihr Mann, wie sie ihn kannte und liebte! Anders als sie war er so unumstößlich sicher bei seinen Vorhaben, die er konsequent und ohne Hin und Her verfolgte. Ihre Ängste konnte sie schließlich vergessen und sich ebenso freuen wie er.

Später stimmten sie beide darin überein, dass man das Vorhaben ihren Eltern möglichst bald und vorsichtig beibringen müsse. Dazu wollte Stefanie morgen erst einmal ihre Mutter telefonisch einweihen. Frank versüßte ihr weiteres Vorgehen noch damit, dass er sich gleich nach Wechsel zum Verwaltungsgericht für den Erhalt ihrer Urlaubspläne in der Schweiz einsetzen wolle, vorausgesetzt, Wilhelm mache das noch mit. Endlich konnte Stefanie seit langer Zeit wieder einen fröhlichen, unbelasteten Abend mit ihrem Mann genießen, und das auch noch in gehobener Atmosphäre.

✳✳✳

Samstagmittag sprach Stefanie mit ihrer Mutter und bereitete sie vorsichtig auf die sich anbahnende neue Lage bei Frank vor. Sie erklärte ihr auch gleich, dass sie voll hinter Franks Vorhaben stehe, weil er nicht in der Zivilgerichtsbarkeit bleiben wolle. Dass Wilhelm der eigentliche Grund für die Änderung war, ließ sie nicht verlauten. Sie bat Hildegard darum, den anstehenden Wechsel vorsichtig Wilhelm beizubringen, der dies vielleicht nicht gerne höre.

An Spätnachmittag rief Hildegard zurück und bat inständig darum, dass sie beide am Sonntagnachmittag zum Kaffee vorbeikämen. Wilhelm wolle mit Frank dringend über die Sache reden. Frank, der das hatte kommen sehen, übernahm sofort das Gespräch und sagte Hildegard zu.

Beide Eltern begrüßten sie mit bedrückter Miene an der Tür. »Frank, wir beide sollten schleunigst reden, am besten wir machen einen Spaziergang am Rhein«, schlug Wilhelm vor, als sie noch im Eingang standen, »Du kannst ja mit Stefanie schon mal mit dem Kaffee beginnen«, wandte er sich an seine Frau. Da Frank ebenfalls an schneller Aussprache lag, gingen sie beide gleich los und die Straße hinunter zum Wanderweg am Rheinufer, der in nördlicher Richtung an der Kaiserpfalz und am Zentrum von Kaiserswerth vorbeiführte.

Frank wartete darauf, dass Wilhelm die Aussprache eröffnete. An diesem kalten Sonntag Anfang Dezember 1974 waren nur wenige Spaziergänger hier unterwegs, sodass man ungestört war. Von der anderen Rheinseite her näherte sich die Autofähre der Anlegestelle am Kaiserswerther Ufer, als Wilhelm mit bedächtigen Worten begann. Er hob hervor, wie schön sie es doch hier hätten und wie sehr sich er und Hildegard darüber freuten, dass sich nun auch für Stefanie und Frank eine glückliche Zukunft aufgetan hätte. Das entspreche genau dem, was sie sich als Eltern früher einmal für ihre Tochter erträumt hatten. Er habe bei seinem Berufsweg nach dem Krieg sehr viel Glück gehabt und auch Frank habe genug geleistet, dass es für sie alle vier gut weitergeht; dafür sei er ihm sehr dankbar. Wenn er jetzt etwas Zweifel an der Richtigkeit seines weiteren Vorhabens äußere, dann wolle er ihm nicht ungefragt reinreden, denn er habe völlig recht, als er beim letzten Telefonat nachdrücklich auf seine Eigenverantwortlichkeit gepocht habe, die er ohne Wenn und Aber respektieren werde. Er wolle ihn jetzt nur vor möglichen späteren Enttäuschungen warnen. Zum einen sei keinesfalls sicher, dass er wieder einen so guten Start wie in der Zivilgerichtsbarkeit habe; denn das hänge oft auch von den menschlichen, manchmal kaum beeinflussbaren Gegebenheiten ab. Zum anderen sei es in jeder Hinsicht das Beste, wenn er jetzt seinen bewährten Weg in der Zivilgerichtsbarkeit fortsetze, der wegen der hierfür notwendigen Qualifikation traditionell immer noch als der Königsweg in der Justiz gelte. Die Verwaltungsgerichtsbarkeit habe, rechtsgeschichtlich betrachtet, erst in sehr junger Zeit ihre Stellung als etablierter Zweig der dritten Gewalt erreicht. Sein Einsatz dort erscheine ihm für Spitzenjuristen wie ihn als zu wenig ambitioniert und der Wechsel dorthin könne ihm später einmal leidtun.

Frank nahm beruhigt wahr, in welch behutsamer Weise sein Schwiegervater jetzt ihm gegenüber auftrat. Er hatte schon befürchtet, dass Wilhelm ihn mit seiner ganzen Autorität überfahren wolle. Wilhelm ging es fühlbar weniger um Durchsetzung seiner Auffassungen als um das Glück des jungen Paares.

»Das verstehe ich sehr gut, Wilhelm, und ich bin Dir dankbar für den Rat«, setzte er an, »wie Du weißt, habe ich aber eine gewisse Affinität zum öffentlichen Recht, sodass ich ja schon meine Dissertation dort platziert hatte. Der Einstieg in die Zivilgerichtsbarkeit hat mir gut gefallen, aber auf Dauer möchte ich das nicht machen«, setzte er fort und erläuterte, dass er zum Beispiel die Abwägung hoheitlichen Ordnungsdenkens mit Freiheitsansprüchen oder die Festlegung rechtlicher Grenzen politischen Handelns für spannendere und auch bedeutungsvollere Aufgaben halte als die Abwägung von Parteiinteressen, um die es meist im Zivilprozess gehe. Wilhelm, der das anders sah, lächelte dazu nur.

Frank konzedierte dann, dass einige Richter in seiner Referendarzeit die gleiche Auffassung wie Wilhelm zur herausgehobenen Bedeutung der ordentlichen Gerichtsbarkeit gegenüber den anderen Zweigen geäußert hätten. Das beeindrucke ihn aber nicht, weil ihm die Arbeit wichtiger als ihr berufliches Ansehen sei, was ein erneutes Lächeln von Wilhelm hervorrief, der wiederum schwieg und nichts weiter dazu sagte. Wilhelm wollte auf keinen Fall die Diskussion weiter vertiefen, als er merkte, dass Franks Entschluss feststand. Er begann auch, seinen Schwiegersohn wegen der Festigkeit und Gradlinigkeit zu bewundern, mit der er seine Pläne verfolgte. Seine Tochter hatte wirklich den richtigen Mann, sie brauchten sich keine Sorge mehr um sie zu machen. Nach einer Weile bemerkte er nur noch, dass er Frank auf jeden Fall das Beste für seinen Wechsel wünsche und dass er jederzeit mit seiner Unterstützung rechnen könne, wenn er sie brauche.

Sie machten sich auf den Weg zurück nach Hause, über den Kaiserswerther Markt und an St. Suitbertus vorbei. Frank war etwas gerührt über diese friedliche Wendung und bereute fast, dass er einen so radikalen Weg eingeschlagen hatte, um sich dem Einfluss seines Schwiegervaters zu entziehen. Aber nun war es entschieden.

Stefanie, die wegen ihrer langen Abwesenheit immer nervöser geworden war, begrüßte sie beim Eintreten stürmisch und umarmte ihren Vater. Sie hatte sofort die herzliche und entspannte Stimmung zwischen den beiden wahrgenommen. Erst geraume Zeit später, als die weiteren Abläufe insbesondere des nahenden Weihnachtsfestes besprochen waren, brachen sie auf. Frank kündigte abschließend an, dass er sich gleich nach seinem Dienstantritt beim Verwaltungsgericht um die Genehmigung des Sommerurlaubs in der Schweiz kümmern wolle. Die Botschaft kam bei Wilhelm an und er freute sich, als er das Interesse auch seines Schwiegersohns an der Wiederherstellung eines harmonischen Verhältnisses zwischen ihnen registrierte. Das neue Jahr konnte hoffnungsvoll eingeläutet werden.

6. Kapitel   Rhöndorf, Herbst 2018

Inzwischen war der September des Jahres 2018 gekommen. Diesmal war er beim Dezernat für Presse- und Öffentlichkeitsarbeit der Bonner Polizei gelandet. Sein erster Versuch einen Monat zuvor war erfolglos geblieben, weil man zu Auskünften über irgendwelche alten Mordfälle schon wegen des Aufwands grundsätzlich nicht bereit war. Jetzt war er mit einem Polizeikommissar verbunden, der sich bereitwillig seiner Fragestellung widmete.

Er hatte seine Frage, heute etwas geschickter, mit dem Hinweis auf die zahlreichen polizeilichen Meldungen über die jüngsten Aufklärungserfolge aufgrund der DNA-Techniken eingeleitet und war dann erst auf den Mordfall Jürgen H. gekommen. Da dem Beamten der Mordfall unbekannt war, hatte er ihm diesen geschildert, dabei auf das damals sehr große Medienecho und auf die Polizeimeldungen noch mehr als 20 Jahre später hingewiesen. Er wolle jetzt eigentlich nur wissen, ob man die asservierten Gegenstände, welche die Polizei damals am Ort des Verbrechens sichergestellt hatte und die mit einiger Wahrscheinlichkeit DNA-Spuren aufwiesen, in jüngerer Zeit erneut überprüft hätte. Darauf erklärte der Beamte, das könne er sofort beantworten. Man könne sicher sein, dass alle Spurenträger aus alten Mordfällen im Bonner Zuständigkeitsbereich in dieser Hinsicht überprüft wurden. Wenn es in diesen Fällen keine Meldung über einen neuen Ermittlungsstand gegeben habe, dann sei es sicher, dass das Prüfergebnis negativ war. Eine erneute Befassung mit dem Fall erübrige sich deshalb.

Die Antwort war ernüchternd, erschien ihm aber plausibel. Gerade dieser Fall dürfte für die Polizei als nicht vergessener Musterfall seiner Eignung für neue kriminaltechnische Untersuchungen im Gedächtnis geblieben sein. Der um sein Leben kämpfende Junge hatte dem Täter bis zu 17 cm lange Haare ausgerissen, also vorzüglich für DNA-Untersuchungen geeignete Spurenträger, die noch Jahre später aufgrund neuer Untersuchungstechniken erneut ausgewertet werden konnten. So traurig es war, es war offensichtlich hoffnungslos, hier weiter nachzubohren.

Dennoch ließ ihm das schnelle Ende seiner Aufklärungsbemühungen keine Ruhe. Als er Wochen später noch einmal über das Telefonat nachdachte, kam ihm spontan wieder eine alte Vernehmungsregel in den Sinn: Je glatter und kürzer die Antwort, desto eher ist sie eine Lüge, denn die Wahrheit ist selten glatt und kurz. Es war nicht ganz auszuschließen, dass der Beamte eine Art Patentantwort zur Hand gehabt hatte, mit der er unerwünschte Fragen zu dem Fall kurz und bündig abzuwürgen pflegte. Obwohl er eine solche Verfahrensweise bei diesem spektakulären Mordfall für wenig wahrscheinlich hielt, sollte er zur Kontrolle vielleicht doch einmal den Versuch einer schriftlichen Anfrage starten, am besten durch eine weniger förmliche E-Mail. Diese fasste er dann wie folgt ab:

Datum: Thu, 4 Oct 2018 16:59
An: poststelle.bonn@polizei.nrw.de
Betr.: Informationen zu einem Altfall;
hier: Mordfall Jürgen H.

Sehr geehrte Damen und Herren,

die Erfolge der Polizei bei Aufklärung sog. coldcases durch neue DNA-Techniken lassen hoffen, dass auch ein damals sehr aufsehenerregender, abscheulicher Mordfall im Siebengebirge, der sich in meiner Jugendzeit ereignete, vielleicht doch noch geklärt wird. Es geht um den Mord an dem 8-jährigen Schüler Jürgen H., der im Februar 1957 ermordet in einem Steinbruch am Drachenfels aufgefunden wurde. Über diesen Fall wurde damals in der Honnefer Volkszeitung (HVZ) und im General Anzeiger (GA) reichlich berichtet (z.B. GA vom 23., 25., 26.02. und 06.12., 24.03.1957; HVZ vom 23., 25., 26., 27., 28., 02. und 02., 06., 09., 12., 23.03.1957). Trotz Verfolgung zahlreicher Spuren und Einvernahme mehrerer Verdächtiger wurde der Täter leider nie ermittelt. In der Presse wurde damals berichtet, dass am Tatort ein blutverschmierter Hammer und außerdem bis zu 17 cm lange Haare, die mit einiger Sicherheit vom Täter stammten, in einer Hand des ermordeten Jungen gefunden wurden.

Meine Fragen an Sie sind:
1. Sind die von der Polizei sichergestellten und wahrscheinlich zu den Ermittlungsakten asser-

vierten Gegenstände (blutverschmierter Hammer und die Haare des Täters) in letzter Zeit nach den neuesten gentechnischen Methoden auf DNA-Spuren untersucht worden? Wenn ja, mit welchem Ergebnis?
2. Wenn DNA wahrscheinlich des Täters gefunden wurde: Hat man diese mit der DNA der in diesem Fall ermittelten Verdächtigen verglichen? Falls Verdächtige inzwischen verstorben sind: Hat man die DNA ihrer Nachkommen zum Vergleich herangezogen?

Ich wäre Ihnen dankbar, wenn Sie diese nicht nur für mich, sondern generell für die Öffentlichkeit auch heute noch wichtigen Fragen beantworten könnten!
Mit freundlichen Grüßen

Die Polizei Bonn antwortete prompt:

Datum: Fri, 5 Oct 2018 08:59

Sehr geehrter Herr,
besten Dank für Ihre Nachfrage zu einem etwas weiter zurückliegenden Fall.

Bereits im Jahr 1990 wurde der von Ihnen angesprochene Fall aus dem Jahr 1957 in der zuständigen Fachdienststelle der Direktion Kriminalpolizei geprüft und bearbeitet. Hierbei wurde auch geprüft, ob noch geeignete Spurenträger zur weiteren Bearbeitung/Untersuchung vorhanden sind. Diese Überprüfung verlief negativ.

Bitte haben Sie Verständnis dafür, dass wir weitergehende Nachfragen auch mit Blick auf die grundsätzliche Zuständigkeit der Staatsanwaltschaft derzeit nicht beantworten werden.

Wir hoffen, dass wir Ihnen dennoch weiterhelfen konnten und verbleiben

Mit freundlichen Grüßen
Helmut Langenberg

❋❋❋

Mit diesem Ausgang hatte er nicht gerechnet. Er hätte weit eher vermutet, dass man hier deshalb nicht weitergekommen war, weil der DNA-Vergleich keinen Treffer erbrachte. Dass aber keine geeigneten Spurenträger mehr vorhanden sein sollten, erschien ihm angesichts der Ausgangslage in 1957 kaum verständlich. Auffällig darüber hinaus war, wie geschwollen das banale Fehlen geeigneter Spurenträger dargelegt wurde: »Diese Überprüfung verlief negativ.« Er erinnerte sich an Fälle, in denen Polizeibeamte mit schlechtem Gewissen ihre mangelhafte

Arbeit in Ermittlungsfällen mit derartig aufgeblähten Formulierungen versehen hatten.

Gerade als er diesem Punkt mit einer weiteren E-Mail auf den Grund gehen wollte, traf bei ihm die folgende, überraschende Nachricht ein:

> Betreff: Mordfall Jürgen H.
> Von: Richard.Bering@polizei.nrw.de
> Datum: 12.10.2018 09:08
>
> Sehr geehrter Herr,
> betreffend Ihrer Anfrage an die Polizei Bonn möchte ich gerne ein persönliches Telefonat mit Ihnen führen.
> Bitte melden Sie sich unter der u.a. Telefonnummer.
>
> Viele Grüße
> Richard Bering, EKHK
> PP Bonn
> Tel.: 0228/15-9034

Das Gespräch führte er gleich am nächsten Tag und fertigte darüber einen Vermerk an:

> Vermerk
> Auf die Bitte des EKHK Bering von der Polizei Bonn um telefonische Kontaktaufnahme habe ich am

13.10.2018 das gewünschte Telefonat geführt (über Tel. Nr. 0228-15-9034).

Herr Bering stellte eingangs klar, dass in diesem Fall eine weitere Aufklärung deshalb nicht möglich sei, weil die damaligen Spurenträger nicht mehr vorhanden seien. Man wisse nicht, wo die sichergestellten Gegenstände (Haare wohl des Täters, blutverschmierter Hammer) verblieben seien. Schon 1990, als man einer neuen Spur aufgrund eines Hinweises auf eine Person habe nachgehen wollen, sei das Verschwinden der Asservate bemerkt worden.

Ich bedauerte dieses Ergebnis, wo doch gerade in diesem Fall die neuen DNA-Untersuchungsmethoden sehr erfolgversprechend hätten eingesetzt werden können. Herr Bering teilte diese Meinung.

Das war es nun – ein niederschmetterndes Ergebnis. Sein großes Vorhaben, endlich Licht ins Dunkel seines »Leitfalls« aus der Jugendzeit zu bringen, hatte sich als hoffnungslos und obsolet erwiesen. Wie konnte es nur geschehen, dass die extreme Gründlichkeit, mit welcher der Fall in den ersten Jahrzehnten von der Polizei verfolgt und kommuniziert wurde, zu einem späteren, vor 1990 liegenden Zeitpunkt offenbar von Gleichgültigkeit abgelöst wurde? Warum hatte man hier jegliche Ermittlungsarbeit eingestellt, obwohl sich doch noch 1990 eine neue Spur ergeben hatte und man aufgrund des offenbar selbst verschuldeten Spurenträgerverlustes Anlass zu erhöhten Bemühungen um Aufklärung hatte?

Jetzt wurden ihm auch die Gründe für das merkwürdige Verschwinden jeglicher Hinweise auf diesen Fall im Internet und die polizeilichen Vernebelungsbemühungen bei Nachfragen klar: Die Polizei wollte mit aller Macht ein für sie unrühmliches Kapitel vergessen machen, dieser Fall hatte nicht mehr zu existieren. Hartnäckige Fragesteller wie er wurden mit dem Mittel eines persönlichen, äußerst höflichen Telefonats ruhiggestellt. Statt ihren Pflichten zur Aufklärung des nie gesühnten Falls und zur weiteren Information der Öffentlichkeit über ihre Ermittlungsergebnisse und -pannen nachzukommen, hatte sich die Polizei Bonn ganz offensichtlich zum Eigenschutz darauf verlegt, den Fall zu verschleiern und ad acta zu legen. Bei dieser deprimierenden Ausgangslage würde er mit weiteren Informationsversuchen gegen eine Mauer anlaufen.

✳ ✳ ✳

In Rhöndorf gibt es einen sehr malerischen und schattigen Wanderweg ins Siebengebirge, der erst zum Breiberg und dann weiter zur Löwenburg führt. Er brauchte jetzt, nach rund einmonatiger Untätigkeit, diesen Ausflug in die Natur, um sich von der Enttäuschung zu erholen, die ihn überkommen hatte. Er stellte wieder seinen Wagen auf dem Parkplatz am Ziepchens-Brunnen ab und wanderte die Löwenburgstraße hinauf, vorbei an den zahlreichen, gepflegten und einfallsreich ausstaffierten Frontseiten der mehr als 100 Jahre alten Fachwerkhäuschen. Hinter dem Eingang zum Waldfriedhof kam die Abzweigung nach rechts zum weiteren Weg ins Gebirge, der ihm doch viel mehr abverlangte als gedacht. Nach mehreren Pausen erreichte er endlich die Hütte vor dem letzten Aufstieg zum großen Breiberg. Im Anschluss an die erneute Pause dort quälte er sich vorsichtig den schmalen, felsigen Hang hinauf zum dortigen Aussichtspunkt, das Ziel seines heutigen Ausflugs. Denn von hier hatte man einen perfekten Ausblick auf die gegenüberliegenden Steinbrüche von Drachenfels und Wolkenburg. Der Steinbruch des Drachenfels war unter dem dichten Wald inzwischen kaum noch auszumachen; nur ganz schwach erkannte er dessen Felswände. Wichtiger als die gute Sicht war ihm aber, dass er hier, direkt gegenüber dem »tatrelevanten« Platz, wie man es im Polizeijargon genannt hätte, noch einmal den genius loci auf sich wirken lassen konnte und er so vielleicht einen Ausweg aus der Misere fand. Als er dann lange und unverwandt hinübersah, glaubte er schließlich, sogar den Schrei des Jungen gehört zu haben.

Nach einer halben Stunde ungestörter Ruhe dort oben überkam ihn neue Frische. Wenn er diesen Berg geschafft hatte, warum sollte dann nicht auch seine alte, aus dem Dienst bekannte Aggressivität beim Überwinden von Mauern des Schweigens, Lügens und Tarnens zurückkehren? Er müsste hier nur mit stärkeren Mitteln als bisher arbeiten, um weiterzukommen. Vergnügt machte er sich an den vorsichtigen Abstieg, weil ihm eine Idee gekommen war.

7. Kapitel   Rhöndorf, Winter 2018

Am nächsten Morgen setzte er die Idee in die Tat um und schlug einen Weg ein, den der Rechtsstaat für Fälle bereithält, in denen wie hier Rechtsbehelfe und gerichtlicher Rechtsschutz gegen behördliches Handeln nicht zur Verfügung stehen:

Bad Honnef, den 22.11.2018

Der Präsident des Landtags NRW
Postfach 10 11 43
40002 Düsseldorf

Betreff: Petitionsrecht nach Art. 17 des
        Grundgesetzes;
        hier: Aufklärungsarbeit der Polizei in
              alten Mordfällen
Anlg.: -3-

Sehr geehrter Herr Präsident,
im Rahmen meines Petitionsrechts nach Art. 17 GG i.V. mit Art. 4 Verf.NW wende ich mich an Sie mit der Bitte, einem innerbehördlichen Missstand bei der Aufklärungsarbeit der Polizei in alten Mordfällen nachzugehen. Es geht um immer

wieder in der Presse bekannt gewordene, nicht näher geklärte oder hinreichend erläuterte Verluste von Spurenträgern aus Straftaten wie Mord, für die keine Strafverfolgungsverjährung existiert. Einen solchen Verlust musste jetzt die Polizei Bonn in einem alten, damals sehr aufsehenerregenden Mordfall eingestehen.

Ich hatte mich an die Polizei Bonn mit einem Auskunftsersuchen zum möglichen Einsatz neuer DNA-Untersuchungstechniken in einem Altfall aus dem Jahr 1957 gewandt (s. Anlage 1). Dieser Mord an einem achtjährigen Jungen am Drachenfels und die dazu in der Lokalpresse bekanntgegebenen Ergebnisse der Ermittlungsarbeit der Polizei (s. damalige Meldungen aus dem General Anzeiger – Anlagen 2) fanden weithin, insbesondere im Rheinland und über Jahre hinaus eine überaus große Beachtung. Nachdem nun in neuerer Zeit aus Medienberichten die erstaunlichen kriminalistischen Erfolge von DNA-Untersuchungen bekannt wurden, konnte man angesichts der Spurenlage in diesem Mordfall auch hier eine (späte) Aufklärung erhoffen. Das Ergebnis meiner Anfrage war jedoch enttäuschend; nach anfänglich verschwommenem Antwortverhalten musste die Polizei Bonn auf insistierende Nachfragen einräumen, dass die damals sichergestellten Spurenträger irgendwie abhanden gekommen sind (s. weiteren Schriftwechsel und Gesprächsvermerk – Anlagen 3). Damit fand dieser Fall ein recht unrühmliches Ende, das man so nicht hinnehmen kann. Insbesondere sind folgende Punkte aus meiner Sicht näher aufzuklären:

- Ist das Verschwinden von Spurenträgern aus alten Mordfällen schicksalshaft hinzunehmen oder gibt es für deren Sicherung und Aufbewahrung Vorschriften, gegen die hier möglicherweise verstoßen wurde? Gibt es festgelegte Fristen für die Aufbewahrung von Asservaten aus Mordfällen, wenn nein, sollten sie nicht eingeführt werden?

- Welche ihr zumutbare Anstrengungen hat die Polizei Bonn zum Auffinden der Spurenträger unternommen, nachdem sie bereits 1990 den Verlust bemerkte? Denn zu diesem Zeitpunkt konnte man ziemlich sicher davon ausgehen, den Täter noch zu dessen Lebzeiten zu überführen, und zwar auch nach früher gebräuchlichen Methoden der Analyse der sichergestellten Spurenträger?

- Gibt es Erkenntnisse über die Anzahl der Fälle von derartigen Spurenträger-Verlusten in NRW? Sollte nicht besser die zentrale Aufbewahrung der Spurenträger aus unverjährbaren Mordfällen erwogen werden (z.B. beim BKA)?

Mir ist klar, dass im Mordfall Jürgen H. wegen des Zeitablaufs kaum noch Chancen bestehen, den Täter zu ermitteln. Gleichwohl ist hier nähere Aufklärung der angesprochenen Punkte nötig, damit die polizeiliche Arbeit verbessert und in Zukunft derartige Pannen vermieden werden. Es dient der Generalprävention, wenn Mörder befürchten müssen, dass sie sogar noch über ihren Tod hinaus als Täter identifiziert werden können.

Mit freundlichen Grüßen

Eine Woche später erreichte ihn die Eingangsnachricht des Vorsitzenden des Petitionsausschusses NRW. Das lapidare Ergebnis der Befassung durch den Ausschuss wurde dann ein halbes Jahr später mit Schreiben vom 27. Mai 2019 mitgeteilt.

Der Ausschuss habe sich über den der Petition zugrunde liegenden Sachverhalt und die Rechtslage unterrichtet. Er habe Kenntnis von den für die Justiz- und Polizeibehörden bestehenden Regelungen zur Aufbewahrung von Akten in ungeklärten Mordfällen und von den dazugehörigen Asservaten genommen. Der Petitionsausschuss sehe nach Prüfung der Angelegenheit keine Möglichkeit, der Landesregierung (Ministerium des Innern und Ministerium der Justiz) weitere Maßnahmen im Sinne der Petition zu empfehlen. Der Petent erhalte zur weiteren Information eine Kopie der im Einvernehmen mit dem Ministerium der

Justiz ergangenen Stellungnahme des Ministeriums des Innern vom 01.03.2019. Diese etwas aussagekräftigere Stellungnahme lautete wie folgt:

Pet.-Nr.: IV.B.4/13-P-2018-0135-00

Sehr geehrter Herr Landtagspräsident,
im Einvernehmen mit dem Ministerium der Justiz des Landes Nordrhein-Westfalen nehme ich zu der im Betreff genannten Petition wie folgt Stellung:

1. Gegenstand der Petition

Der Petent beanstandet den Verlust eines Spurenträgers in dem bei der Staatsanwaltschaft (StA) Bonn geführten Ermittlungsverfahren 10 Js 284/57 und eine damit nicht mehr mögliche Aufklärung eines im Jahr 1957 verübten Tötungsdelikts. Er begehrt in diesem Zusammenhang Auskunft über bestehende Vorschriften für die Aufbewahrung von Asservaten aus »alten Mordfällen« und fordert, diese gegebenenfalls zu präzisieren. In diesem Kontext bittet der Petent ebenso um die Aufklärung zu innerbehördlichen Missständen bei der Aufklärungsarbeit sowie im Umgang mit Asservaten der Polizei.

2. Sachverhalt

Der Leichnam des zunächst vermissten achtjährigen Jürgen H. wurde im Februar 1957 in einem

Waldstück in Bad Honnef aufgefunden. Jürgen H. wies Verletzungen stumpfer Gewalt sowie Messerstiche auf. Neben weiteren Spurenträgern wurden u.a. Haare gefunden, bei denen aufgrund der Spurenlage von einer Täterzugehörigkeit auszugehen war. Die Spurenträger wurden seinerzeit sichergestellt und asserviert.

Der Tatverdacht richtete sich gegen eine männliche Person, die in Untersuchungshaft genommen wurde. Das Bundeskriminalamt (BKA) führte eine – dem damaligen Standard entsprechende – morphologische Vergleichsuntersuchung der Haare in Bezug auf Farbe und Struktur durch. Im Ergebnis ließen sich die sichergestellten Haare nicht der inhaftierten Person zuordnen, sodass diese aus der Untersuchungshaft entlassen wurde. Die Ermittlungen wurden schließlich ohne Tataufklärung gegen einen unbekannten Tatverdächtigen fortgeführt.

Im März 1990 äußerte die Familie eines bereits im Jahre 1989 verstorbenen 74-jährigen Mannes einen möglichen Tatverdacht gegen ebendiesen im Kontext des Mordfalls Jürgen H. Im Rahmen dieser Ermittlungen prüfte das Polizeipräsidium (PP) Bonn die Möglichkeit des molekulargenetischen Abgleichs der seinerzeit am Tatort gesicherten Haare und der DNA des Verstorbenen.

Die tatrelevanten Haare waren nicht mit der Ermittlungsakte zur StA Bonn, sondern zur weiteren Untersuchung an das BKA gesandt worden. Ausweislich einer Verfügung StA Bonn vom 14.10.1975 – 10 Js 284/57 sind die Haare nach der Untersuchung durch das BKA wieder dem PP Bonn zurückgesandt worden. Die StA Bonn verweist in ihrer Verfügung diesbezüglich auf eine Übersendungsverfügung des BKA vom 17.10.1964.

Bei der Überprüfung 1990 wurde festgestellt, dass hierzu ein korrespondierender Eingang beim PP Bonn nicht vermerkt war. Eine Nachschau in der Asservatenkammer der Kriminaltechnischen Untersuchungsstelle des PP Bonn (KTU) verlief ebenfalls negativ. Insofern ließ sich der Verbleib der Haare 1990 nicht mehr nachvollziehen.

3. Stellungnahme

Die Ermittlungsakte der StA Bonn ist nicht mehr vorhanden. Anlässlich der Petition sind die beim PP Bonn sowie der Asservatenstelle der StA Bonn noch vorhandenen Unterlagen beigezogen worden. Im Ergebnis ist der Verbleib der Haare nicht mehr nachzuvollziehen. In ihrer Verfügung vom 14.10.1975 – 10 Js 284/57 stellte die StA Bonn fest: »Objektive Beweismittel sind – entweder durch Vernichtung oder durch sonstigen Verlust – nicht mehr vorhanden.«

Zu den Fragen des Petenten hinsichtlich bestehender Vorschriften für die Aufbewahrung von

Spurenträgern gilt, soweit es den Geschäftsbereich des Ministeriums des Innern anbelangt, Folgendes:

Maßgeblich für den Umgang mit amtlich in Verwahrung genommenen Gegenständen durch die Polizei ist der Runderlass des Innenministers vom 24.10.1983 – IVA2-2029 »Behandlung von Verwahrstücken im Bereich der Polizei«. Danach haben alle beteiligten Bediensteten darauf zu achten, dass Verwahrstücke (Asservate) vor Verlust, Verderb oder Beschädigung geschützt sind. Gemäß Nr. 4.2 dieses Erlasses sind Sachen, die in Straf- bzw. Ordnungswidrigkeitenverfahren in Verwahrung genommen werden, spätestens mit der Abgabe des Ermittlungsvorgangs an die Staatsanwaltschaft bzw. an die sonstige Verfolgungsbehörde abzugeben, sofern nicht im Einzelfall eine Vereinbarung über die Fortführung der Verwahrung durch die Polizei getroffen wird.

Das Ministerium der Justiz des Landes Nordrhein-Westfalen nimmt zu der Petition wie folgt Stellung:

»Zu den Fragen des Petenten hinsichtlich bestehender Vorschriften für die Aufbewahrung von Spurenträgern gilt, soweit es den Geschäftsbereich des Ministeriums der Justiz anbelangt, Folgendes:

Vorschriften für amtlich verwahrte Gegenstände in Strafsachen enthalten die Nummern 74 bis 76 der Richtlinien für das Strafverfahren und das

Bußgeldverfahren und § 9 der Aktenordnung. Gegenstände, die in einem Strafverfahren beschlagnahmt oder sonst in amtliche Verwahrung genommen worden sind, müssen zur Vermeidung von Schadensersatzansprüchen vor Verlust, Entwertung oder Beschädigung geschützt werden. In Verfahren gegen unbekannte Täter sind Gegenstände, die für Zwecke des Strafverfahrens noch benötigt werden, in der Regel bis zum Eintritt der Verfolgungsverjährung aufzubewahren (Nr. 76 Abs. 1 RiStBV). Da Mord nicht verjährt, trifft die Verordnung über die Aufbewahrung von Schriftgut in der Justiz und Justizverwaltung des Landes Nordrhein-Westfalen (AufbewahrungsVO NRW) in diesem Zusammenhang eine Sonderbestimmung: Akten, aus denen sich ergibt, dass der objektive Tatbestand eines Verbrechens vorliegt, welches der Verjährung nicht unterliegt, sind, wenn der Täter nicht zur Aburteilung zu bringen ist, so lange aufzubewahren, als eine Strafverfolgung den Umständen nach noch möglich ist.

Die Sicherung und Aufbewahrung der zu den Akten gelangten Asservate bei Justizbehörden richtet sich dann nach der Anweisung für die Behandlung der in amtlichen Gewahrsam gelangten Gegenstände (Gewahrsamssachenanweisung) – AV d. JM vom 23. Januar 2015 (1454 – I.153). Gemäß § 4 der Gewahrsamssachenanweisung ist bei der Aufbewahrung von Asservaten zwischen Gegenständen, die eines besonderen Schutzes vor Verlust oder Beschädigung bedürfen, und denen, die eines solchen Schutzes nicht bedürfen, zu unterscheiden. Gegenstände, die eines besonderen Schutzes vor Verlust oder Beschädigung bedürfen, wie z. B. wichtige Beweisstücke, werden im Geschäftsbereich der Justiz je nach ihrer Beschaffenheit in eine besonders gesicherte Aufbewahrung genommen. Es obliegt der Behördenleitung, nähere Bestimmungen über die Aufbewahrung zu treffen.

Der bedauerliche Verlust eines Spurenträgers in einem Einzelfall gibt mir keine Veranlassung, dieses Regelwerk zu ändern. Erkenntnisse über die Anzahl möglicher weiterer Fälle von Spurenträger-Verlusten in Ermittlungsverfahren wegen Mordes hat das Ministerium der Justiz nicht.«

4. Bewertung

Weder beim PP Bonn noch bei der StA Bonn ist heute eine Klärung des Verbleibs der Haare nach Rückversand durch das BKA möglich. Weshalb im Jahr 1975 die Vernichtung der Asservate verfügt wurde, obwohl Asservate bei vorsätzlichen Tötungsdelikten ohne Ermittlung eines Tatverdächtigen dauerhaft aufbewahrt werden, lässt sich ebenfalls nicht mehr nachvollziehen.

Zu bestehenden Vorschriften für die Aufbewahrung von Asservaten wird ausführlich Stellung genommen. Der Verlust bzw. die Vernichtung der Asservate in dem der Petition zu Grund liegenden Fall gibt keine Veranlassung, die polizeilichen und justiziellen Vorschriften zur Behandlung von Spurenträgern und Verwahrstücken zu ändern.

In den ersten Tagen nach Eingang dieses Elaborats des Petitionsausschusses hatte er noch den Eindruck gehabt, in dem Fall etwas in Richtung Aufklärung bewegt zu haben. Denn die Stellungnahmen der Ministerien des Innern und Justiz enthielten neue, vorher nicht bekannt gewordene Details zu diesem Kriminalfall, und dann war auch seine Auffassung bestätigt worden, dass die Vernichtung der Asservate und Akten auf jeden Fall vorschriftswidrig war. Nach längerer und wiederholter Befassung mit der Materie wurde ihm aber bewusst, dass sich hier seine anfänglichen, düsteren Ahnungen, in ein behördliches Desaster mit nachfolgendem Versteckspiel hineingeraten zu sein, mit fortschreitender »Bohrtätigkeit« mehr und mehr bestätigten. Mit der (selbstgefälligen) Kenntnisnahme von den für die Justiz- und Polizeibehörden bestehenden Regelungen zur Aufbewahrung von Akten/Asservaten in ungeklärten Mordfällen meinte der Ausschuss seine Arbeit getan zu haben; er sehe »keine Möglichkeit, der Landesregierung weitere Maßnahmen im Sinne der Petition zu empfehlen«. Die Polizei- und Justizbehörden, die gründlich versagt hatten, bekamen also noch Rückendeckung von diesem parlamentarischen Gremium und wurden wegen ihrer mehrfachen, schwerwiegenden und irreparablen Fehler bereits 18 Jahre nach der Tat nicht einmal kritisiert. Nach den neuen Informationen sah es ganz danach aus, dass

Polizei und Staatsanwaltschaft Bonn im Jahr 1975 systematisch damit begonnen hatten, die Aufklärung des Falls für immer unmöglich zu machen. Denn die für eine Überführung des Täters notwendigen Asservate und Akten waren bereits zu diesem Zeitpunkt vernichtet worden, ohne dass dafür ein vernünftiger Grund bestand oder auch nur der Versuch gemacht wurde, den Grund dafür zu ermitteln. Wenn Akten und Spurenträger schon 17 Jahre nach der Tat gezielt auf Weisung der Staatsanwaltschaft vernichtet wurden, kann nicht einmal widerlegt werden, dass der Leitende Oberstaatsanwalt Bonn der Täter war, der sich hier selbst vor Strafe geschützt hatte.

In was für einen Sumpf von Inkompetenz würde ihn dieser Fall noch führen? Und in welch armselige Rolle war der Petitionsausschuss degeneriert, wenn er die eklatanten Missstände nur noch kommentarlos akzeptieren und der Landesregierung rein gar keine Maßnahme dazu empfehlen konnte? Waren sich die Ausschussmitglieder eigentlich darüber im Klaren, wie sehr sie damit ein vernünftiges, bewährtes Instrument des Rechtsstaates in seiner Bedeutung systematisch herabsetzten und den Behörden einen Freibrief für Willkür und Schlamperei gaben? Das würde man klären müssen.

8. Kapitel   Rhöndorf, Sommer 2019

Bad Honnef, den 14.06.2019

Vorsitzender des Petitionsausschusses
des Landtags NRW
Herrn
Simon Hildebrandt MdL
Postfach 10 11 43
40002 Düsseldorf

Betr.: Petitionsrecht nach Art. 17 des Grundgesetzes:
hier: Aufklärungsarbeit der Polizei in alten Mordfällen
Bezug: Mitteilung des Präsidenten des Landtags vom 27.05.2019 –

GeschZ.: IV.B.4/13-P-2018-0135-00

Sehr geehrter Herr Vorsitzender,

mit dem o.g. Schreiben wurde ich über den Beschluss des Petitionsausschusses in dem von mir dargelegten Fall des Verlustes von Spurenträgern bei der Polizei Bonn informiert. Der Beschluss und die dazu im Einvernehmen mit dem Ministerium der

Justiz vorgelegte Stellungnahme des Ministeriums des Innern vom 01.03.2019 zeigen, dass man sich zwar intensiv mit den Randfragen zu den Aufbewahrungsvorschriften, nicht aber mit dem doch unübersehbaren Kern meiner Petition, nämlich den innerbehördlichen Missständen, auf die der Spurenträgerverlust in diesem aufsehenerregenden Mordfall zurückzuführen ist, befasst hat.

Nach Sachverhaltsschilderung hatte ich in meiner Petition das Aufklärungsbedürfnis in diesem Fall auf die folgenden drei Fragen konzentriert:

- Ist das Verschwinden von Spurenträgern aus alten Mordfällen schicksalshaft hinzunehmen oder gibt es für deren Sicherung und Verwahrung Vorschriften, gegen die hier möglicherweise verstoßen wurde? Gibt es festgelegte Fristen für die Aufbewahrung von Asservaten aus Mordfällen, wenn nein, sollten sie nicht eingeführt werden?
- Welche ihr zumutbaren Anstrengungen hat die Polizei Bonn zum Auffinden der Spurenträger unternommen, nachdem sie bereits im Jahr 1990 den Verlust bemerkte? Denn zu diesem Zeitpunkt konnte man ziemlich sicher davon ausgehen, den Täter noch zu dessen Lebzeiten zu überführen, und zwar auch nach früher gebräuchlichen Methoden der Analyse der sichergestellten Spurenträger.

- Gibt es Erkenntnisse über die Anzahl der Fälle von derartigen Spurenträger-Verlusten in NRW? Sollte nicht besser die zentrale Aufbewahrung erwogen werden (z.B. beim BKA)?

Nur die 1. Frage wurde hinreichend beantwortet; danach existieren also Vorschriften, die in diesem Mordfall den Justiz- und Polizeibehörden die gesicherte Aufbewahrung der Spurenträger aufgaben. Umso mehr verwundert den Leser dann, wie gelassen und kommentarlos die Innenverwaltung das – somit vorschriftswidrige und offensichtlich fahrlässige – Verschwinden der Spurenträger hinnimmt und den notwendigen Antworten auf meine Fragen aus dem Wege geht. Sachverhaltsschilderung und Bewertung der Stellungnahme des Ministeriums des Innern bringen zudem überraschende Fakten an den Tag, die nahelegen, dass in diesem Fall katastrophale Behördenfehler jahrzehntelang vertuscht wurden. Die Fakten dazu lassen sich kurz wie folgt zusammenfassen:

A) Nach Stellungnahme des Ministers des Innern (Nr. 2, 4. Absatz) waren die »tatrelevanten Haare« (des Täters) gemäß Übersendungsverfügung des BKA vom 17.10.1964 an die Polizei Bonn zurückgesandt worden, der Eingang dort war aber nicht vermerkt. Das heißt, dass bereits 7 Jahre nach der Tat die eminent wichtigen

Beweismittel des Falls entweder auf dem Versandweg oder aber innerbehördlich bei der Polizei Bonn abhanden gekommen waren, dies aber wohl zunächst keiner bemerkt und später jeder vertuscht hat.

Die offenen Fragen dazu:

a) Wie musste ein vorschriftsgemäßer Spurenträger-Versand zwischen BKA und Polizeidienststellen üblicherweise ablaufen?
b) Gab es angesichts der Wichtigkeit der Sendungen nicht Vorkehrungen gegen durchaus mögliche Versandverluste z.B. in der Weise, dass der Versandeingang vom Empfänger unterschriftlich bestätigt werden musste?
c) Weshalb ist das Ergebnis von den in diesem Fall gebotenen Nachforschungen über den Verbleib der Asservate nicht in den Akten vermerkt? Denn aufgrund der Übersendungsverfügung des BKA, spätestens bei der späteren Weiterbearbeitung des Falls musste der Polizei Bonn doch irgendwann aufgefallen sein, dass entweder der Eingangsvermerk oder aber die Spurenträger fehlten.
d) Hält der Petitionsausschuss es nicht für notwendig, dass die für die Aktenführung und weitere Aufbewahrung der Spurenträger dieses Falls verantwortlichen Beamten der

Polizei Bonn ermittelt und zu den Defiziten hätten vernommen werden müssen?

e) Was ist hier später in dienstrechtlicher Hinsicht unternommen worden bzw. was hätte unternommen werden müssen, nachdem klar war, dass nicht nur die Spurenträger bei der Polizei Bonn abhanden gekommen waren, sondern darüber hinaus auch die Aktenführung mangelhaft war? Der Minister des Innern scheint der irrigen Ansicht zu sein, dass man der Polizei Bonn deshalb keinerlei Fehlverhalten vorwerfen kann, weil die Akten dazu nicht genug hergeben; also ist der Frage konsequent nachzugehen, was denn die Akten in diesem Fall des Asservatenverlustes hätten hergeben müssen.

B) Der Minister des Innern legt ohne nähere Erklärung dar, dass die Ermittlungsakte der StA Bonn nicht mehr vorhanden ist (Nr. 3 Satz 1 der Stellungnahme).

Die offenen Fragen dazu:

a) Wieso verschwinden in diesem unverjährbaren Mordfall Ermittlungsakten? Gelten hier nicht die gleichen Aufbewahrungsregeln wie für Asservate?
b) Wieso nimmt der Petitionsausschuss dieses weitere Defizit widerspruchslos hin?

C) Der Minister des Innern führt in seiner Bewertung überraschend aus, dass er nicht nachvollziehen könne, weshalb im Jahr 1975 die Vernichtung der Asservate verfügt wurde (Nr. 4 Satz 2 der Stellungnahme).

Die offenen Fragen dazu:

a) Wieso nehmen Minister des Innern/der Justiz und Petitionsausschuss beanstandungslos diese offensichtlich grob vorschriftswidrige Vernichtungsanordnung hin?
b) Wieso kommt dieses eminent wichtige Faktum erst jetzt und so nebenbei zutage?
Ist das nicht der Beweis für jahrzehntelanges Vertuschen schweren Behördenversagens? Es ist ein Skandal, wenn sich so herausstellt, dass bereits 18 Jahre nach der Tat die wichtigsten Beweismittel gar nicht mehr vorhanden waren, weil sie auf rechtswidrige Anordnung hin vernichtet worden waren.
c) Weshalb wurde die Öffentlichkeit nicht im Jahr 1964 oder später im Jahr 1990 über das auf katastrophalem Behördenversagen beruhende Verschwinden der Spurenträger unterrichtet?
d) Weshalb gab nach Stellungnahme des Ministers des Innern (Nr. 2, 3. Absatz) die Polizei Bonn im Jahr 1990 vor, »die Möglichkeit des molekulargenetischen Abgleichs der seinerzeit am Tatort gesicherten

Haare und der DNA des Verstorbenen« zu prüfen, wenn sie doch selbst am besten wusste, dass die Haare, wenn nicht schon seit 1964 verschwunden, so doch spätestens seit 1975 vernichtet waren? Ist diese (geschwollene) Aussage nicht Indiz für die jahrelang mit Erfolg betriebene Vertuschung des Behördenversagens?

e) Weshalb versuchte die Polizei Bonn nicht auf anderen Wegen der Tatverdachtsäußerung der Familie des verstorbenen 74-jährigen Mannes nachzugehen, nachdem klar war, dass ein Spurenträgerabgleich nicht möglich war? Es hätte z.B. im Umfeld des verstorbenen Tatverdächtigen ermittelt werden können, ob dieser Gesteinssammler war und sich früher öfters am Tatort (Steinbruch am Drachenfels) aufgehalten hatte. Ist der Petitionsausschuss nicht der Auffassung, dass die Polizei nach dem behördlichen Desaster mit den Spurenträgern erhöhten Ermittlungsaufwand hätte an den Tag legen müssen?

Je gründlicher man den Einzelheiten des Falls nachgeht, desto mehr Fehler treten hier langsam zutage:

- 1964 verschwinden die Spurenträger – bedauerlich und unerklärlich!
- 1975 wird die Vernichtung der Asservate angeordnet – nicht nachzuvollziehen!

- Später verschwindet auch die Ermittlungsakte der StA – ohne Erklärung!
- Die Akten sind so lückenhaft geführt, dass man die Verantwortlichen für die klar vorliegenden Fehler nicht ermitteln kann – ein Schelm, der Böses dabei denkt!

Insgesamt kommt man zu dem Ergebnis, dass die genannten Strafverfolgungsbehörden wesentliche Bedingungen dafür gesetzt haben, dass die Ermittlung des Täters unmöglich wurde. Dadurch konnte noch nicht einmal der Hinweis auf den wahrscheinlichen Täter aus dessen eigener Familie in 1989 verifiziert werden – ein unsäglicher Skandal! Die Fehler sind derart gravierend, dass der Verdacht nicht ganz abwegig erscheint, dass der Täter selbst Polizeibeamter war, den seine Kollegen vor Strafverfolgung schützen wollten. Die Öffentlichkeit sollte deshalb über die Identität des von der Familie bezichtigten Verstorbenen informiert werden.

Als Vorsitzenden des Petitionsausschusses muss ich Sie abschließend fragen, ob Sie diese Ummäntelung des Behördenversagens, von der die Stellungnahme vom 01.03.2019 geprägt ist, wirklich mittragen wollen. Wenn dem Ausschuss von Ihrem Ausschussdienst eine Beratungsunterlage vorgelegt wird, die in wesentlichen Fragen auf Vertuschung abstellt und die Aufdeckung und Würdigung aller Fehler umgeht, dann können die Abgeordneten nicht sachgerecht entscheiden. Der Ausschuss würde mit dem so erzielten Ergebnis einen gehörigen Beitrag zur steigenden Staatsverdrossenheit leisten, was eigentlich nicht in seiner Absicht liegen dürfte. Die jahrzehntelange Vertuschungsstrategie der Polizei Bonn darf sich nicht in der Weise auszahlen, dass alle zur Nachprüfung Aufgerufenen jetzt wegen des Zeitablaufs die Bücher schließen.

Mit freundlichen Grüßen

Das Ergebnis der erneuten Befassung des Petitionsausschusses, der die Remonstration gegen dessen Bescheid als neue Petition wertete, wurde durch Übersendung des Sitzungsprotokolls mit Schreiben vom 09.02.2020 bekanntgegeben:

Der Petitionsausschuss hat sich über das Anliegen des Petenten und den mit der Petition angesprochenen Sachverhalt unterrichtet.

Er hat Kenntnis davon genommen, dass zu einem nicht näher bekannten Zeitpunkt vor dem 27.06.1975 bei der Staatsanwaltschaft Bonn eine Ermittlungsakte fehlerhaft ausgesondert und dass im Anschluss daran Asservate vernichtet wurden. Er hat weiter zur Kenntnis genommen, dass der Leitende Oberstaatsanwalt in Bonn diesen 44 Jahre zurückliegenden Vorfall vorsorglich zum Anlass genommen hat, die für Kapitalstrafsachen zuständigen Dezernentinnen und Dezernenten nochmals auf die Einhaltung der Aufbewahrungsfristen hinzuweisen. Diese staatsanwaltschaftliche Sachbehandlung ist nicht zu beanstanden.

Der Petitionsausschuss sieht nach Prüfung der Sach- und Rechtslage keine Möglichkeit, der Landesregierung (Ministerium des Innern – MI; Ministerium der Justiz – MJ) weitere Maßnahmen im Sinne der Petition zu empfehlen.

Der Petent erhält zur weiteren Information eine Kopie der zwischen MI und MJ abgestimmten Stellungnahme vom 30.09.2019.

Die beigefügte Stellungnahme vom 30.09.2019 lautete:

Pet.-Nr.: IV.B.4/13-P-2019-0135-01

Sehr geehrter Herr Landtagspräsident,
im Einvernehmen mit dem Ministerium der Justiz des Landes Nordrhein-Westfalen nehme ich zu der im Betreff genannten Petition wie folgt Stellung:

1. Gegenstand der Petition

Der Petent beanstandet die im Einvernehmen zwischen dem Ministerium der Justiz des Landes Nordrhein-Westfalen und dem Ministerium des Innern des Landes Nordrhein-Westfalen übersandte Stellungnahme zu seiner Petition vom 28. November 2018 (Pet.-Nr.: IV.B.4/13-P-2018-0135-00).

Mit seiner erneuten Petition bitte er um Aufklärung zu den aus seiner Sicht bestehenden innerbehördlichen Missständen und erhebt darüber hinaus den Vorwurf, dass offensichtliches Behördenversagen vertuscht werden solle.

2. Sachverhalt

Insbesondere zur Vermeidung von Wiederholungen verweise ich auf meine Sachverhaltsschilderung vom 1. März 2019 -13.05.03 – zur vorherigen Petition (Pet.-Nr.: IV.B.4/13-P-2018-0135-00).

3. Stellungnahme

Das Ministerium der Justiz des Landes Nordrhein-Westfalen nimmt zu der Petition wie folgt Stellung:

> »Der Petent beanstandet – soweit der hiesige Geschäftsbereich betroffen ist – die Aussonderung der Ermittlungsakte 10 Js 284/57 StA Bonn sowie die sich daran

anschließende Verwertung bzw. Vernichtung von Asservaten (ein Hammer, ein Bällchen, eine Kordel). Weiter beanstandet er, dass im Jahre 1989 keine Ermittlungen gegen einen damals schon verstorbenen Tatverdächtigen mehr durchgeführt wurden.

Dazu bemerke ich: Staatsanwaltschaftliche Ermittlungsverfahren enden mit dem Tod des Beschuldigten und dürfen gegen Verstorbene nicht eingeleitet werden.

Zu dem mit der Petition angesprochenen Sachverhalt verhalten sich der Bericht des Leitenden Oberstaatsanwalts in Bonn vom 17. Dezember 2018 und der Randbericht des Generalstaatsanwalts in Köln vom 21. Dezember 2018. Auf die Berichtsausführungen darf ich – auch zur Vermeidung von Wiederholungen – Bezug nehmen.

Die irrtümliche Aussonderung der Ermittlungsakte 10 Js 284/57 erfolgte zu einem nicht näher bekannten Zeitpunkt vor dem 27. Juni 1975. Die Verwertung bzw. Vernichtung der restlichen Asservate, deren Beweisrelevanz sich nicht mehr überprüfen lässt, erfolgte kurz darauf. Eine nähere Aufklärung der Hintergründe dieses bedauerlichen Versehens im Einzelfall ist dem Ministerium der Justiz angesichts des

Zeitablaufs von inzwischen 44 Jahren nicht möglich.

Die Petition gibt mir zu Maßnahmen keinen Anlass.«

Die Beantwortung der Fragen des Petenten nach den Ursachen für den bedauerlichen Beweismittelverlust im Jahre 1964, nach einem denkbaren Fehlverhalten oder nach möglicherweise pflichtwidrigen Unterlassungen einzelner, mit diesem Ermittlungsverfahren betrauter Bediensteter des Polizeipräsidiums Bonn, ist dem Ministerium des Innern heute nicht mehr möglich. Ebenso wenig kann nachvollzogen werden, wann und ggf. von wem der Beweismittelverlust erstmals bemerkt wurde und wem ggf. davon Mitteilung gemacht wurde oder hätte gemacht werden müssen. Spätestens seit der irrtümlichen Aussonderung der Ermittlungsakte 1975 und der Feststellung, dass objektive Beweismittel nicht mehr vorhanden sind, ist eine Aufarbeitung des Ermittlungsvorgangs heute nicht mehr realisierbar.

4. Bewertung

Weder beim PP Bonn noch bei der StA Bonn ist heute noch eine Klärung möglicher Versäumnisse oder Fehler im Zusammenhang mit dem Ermittlungsverfahren 10 Js 284/57 im Detail möglich. Die mit der erneuten Petition aufgeworfenen Fragestellungen des Petenten beziehen sich in weiten Teilen auf hypothetische Verhaltensweisen oder bloße Vermutungen. Deren Bewertung ist mir nicht möglich.

Die in diesem Einzelfall bedauerlicherweise entstandenen behördlichen Fehler der Jahre 1957 bis 1975, können heute nicht mehr geheilt werden. Dies ist bereits mit Beantwortung der vorherigen Petitionen transparent dargelegt worden.

Dieser zweite Bescheid war für ihn nun die endgültige Bestätigung dafür, dass sich der Petitionsausschuss seiner Aufgabe für Prüfung und Unterstützung der Anliegen der Bürger in NRW vollständig entledigt hatte. Schon der erste Absatz des Sitzungsprotokolls, wonach sich der Ausschuss »über das Anliegen des Petenten und den mit der Petition angesprochenen Sachverhalt unterrichtet« habe, stand so evident im Gegensatz zur Realität, dass man die Aussage als platte Lüge bezeichnen musste. Denn der Ausschuss hatte sich mit nichts von dem befasst, was in der zweiten Petition vorgetragen war, auf keine der gestellten Fragen wurde auch nur ansatzweise im Beschluss eingegangen. Der zweite Absatz beschrieb, von was der Ausschuss Kenntnis genommen haben soll, und das war auszugsweise das Thema der ersten Petition, nämlich die Nichteinhaltung von Verwahrvorschriften. Die in der zweiten Petition gestellten Fragen zu den behördlichen Verantwortlichkeiten und gebotenen Maßnahmen aufgrund der unstreitig festgestellten Fehler sowie zur

Rolle des Petitionsausschusses in dieser Sache wurden vollständig übergangen.

Die ironisch-minimierende Beschreibung des Petitionsanliegens als Gegenstand der Befassung des Ausschusses ließen außerdem unübersehbar den Unwillen des Ausschusses erkennen, sich erneut mit dieser Sache befassen zu müssen. Die Formulierungen sollten dem Leser zu verstehen geben, dass sich der Ausschuss damit habe befassen müssen, dass vor 44 Jahren bei der Staatsanwaltschaft Bonn eine Akte und im Anschluss daran Asservate fehlerhaft vernichtet, und, dass die zuständigen Bearbeiter nochmals auf die Aufbewahrungsfristen hingewiesen worden seien – eine ironisierende, sachfremde und dilettantische Form der parlamentarischen Protokollierung von Sachverhalten.

Mit dieser Arbeitsweise setzte der Petitionsausschuss fort, was Polizei und Staatsanwaltschaft bisher so wirksam praktiziert hatten, nämlich: Erst einmal Ignorieren, dann, wenn es nicht mehr zu leugnen ging, Herunterspielen von Fehlern von enormer Tragweite. Es schien hier einen Konsens der arroganten Totengräber des Rechtsstaats zu geben, die sich am Ende noch über das Petitum mokierten, einem 44 Jahre lang erfolgreich verheimlichten Behördenversagen nachzugehen. Sie hielten sich offenbar für staatstragend in ihrem rechtswidrigen Bemühen, die Landesbehörden wegen ihrer Fehler nicht bloßzustellen, weil daraus vielleicht politisch radikale Kräfte Gewinn schlagen könnten. Dafür riskierten sie lieber, dass rechtsstaatliche Organe und Verfahren überflüssig wurden.

Den einzigen Nutzen der zweimaligen Befassung des Petitionsausschusses konnte er nur noch in einem außerhalb dessen Wirkens liegenden Effekt erkennen: Aus den vorgelegten Stellungnahmen der Landesbehörden wurden vorher nicht bekannte und aufschlussreiche Details zu dem Fall geliefert. So berichtete die erste Stellungnahme des Ministeriums des Innern von dem äußerst wichtigen Ereignis, dass eine Familie in 1990 Tatverdacht gegen ein 1989 im Alter von 74 Jahren verstorbenes Familienmitglied geäußert hatte – eine sehr ungewöhnliche Selbstbelastung. Außerdem wurde aus der Stellungnahme erkennbar, dass die behördlichen Fehler viel weiter gingen als der zunächst zugegebene, versehentliche Verlust der Haare und des Hammers. Bei Polizei und Staatsanwaltschaft waren nämlich im Zeitraum 1964 bis 1975 alle Asservate und dazu auch die Ermittlungsakte zielgerichtet und nicht versehentlich vernichtet worden. In der zweiten Stellungnahme des Ministeriums des Innern wurden schließlich zwei weitere, bisher unbekannte Asservate (Bällchen und Kordel) genannt, die ebenfalls 1975 vernichtet worden waren.

Als er abschließend aber das Ergebnis des ganzen Aufwands betrachtete, musste er sich eingestehen, dass er in den eigentlichen Fragen nach Täteridentität und Tathergang nicht weitergekommen war. Sollte er sich wirklich die ständig größer werdende Tortur der weiteren Rechtssuche in diesem Fall antun? Er war in mit seinen idealistischen Vorstellungen vom richtigen Funktionieren der Organe des Rechtsstaats wohl wieder einmal auf unüberwindbare menschliche Grenzen und Defizite gestoßen, wie er das schon einmal einschneidend zu spüren bekommen hatte. Er musste hierüber endlich einmal mit seiner Frau sprechen, der er bisher nur grob von dem Fall erzählt hatte, um sie nicht zu beunruhigen.

9. Kapitel   Rhöndorf, Frühling 2020

Stefanie Steinert hatte schon länger das Gefühl gehabt, dass ihr Mann, dessen Stimmung sich in den letzten Monaten ständig verschlechtert hatte, sich wieder viel zu viel zugemutet hatte. Da es aber nur um einen Fall ging, zu dem er ihren Rat erbeten hatte, konnte es ja nicht so schlimm werden, wie sie es damals mit ihm erlebt hatte. Sie wartete deshalb in Ruhe darauf, dass er ihr das Problem schilderte, wozu sie endlich an den Ostertagen des Jahres 2020 Zeit fanden.

Frank begann mit dem Mordfall aus seiner Jugendzeit in Bad Honnef, von dem er ihr schon einmal nach ihrem Umzug von Köln nach Bad Honnef vor fünf Jahren erzählt hatte. Dann schilderte er seine immer mehr frustrierenden Recherchen in dieser Sache mit ihrem abschließenden parlamentarischen Tiefpunkt. Sie war mit der Denkweise ihres Mannes vertraut, hatte sich im Laufe der Jahre auch gut an seine juristische Darstellungsweise gewöhnt und war als erfolgreiche Ärztin überdies eine gute Zuhörerin geworden. Als Frank geendet hatte und fragte, was sie denn an seiner Stelle tun würde, gab es für sie keinen Zweifel.

»Frank, so sehr wie Dich eine unerledigte Aufgabe quält, so sinnlos erscheint mir hier Dein weiterer Einsatz. Du hast es hier ganz klar mit den typischen, professionellen Opportunisten unserer Zeit zu tun, nicht mit Vertretern des

Rechts früherer Güte, die in erster Linie ihrem Gewissen verpflichtet waren, wie zum Beispiel mein Vater. Die Front derer, die diesen Fall mit allen Mitteln beerdigen wollen, ist einfach zu groß.«

»Und wenn man die Öffentlichkeit einschaltet?«, warf Frank ein.

»Die Medien kann man nur mit Skandalen besonderer Art oder Aktualität begeistern und kaum mit vernichteten Akten«, erwiderte sie. »Du solltest Dich nicht weiter verschleißen, denn diese Leute, haben eine ganz andere Staatsvorstellung als Du und sind dieser Mühe nicht würdig. Ich habe eine Reihe von Patienten kennengelernt, die am Ende ihrer Laufbahn ähnliche Erfahrungen gemacht haben. Sie haben erst durch gehörigen Abstand dazu ihr inneres Gleichgewicht wiedergefunden. Und erst da konnten sie sich neue und lohnendere Ziele vornehmen.«

Stefanie hatte in allem recht und er war eigentlich auch selbst schon dahin gekommen. Wie sollte er außerdem hier noch die Wahrheit finden, wenn diese einvernehmlich von allen eingemauert wurde?

Er ging in sein Arbeitszimmer zurück und machte sich daran, alle Unterlagen zu heften und in seinem großen Aktenschrank im Keller abzulegen.

10. Kapitel   Münster, Herbst 1980

Ein Mix aus Nebel und Regen lag über den Dächern der Stadt, als er von seinem Schreibtisch aufgestanden war und am Fenster den Blick in weite Ferne suchte. Hier oben vom achten Stock dieses Betonbaus hatte man sonst eine gute Aussicht und konnte so etwas der Dunstglocke intriganter Kleinbürgerlichkeit entfliehen, die man in den Gängen des Oberverwaltungsgerichts förmlich roch und der sich offenbar nicht einmal zur Unabhängigkeit berufene Richter entziehen konnten. Nun war er schon vier Monate hier, nachdem er zum 01. Juli 1980 zur neunmonatigen obergerichtlichen Erprobung von Köln nach Münster abgeordnet worden war.

Steinert wandte sich wieder missmutig seinem Schreibtisch zu. Jetzt hatte er den Fall zum dritten Mal zurückbekommen. Wütend starrte er auf die graubraune Akte, die ihm der Bote auf den Aktenbock gelegt hatte. Sikowsky ./. BRD prangte in schwarzer Schrift darauf, ein Berufungsfall des Oberverwaltungsgerichts (OVG) Münster. Dem Kläger Sikowsky ging es um finanzielle Entschädigung wegen beruflicher Nachteile in nationalsozialistischer Zeit. Sikowski, heute 84 Jahre alt, war im Jahr 1938 nach seiner Ausbildung nicht als Lehrer in den Schuldienst übernommen worden, seiner Ansicht nach allein wegen der polnischen Herkunft seiner Familie. Er hatte nach dem Krieg mehrfach seine Rehabilitierung betrieben, war aber immer daran gescheitert, dass er nicht konkret beweisen konnte, ausschließlich wegen seiner Herkunft benachteiligt worden zu sein. Dies hier war sein vierter prozessualer Anlauf, der sich gegenüber seinen früheren Versuchen dadurch unterschied, dass er jetzt Zahlen über Einstellungen in den Schuldienst aus jener Zeit beigebracht hatte. Danach waren im Jahr 1938 in seiner Heimatstadt Dortmund etwa 82 % aller Lehramtskandidaten in den Schuldienst übernommen worden. Da Sikowski das Staatsexamen mit guter Note absolviert hatte und bei ihm auch keine Ausschlussgründe für den öffentlichen Dienst existierten, sprach alles dafür, dass unsachliche Motive ausschlaggebend für seine Ablehnung gewesen waren.

Der Fall war juristisch einfach und Steinert hatte in seinem Urteilsentwurf die Entscheidung des Verwaltungsgerichts Gelsenkirchen, die dem Kläger recht gab, bestätigt. Dies hatte ihm zunächst einen etwa zweistündigen Disput mit seinem »Paten«, wie sie es hier nannten, nämlich dem Senatspräsidenten Sterkrade des 14. Senats, eingebracht. Dieser pflegte in seinem Senat die Verfahrensweise, dass Urteilsentwürfe von Richtern, die dem Senat zur Erprobung zugeteilt waren, zunächst ihm vorzulegen waren. Es diene der schnelleren, umfassenderen Einarbeitung der neuen Richterkollegen vom Verwaltungsgericht, wenn er mit diesen erst einmal persönlich die Fälle durchspreche, bevor sie die Entwürfe im Senatsumlauf zur Entscheidung vorlegten. Daraus hatte sich im Senat über Jahre eine feste Praxis entwickelt, welche die abgeordneten Richter auch nicht infrage stellten, um sich das Wohlwollen Sterkrades nicht zu verscherzen.

»Lieber Herr Kollege«, hatte Sterkrade mit ironischem Grinsen angesetzt, als er Steinert zur Besprechung in sein nebenan liegendes Arbeitszimmer zitiert hatte, »dann können wir ja gleich alle erledigten Fälle aufrollen, wenn irgendwo neue Zahlen auftauchen. Glauben Sie etwa, dass sich dieser Senat die Sache in den vergangenen Verfahren leicht gemacht hat?«

Steinert hatte darauf den wohl unverzeihlichen Fehler gemacht, Sterkrade auf »die eindeutige und unumgängliche Rechtsprechung des Bundesverwaltungsgerichts« hinzuweisen, wonach der Kläger bei Darlegung neuer Beweismittel in diesen Fällen ein Recht darauf habe, dass sein Fall sachlich neu entschieden werde. Sterkrade hatte auf diesen Hinweis für einen Moment seine ihm gegenüber ständig gepflegte Umgangsform einer verbindlichen Überheblichkeit verloren und mit hochrotem Kopf sich barsch dafür bedankt, dass ihm ein junger Kollege zugeteilt worden sei, um seine Gedächtnislücken zur höchstrichterlichen Rechtsprechung aufzufüllen. Es folgten dann endlose Ausführungen über alte Fälle und Steinert hatte nicht einmal mehr die Chance, überhaupt noch etwas zu sagen. Zum Abschluss seiner zunehmend selbstgefälligen Ausführungen hatte Sterkrade, jetzt wieder im Vollbesitz seiner Führungsrolle, Steinert süffisant-gnädig gefragt: »Ist Ihnen denn jetzt der Fall klar, habe ich Ihnen die Sache ausreichend erklärt?« Steinert hatte Mühe, sich in seiner Antwort darauf zu beschränken, dass er an seinem Entscheidungsvorschlag festhalte. »Sie müssen ja wissen, wie Sie Ihre Zeit beim OVG hier nutzen wollen«, hatte Sterkrade hierauf lachend geantwortet, und nach der Geschäftsordnung musste nun der Senat über die Sache entscheiden. Dazu war es dann vor etwa drei Wochen gekommen.

Steinert hatte sich auf die zu erwartende Auseinandersetzung in der Beratungssitzung des Senats lange vorbereitet. Doch es kam wieder anders, als er gedacht hatte. Als die übrigen Senatsmitglieder, einschließlich der beiden ehrenamtlichen Richter, alle uneingeschränkt Steinerts Urteilsvorschlag gebilligt hatten, machte Sterkrade nicht einmal den Versuch, seine andere Auffassung zur Diskussion zu stellen. Er äußerte nur, dass das Urteil dann aber völlig anders aufgebaut werden müsse und gab den Urteilsentwurf Steinert zurück. Steinert hatte daraufhin gegen jede Logik und gegen seine Überzeugung die Urteilsbegründung so gefasst, wie es Sterkrade in einem weiteren Gespräch vorgegeben hatte. Diesen zweiten Urteilsentwurf hatte ihm Sterkrade dann letzte Woche mit zahlreichen Fragezeichen und Schlangenlinien versehen, ebenfalls zurückgegeben und hatte in dem folgenden, dritten Gespräch den erneuten Umbau der Urteilsbegründung verlangt. Um das Klima nicht noch weiter zu verschlechtern, hatte sich Steinert die Anmerkung verkniffen, dass das Urteil dann ja wieder seinem ersten Urteilsentwurf entspreche.

Und nun war der Fall Sikowsky noch einmal bei ihm gelandet. Als er die Akte in die Hand nahm, fiel ihm ein Hinweis ein, den ihm sein Vorgänger, ein ebenfalls zur Erprobung ans OVG Münster abgeordneter Richter des Verwaltungsgerichts Arnsberg, am Anfang gegeben hatte.

Es sei eine besondere Eigenart des Senatspräsidenten, dass er von ihm korrigierte Urteilsentwürfe des abgeordneten Richters jeweils über die Geschäftsstelle an diesen zurückleite, »der guten Ordnung halber«, wie es Sterkrade nenne, was aber einen Zeitverzug von einem Tag bedeute. Dabei lagen ihre Arbeitszimmer nebeneinander und sie waren wegen der notwendigen Besprechungen an drei Wochentagen zur gleichen Zeit oft bis spätabends im Gericht.

Sein Vorgänger hatte angedeutet, Sterkrade brauche das wohl für sein Ego; das Justizpersonal der Geschäftsstelle bekomme durch die mit Rotstift korrigierten Entwürfe eindrucksvoll vorgeführt, in welchen Höhen Sterkrade über den zur sog. dritten Staatsprüfung abgeordneten Richtern schwebe.

Steinert hatte im Lauf der bisherigen Zeit in Münster auch sonst langsam begriffen, weshalb der Vizepräsident des Gerichts, der regelmäßig die Begrüßung und erste Einweisung der Nachwuchskollegen vornahm, bei seiner Vorstellung gesagt hatte: »Bedenken Sie bitte, dass wir aber Herrn Sterkrade wegen seiner richterlichen Erfahrung sehr schätzen!« Weshalb diese Feststellung mit »aber« versehen war, hatte ihn anfangs irritiert. Später hatte er es verstanden und langsam hatte sich bei ihm die Gewissheit eingenistet, dass dies eine Warnung des Vize war, ein präventiver Hinweis für den Fall, dass dieser sich mit einer Kontroverse zwischen ihnen befassen musste. Er konnte dann wohl auf keine Unterstützung vonseiten des Präsidiums des Gerichts hoffen.

Das hatte dann Steinert auch im Fall Sikowsky zu spüren bekommen. Drei Tage nach der ersten Besprechung mit Sterkrade, bei der sich dieser so erregt hatte, sprach ihn der Vize auf dem Flur an und fragte, wie er sich denn eingearbeitet habe, schien aber nicht sonderlich an seiner Antwort interessiert zu sein; er hinterließ nur die Mahnung: »Denken Sie immer daran, das gute Arbeitsklima im Senat zu erhalten. Dazu gehört, dass die Ratschläge der hochgeschätzten und erfahrenen ständigen Richter des Senats angenommen werden!« Steinert hatte sofort die Sinnlosigkeit erkannt, die Dinge so zu schildern, wie sie wirklich waren und hatte in ohnmächtiger Wut nichts erwidern können. Der vor seiner Pensionierung stehende Vize war offensichtlich von Sterkrade eingeseift worden. Wenn er die Zeit hier mit einer positiven Beurteilung überstehen wollte, musste er, koste was es wolle, jede weitere Kontroverse vermeiden.

Wieder etwas ernüchtert klappte er die Akte auf, nahm seinen Urteilsentwurf heraus und suchte danach, was Sterkrade jetzt wieder auszusetzen hatte. Wie vor den Kopf geschlagen saß er da, als er die 16 Seiten durchgeblättert hatte. Sterkrade hatte ihm den Entwurf deshalb zurückgegeben, weil er auf Seite 9 an einer Stelle ein Komma vermisste, und weil auf Seite 14 ein Punkt beim Aktenzeichenzitat einer Entscheidung des Bundesverwaltungsgerichts fehlte. Statt Komma und Punkt selbst einzufügen und den Entwurf mit zu unterzeichnen, hatte er ihm die Sache wieder zurückgegeben. Nein, bei allem Ehrgeiz, aller Geduld und aller selbst aufoktroyierten Leidensfähigkeit, das hier war eine Kriegserklärung.

Sterkrade wollte ihm offenbar zeigen, über welchen Freiraum für Demütigungen er im Senat verfügte.

In einer ersten Aufwallung wollte sich Steinert zum Vizepräsidenten begeben und die sofortige Aufhebung seiner Abordnung verlangen. Der Gedanke an Beendigung dieses Spuks hatte sich bei ihm in den vergangenen Wochen ohnehin verdichtet, und er hatte sich mehr und mehr an dem Rachegedanken aufgebaut, dass er dann Gelegenheit habe, zur Begründung seines Schritts dem Justizministerium gegenüber das bodenlose und vom Präsidium des OVG zugelassene Verhalten des Senatspräsidenten Sterkrade zu schildern.

Wie würde es dann wohl, realistisch betrachtet, weitergehen, fragte er sich jetzt, den Abbruch seiner Tätigkeit hier konkret vor Augen. Er lehnte sich zurück in seinem Schreibtischsessel und blickte in das trübe Grau dieses Oktober-Mittwochs. So wie das hier lief, konnte er auf eine spätere sachliche Klärung und Gerechtigkeit nicht hoffen. Sterkrade würde nachträglich konstruieren, dass er Steinert immer wieder wegen Ungenauigkeiten habe ermahnen und ihn konsequent zu fehlerfreier Arbeit habe anweisen müssen. Im Resümee des Präsidiums würde dann nur die Auffassung des Senatsvorsitzenden bestätigt, dass er keine oder wenig Eignung für eine obergerichtliche Verwendung habe. Da es in der richterlichen Laufbahn nur einmal die Chance zum Aufstieg in höhere Ebenen der Gerichtsbarkeit gab, wäre damit seine Karriere unweigerlich am Ende, und er konnte sich bis zu seiner Pensionierung auf 27 weitere Jahre als Richter am

Verwaltungsgericht Köln einrichten. Eine zweite Chance bekam er nicht, da gab es wohl keinen Ausweg.

Er stand auf, wanderte in seinem Arbeitszimmer auf und ab, blieb immer wieder vor dem Fenster stehen und blickte auf die regennassen Dächer der Stadt. Es war jetzt ruhig geworden in dem schmuck- und phantasielosen Betonkasten der 1960er Jahre, nachdem die Bauarbeiter, die zurzeit die Sanierung des Treppenhauses vornahmen, Feierabend hatten. Mit welchem Elan war er im Juli hierhin gekommen und was war davon noch übrig! Er hatte den Richterberuf aus innerer Überzeugung gewählt, hatte erst in der Zivilgerichtsbarkeit und nachfolgend auch in der Verwaltungsgerichtsbarkeit einen so guten Start. In zwei Kammern des Verwaltungsgerichts Köln hatte er sich bewährt, ein immenses Arbeitspensum erledigt und war ausgezeichnet beurteilt worden. Der Präsident des Verwaltungsgerichts Köln hatte bereits bedauert, auf ihn demnächst verzichten zu müssen, weil er davon ausging, dass man Steinert in Münster wegen anstehender Richterpensionierungen dort behalten werde. Und jetzt würde er wohl nach Köln zurück müssen, denn wie man es auch drehte, er sah keinen Weg, in den verbleibenden fünf Monaten die Sache zum Positiven zu wenden. Sterkrade schien ihn jetzt fanatisch zu hassen.

Schon sein Dienstantritt in Münster war symptomatisch verlaufen. Sterkrade hatte ihn eher lauernd als freundlich gemustert, als er in sein Zimmer getreten war und sich vorstellte. Er wollte es damals noch nicht wahrhaben, aber er hatte wohl schon von Anfang an durch sein Auftreten oder sein Äußeres Antipathien hervorgerufen. Sterkrade war klein, übergewichtig, litt außerdem als Folge eines schweren Verkehrsunfalls an einer Gehbehinderung, sodass er sich nur mühsam und unter Zuhilfenahme einer Krücke fortbewegen konnte. Steinert war groß, schlank, mit vollem, schwarzem Haar und von sportlicher Beweglichkeit; man sah ihm an, dass er erfolgsgewöhnt war. Gerade das schwere Schicksal des Richters Sterkrade hatte Steinert aber zu besonderer Rücksichtnahme und Höflichkeit veranlasst. So hatte er seine Arbeitszeiten im Gericht durchgehend auf dessen Zeiten abgestimmt, hielt sich immer für ihn bereit und begleitete ihn abends stets zu seinem Auto. Er versuchte, ihm überall dort Hilfestellung zu geben, wo Sterkrade es aufgrund seiner eingeschränkten Beweglichkeit nötig hatte, was dieser aber nur widerwillig annahm. Sterkrade seinerseits hatte, wenn er es sich jetzt recht überlegte, rein gar nichts für das Entstehen eines vernünftigen Arbeitsklimas beigetragen, im Gegenteil: Er erinnerte sich noch an ihre erste Arbeitsbesprechung, als Sterkrade mitten im Satz eingehalten und bemerkt hatte: »Ich glaube, Ihr Vorgänger, der brachte bessere Voraussetzungen für diesen Senat mit, der war doch sehr befähigt.« Er hatte damals noch die naive Hoffnung gehabt, im Lauf der Zeit Sterkrade durch seine guten Leistungen überzeugen zu können. Er hatte auch bisher mit keinem Entscheidungsvorschlag daneben gelegen, und seine Urteilsentwürfe waren stets akzeptiert worden, allerdings anfangs mit kleinen, später mit immer größer werdenden sprachlichen Änderungen. Parallel mit dieser Entwicklung hatte Sterkrade immer offener und sogar bei Senatsberatungen eine kritische Abfälligkeit ihm gegenüber zur Schau getragen und kein Hehl daraus gemacht, dass er nichts von ihm hielt. Und jetzt würde Sterkrade aus seiner verletzten Eitelkeit heraus erst recht jede Gelegenheit nutzen, kleinste Fehler in seinen Entwürfen schonungslos zu brandmarken.

Als er in die sich langsam verdunkelnden Straßenschluchten herabblickte, musste er fast widerstrebend an das Wochenende im Mai denken, als er mit Stefanie Pläne schmiedend unter den Kolonnaden des Mathäi Kirchmarktes durch die Innenstadt gezogen war. Damals war ihm gerade seine bevorstehende Verwendung in Münster mitgeteilt worden und ein neuer Lebensabschnitt hatte sich vor ihnen aufgetan; es ging weiter nach oben. Er hatte schon Ausschau nach einer großen Wohnung gehalten, um mit ihr nach positiver Entscheidung so bald wie möglich nach Münster umzuziehen. Ihr Vater, inzwischen pensionierter Oberlandesgerichtspräsident, der früher noch kritisch seinem Wechsel in die Verwaltungsgerichtsbarkeit gegenüberstand, hatte sich unumwunden über die neue Chance gefreut. Hier würde er nach seinem Scheitern noch in Erklärungszwang geraten. Nein, er musste es noch einmal versuchen. Da es keine zweite Chance gab, musste er noch etwas aus der Sache machen. Sollte er vielleicht Sterkrade einmal direkt auf die sich verstärkenden zwischenmenschlichen Spannungen ansprechen? Ohne einen solchen Versuch durfte er hier nicht die Segel streichen, er würde es sich sonst später nie verzeihen.

»Ist es jetzt dringend?«, antwortete Sterkrade, als Steinert in sein Zimmer getreten war und ihn gefragt hatte, ob er ihn sprechen könne. Sterkrade ahnte offenbar, was auf ihn zukam, schien sich förmlich hinter seinem Schreibtisch zu verschanzen. Mit seinem kahlen, breiten Schädel, seinen hervortretenden Augen, die Steinert über den Brillenrand hinweg boshaft beobachteten, wirkte er auf Steinert wie eine Kröte. »Ich halte es schon für dringend, es geht um den Fall Sikowsky, den Sie mir nun schon zum dritten Mal zurückgegeben haben. Ich glaube, wir sollten einmal grundsätzlich über unsere weitere Zusammenarbeit sprechen.« »Der Fall liegt Ihnen wohl gar nicht, aber ich will sehen, dass ich nachher noch ein paar Minuten Zeit habe«, beschied ihn Sterkrade mit einem belasteten Seufzer und entließ ihn damit.

Wieder in seinem Zimmer war Steinert unfähig, einen neuen Fall zu bearbeiten. Die Dunkelheit nahm langsam von seinem Raum Besitz. Er ließ das Licht aus, grübelte vor sich hin. Die Lebenslotterie hatte ihm wohl eine klare Niete beschert. Sein Pech war, dass er hier kein neues Los bekam, es sei denn, es geschähen noch Wunder. Vielleicht, wenn Sterkrade zum Beispiel schwer erkrankte; aber der würde bis zum letzten Tag durchhalten. Oder vielleicht würde er wegbefördert, sodass sie einen neuen Senatsvorsitzenden bekämen; aber Sterkrade stand unübersehbar am Ende seiner Laufbahn. Steinert haderte mit seinem unausweichlichen Schicksal und düstere Gedanken drückten ihn herunter. Eins war ihm jetzt aber auch klar: Seine Selbstachtung verbot ab sofort, weiterhin irgendwelche Höflichkeitskonzessionen gegenüber Sterkrade einzugehen. Sterkrade hatte schließlich den Konflikt ganz allein heraufbeschworen.

Es war kurz vor 21 Uhr, als ihn Sterkrade telefonisch zu sich bestellte. »Sie wollten grundsätzlich über unsere Zusammenarbeit reden, lieber Herr Kollege«, eröffnete er das Gespräch und ließ Steinert so keine Gelegenheit zu Erklärungen. »Dazu muss ich Ihnen leider einmal folgendes sagen«, Sterkrade klappte dabei seine Brille aufreizend langsam zusammen, drückte sich in seinem Sessel zurück, schien förmlich zu wachsen, »die Zusammenarbeit richtet sich grundsätzlich danach, welche Leistungsfähigkeit und Leistungsbereitschaft ein neuer Kollege mitbringt. Und da haben Sie mich bisher nun nicht so toll überzeugt.« Sein Gesicht glänzte vor strahlender Liebenswürdigkeit bei diesen Worten, »Wissen Sie, ich habe einige Erfahrungen in der Beurteilung unseres Nachwuchses, auch als Prüfer in den Staatsexamen, und da sieht man recht schnell, wo sich die Spreu vom Weizen trennt.« Das war der Punkt, wo Steinert einhakte: »Und meine lange und anstandslose richterliche Berufspraxis beim Verwaltungsgericht zählt wohl gar nichts, das war in Ihren Augen wohl nur ein studentisches Praktikum«, meinte er sarkastisch.

»Augenblick, junger Freund«, unterbrach Sterkrade, jetzt mit leutseliger Nachsicht in seiner Stimme, »Sie befinden sich hier bei einem Obergericht mit ganz anderen Anforderungen. Wenn ich Sie so sehe, wie sie die Urteile mit Versatzstücken von fotokopierten alten Musterentscheidungen zusammenflicken, da habe ich nicht so den Respekt, den Sie vielleicht erwarten. Ich vermisse das intensive Ringen mit den Rechtsfragen, da brauchen Sie immer noch Nachhilfe.«

»Aha, gerade im Fall Sikowsky, in dem Sie Ihrerseits kaum von der richtigen Lösung zu überzeugen waren«, warf Steinert ein, der es leid war, denn das Gespräch war sinnlos.

»Also, das ist doch die Höhe, dafür ist mir meine Zeit nun wirklich zu schade, Sie zeigen auch nicht mal ansatzweise etwas Einsicht.« Sterkrade knallte die vor ihm liegende Akte auf einen Stapel, knipste die Schreibtischlampe aus und stand auf: »Ich werde mit dem Präsidenten über Sie sprechen müssen.« Er war jetzt ganz gekränkte Gottheit und hatte damit auch einen Grund, unangenehmen Weiterungen des Gesprächs aus dem Weg gehen zu können. »Gehen Sie mit runter?«, fragte er, »ich möchte immer ganz sicher sein, dass der Haupteingang abgeschlossen ist.« Schon wieder eine Spitze gegen ihn, als ob Steinert hierzu nicht auch in der Lage wäre.

Steinert holte sich noch die Akte Sikowsky, die er mitnehmen wollte, und schloss sein Zimmer ab. Ihn überkam dabei das Gefühl, einen Lebensabschnitt weggeschlossen zu haben. Sie gingen den nur schwach beleuchteten Gang entlang bis zum Treppenhaus und Lift. Durch die Stemm- und Bohrarbeiten lag Kalkgeruch in der Luft, es wurden gerade die Stützstreben der verrosteten Treppengeländer erneuert. Schwer atmend blieb Sterkrade am Ende des Gangs stehen, drehte sich halb zu Steinert herum. Mit jetzt siegessicherem Lächeln meinte er: »Wissen Sie, Steinert, die Heirat der Tochter eines Oberlandesgerichtspräsidenten kann in der Justiz Leistung nun mal nicht ersetzen, darauf muss auch ich ein Auge haben.«

Steinert blieb sprachlos zurück, auf einmal fiel es ihm wie Schuppen von den Augen – hierin lag also alles begründet! Abgrundtiefe Verachtung nahm von ihm Besitz, als er wieder zu Sterkrade, der jetzt neben dem Lift stand, aufgeschlossen hatte. Dieser griff in alter Gewohnheit mit seiner freien rechten Hand nach dem an den Liftschacht angrenzenden Treppengeländer, um sich abzustützen, bemerkte dann aber die rot-weißen Absperrbänder, die sich statt des entfernten Geländers dort befanden und zog seine Hand zurück. Es war diese Handbewegung, die in Steinerts Kopf einen längst dort lauernden, aber noch nicht reflektierten Gedanken explodieren ließ, so als ob die Hand Sterkrades den Käfig eines wilden Tieres geöffnet hatte, das jetzt mit einem Satz heraussprang. Schlagartig hatte er die Lösung vor Augen: Kein Mensch mehr im Haus, ein Unfall, keine Zeugen oder Spuren. Es war fast ein Reflex, als Steinert jetzt mit seinen Händen Sterkrade an den Schultern packte und ihn nach rechts vorne durch die Absperrung drückte. In diesem Moment drehte Sterkrade den Kopf über die linke Schulter zurück zu ihm, seine Augen weit aufgerissen vor Angst, und ein keuchendes Stöhnen entwich seinem Mund; er begriff, was auf ihn zukam. Das war der Punkt, wo Steinert sich fing. Im letzten Moment griff er wieder voll mit beiden Händen nach Sterkrades Körper, der mit einem Bein schon über dem Abgrund des achtstöckigen Treppenhauses schwebte, und zog ihn zurück.

Ein paar Sekunden lang standen sie schweigend und schwer atmend nebeneinander. Er bemerkte in den Augen Sterkrades, wie sich dessen Stimmung langsam veränderte. Seine vorherige Panik wich zunehmend boshafter

Genugtuung, jetzt hatte er Steinert in der Hand. Steinert bückte sich und hob die Akte Sikowsky vom Boden auf, die ihm bei seinem Angriff auf Sterkrade aus der Hand gefallen war. Noch in der Aufwärtsbewegung schlug er sie Sterkrade mit voller Kraft rechts und links um die Ohren, bevor er sie in die Tiefe des Treppenflurs hinabwarf. »Da hast Du Dein Urteil, Du widerlicher Drecksack«, schrie er ihn an, stürmte die Treppe abwärts, acht Stockwerke hinunter, raus aus dem Gericht, nur weg von diesem Ort!

11. Kapitel

Spätestens um neun Uhr wollte er am folgenden Donnerstagmorgen den fälligen Anruf tätigen, der zur Beendigung seiner Berufslaufbahn nun unausweichlich war. In der Nacht zuvor war er nach der Flucht aus dem Gerichtsgebäude erst stundenlang durch Münster geirrt, bis er schließlich vollständig erschöpft in seine kleine eineinhalb Zimmerwohnung, die er für die Zeit seiner Abordnung gemietet hatte, zurückkehrte. Den Rest der Nacht hatte er dann wie betäubt im Sessel verbracht. Er wusste zum ersten Mal in seinem Leben nicht mehr, was er zu tun, vor allem, als Erstes zu tun hatte, nur, dass er bis spätestens neun Uhr anrufen musste. Jetzt rächte sich, dass er Stefanie bisher nichts von dem sich ständig verschlechternden menschlichen Verhältnis zu seinem Senatsvorsitzenden erzählt hatte. Sie hatte ihn mehrfach gefragt, ob er Probleme in Münster habe, weil sie in den letzten Wochen Sonntagabends seine deprimierte Stimmung vor der Fahrt nach Münster bemerkt hatte. Er hatte ihre Sorgen heruntergespielt mit dem Bemerken, es sei dort nicht so einfach, aber er werde das schon hinter sich bringen. Wie sollte er ihr das jetzt alles erklären? Sie war doch für ihn das Wichtigste in seinem Leben.

Nur über eins war er sich in der Nacht klar geworden: Er würde nicht lügen, um aus der Sache irgendwie herauszukommen. Die Alternative, dass er die Vorfälle, für die es keine Zeugen gab, abstritt und sie als Phantasieprodukte des ihn hassenden Sterkrade hinstellte, kam für ihn auf keinen Fall in Betracht. Er würde vielmehr erzählen, wie es tatsächlich war, wie er im Affekt Sterkrade hatte umbringen wollen, davon aber abließ, als er in dessen Augen geblickt hatte, und wie er ihn später mit der Akte geschlagen hatte, als er dessen wieder aufkeimende Boshaftigkeit bemerkte. Er würde alles so schildern, wie es war, weil es nun einmal sein befreiender Ausweg aus der unerträglichen Situation geworden war. Es war ihm klar, dass darauf Straf- und Disziplinarverfahren folgten. Wegen strafbefreienden Rücktritts würde zwar keine Verurteilung wegen eines versuchten Tötungsdelikts drohen, aber eine Disziplinarmaßnahme war ganz sicher, und seine Richterkarriere war auf jeden Fall beendet. Damit musste er nun leben.

Es klingelte an seiner Wohnungstür und als er aufmachte, stand Stefanie vor ihm. Sie blickte nur in sein Gesicht, nahm ihn dann ohne Worte in ihre Arme und drückte ihn ganz fest und lange. Er konnte nichts sagen und sie setzten sich still und eng beieinander auf die kleine Sitzbank in der Diele.

Dann schellte das Telefon und nach fünfmaligem Klingeln nahm Steinert endlich ab. Es meldete sich das Vorzimmer des Vizepräsidenten. Sein Abgang hatte also begonnen und er war fast erleichtert. Endlich konnte er wieder denken. Dem Vize, der sich bei ihm mit der Frage meldete, wie es ihm gehe, erklärte er, dass er sich krankmelden müsse, es gehe ihm sehr schlecht. Er solle sich bei ihm melden, wenn er wieder dazu in der Lage sei. Der heute auffallend freundlich und taktvoll auftretende Vize wünschte ihm, dass es ihm hoffentlich bald besser gehe; er solle sich nur viel und genug Zeit lassen.

Nach dem Telefonat machte er Kaffee für sie beide. Er war so froh, dass sie da war und ihn ins Leben zurückbrachte. Stefanie erzählte ihm, während sie ihn unverwandt beobachtete, vorsichtig und Schritt für Schritt die Ereignisse, die sie nach Münster getrieben hatten. Gestern Abend, als sie ins Bett gehen wollte, hatte sie den entsetzten Anruf ihres Vaters erhalten, der seinerseits von dem früheren, ihm noch gut bekannten Präsidentenkollegen aus Münster angerufen worden war. Dieser habe ihn um diskrete Klärung gebeten, was sich da gestern Abend zwischen seinem Schwiegersohn und dessen Senatsvorsitzenden ereignet haben soll. Er könne nicht glauben, was ihm soeben dieser Senatsvorsitzende telefonisch berichtete, nämlich, dass der Richter Steinert ihn beinahe getötet habe. Bevor er jetzt die ganze Maschinerie in Gang setze, mit den ganzen negativen Folgen für das Ansehen der Justiz in Münster, wolle er sich vorsorglich erst einmal vertraulich darüber informieren, ob daran überhaupt etwas wahr sein könne. Er warte auf seinen Rückruf. Da ihr Vater Frank nicht erreichen konnte, informierte er Stefanie, die aber nicht mehr den letzten Zug nach Münster nehmen konnte.

Darauf redete sich Frank das ganze Drama von der Seele, so wie es sich vom Anfang seines Arbeitsbeginns in Münster entwickelt hatte, bis hin zu den Schlägen, die er Sterkrade gestern Abend zum Abschluss der Auseinandersetzung versetzt hatte. Stefanie unterrichtete darüber sofort ihren

Vater und gab alles komplett und unverändert so weiter, wie es Frank ihr erzählt hatte. Denn sie baute darauf, dass ihr Vater daraus die richtige Form der Information an seinen ehemaligen Präsidentenkollegen fand.

Jetzt hatten sie erst einmal Zeit für sich gewonnen. Stefanie merkte, dass ihr sonst so krisenfester Mann unter Schock stand und jetzt möglichst abgeschirmt werden musste, damit er sich nicht selbst schadete. Sie bekam auf ihre dringliche telefonische Bitte hin auch Urlaub bei ihrer Klinik bis einschließlich nächste Woche. Sie blieb bei ihm und sie vergruben sich in der kleinen Wohnung.

12. Kapitel

Das war unerfreulich. Vizepräsident Dr. Hans Lohmüller eilte bedrückt in sein Arbeitszimmer, um sich das aufzuschreiben, was ihm sein aufgebrachter Vorgesetzter soeben ultimativ aufgetragen hatte, mit der befehlsartigen Abschlussbemerkung: »Sofort und noch heute und vollständig!« Was für eine Schweinerei, und das in seinem letzten Dienstjahr vor der Pensionierung!

Dr. Lohmüller war zuvor vom Präsidenten über den Anruf informiert worden, den der gestern am späten Abend von dem Senatspräsidenten Sterkrade erhalten hatte und in dem dieser von einer Tötungsabsicht des ihm zugeteilten Richters Steinert berichtet habe. Der Präsident habe inzwischen schon etwas über die Hintergründe der Sache in Erfahrung bringen können, sodass er einigermaßen die Tragweite der Sache abschätzen könne. Der Vorfall, um den es hier gehe, habe wohl tiefgreifendere Ursachen und Auswirkungen, als er zunächst gedacht habe. An dieser Stelle hatte der Präsident zunächst ihm, Dr. Lohmüller, Vorhaltungen gemacht, dass er sich offensichtlich nicht so intensiv dem Richternachwuchs in der obergerichtlichen Erprobung gewidmet habe, wie er es ihm aufgetragen hatte. Sonst wäre, wie es der Präsident dann ausdrückte, »diese Schweinerei nicht passiert.«

»Herr Präsident, wir hatten so viel mit der neuen Geschäftsverteilung und den anderen organisatorischen

Änderungen zu tun. Ich bin, das gebe ich zu – in diesem Jahr noch nicht dazu gekommen, mich eingehender mit den Neuzugängen zu befassen. Allerdings organisieren sich diese in der Regel bestens allein, sie wollen nicht so an die Hand genommen werden.«

»Wir sehen ja, was daraus werden kann, wenn man glaubt, es geht alles von alleine gut«, warf der Präsident bissig ein, »ich will Ihnen hier aber jetzt nicht Vorwürfe machen, weil wir sofort etwas unternehmen müssen, bevor sich die Sache auswächst.« Und dann hatte ihm sein Vorgesetzter klare Handlungsanweisungen gegeben.

Als Erstes solle er sich sofort um Steinert kümmern, diesen aber jetzt auf keinen Fall über die Vorfälle befragen. Außerdem müsse er sofort Sterkrade zu dessen gestriger Meldung hören und dessen Schilderung möglichst wörtlich festhalten.

Was hatte Steinert ihm genau angetan, was war in dem Streit, der sich offensichtlich ereignet hatte, gesagt worden? Hatte Sterkrade insbesondere gegenüber Steinert den Satz geäußert: »Wissen Sie Steinert, die Heirat der Tochter eines Oberlandesgerichtspräsidenten kann in der Justiz Leistung nun mal nicht ersetzen, darauf muss auch ich ein Auge haben« (»bitte zu dieser Frage auch die wörtliche Antwort Sterkrades!«). Als Drittes wünsche er die sofortige Auflistung sämtlicher Fälle mit Akten und ggf. Korrekturen seitens Sterkrades, die Steinert hier bearbeitet hatte, einschließlich der wahrscheinlich noch in Steinerts Zimmer liegenden Akten und Aufzeichnungen.

Als Viertes müsse er klären, was es mit der eigenartigen Vorlageregelung des Herrn Sterkrade an ihn bei Urteilsentwürfen auf sich habe. Als Fünftes solle er sich vorsichtig darüber informieren, wie Sterkrade Steinert im Beisein von anderen behandelt habe und welchen Eindruck die übrigen im Senat Tätigen von Steinert hatten (»das hat aber noch etwas Zeit und bitte mit Fingerspitzengefühl!«). Und letztlich wäre er ihm dankbar, wenn er schon heute prophylaktisch das Kontaktreferat im Justizministerium vorwarnen könnte; sicher wäre man auch dort daran interessiert, erst einmal Schadensbegrenzung zu betreiben.

Wie angeordnet setzte er sich sofort mit Steinert in Verbindung. Als er dessen schleppende Stimme und die wenigen, nach großer Pause ausgesprochenen Worte gehört hatte, war er tief betroffen von der Veränderung dieses sonst so forsch auftretenden »Überfliegers«; so hatte ihn seinerzeit der Präsident, der dessen Vater kannte, eingestuft. Hier hatte er in der Tat etwas nicht kommen sehen, und ihm tat leid, was jetzt eingetreten war.

Sterkrade ließ er über sein Vorzimmer heranzitieren. Er mochte ihn nicht wegen seiner Selbstgefälligkeit, zu der dieser immer wieder neigte. Er bat ihn nicht, wie sonst üblich, in die Sitzecke seines großen Arbeitsraums, sondern deutete mit einer Handbewegung an, vor seinem Schreibtisch Platz zu nehmen – er müsse sich Einiges aufschreiben, was er ihm jetzt sicher über die gestrigen Vorfälle mitteilen könne. Sterkrade setzte sich etwas irritiert vor den Schreibtisch.

»Dann erzählen Sie mal, was da gestern Abend zwischen Ihnen und Herrn Steinert abgelaufen ist, Herr Sterkrade!«, eröffnete Dr. Lohmüller die Befragung.

»Tja, der Steinert wollte mich tatsächlich in den Flurschacht des Treppenhauses runterschmeißen. Da war ja wegen der Bauarbeiten kein Geländer mehr neben dem Lift, und als wir dort standen, hat er mich auf einmal von hinten durch die Absperrung gedrückt, sodass ich beinahe acht Stockwerke runtergeflogen wäre«, antwortete Sterkrade jetzt einigermaßen gelassen.

»Das ist dann aber, Gott sei Dank, wohl doch nicht passiert, Herr Sterkrade?«.

»Der hat mich im letzten Moment noch festgehalten, weil er wohl kalte Füße bekommen hat«, ergänzte Sterkrade.

»Hat Ihnen Steinert denn nicht vielleicht nur Angst machen wollen und so getan, als wolle er Sie durch die Absperrung drücken?«, setzte Dr. Lohmüller fort.

»Nee, der wollte mich ins Jenseits befördern, ganz klar, ich war ja schon über dem Abgrund«, reagierte Sterkrade bestimmt.

»Wie können Sie sich da so sicher sein, Herr Sterkrade, Sie sind doch kein Leichtgewicht, da muss Sie doch schon einer sehr fest zurückgehalten haben, damit Sie nicht abstürzen?«, versteifte sich Dr. Lohmüller mit kritischem Unterton.

»Der hat ja auch festgehalten, der Steinert, das habe ich doch gesagt«, erwiderte Sterkrade schon etwas gereizt aufgrund des Tons, den Dr. Lohmüller angeschlagen hatte.

»Wenn Steinert Sie also fest-festgehalten hat, dann können Sie doch auch nicht ausschließen, dass Steinert Ihnen von Anfang an nur Angst machen wollte«, Dr. Lohmüller setzte nach.

»Das glaube ich zwar nicht, aber wenn Sie unbedingt meinen«, brummte Sterkrade vor sich hin und führte dann weiter aus: »Anschließend hat mir der Kerl aber noch seine Akte zwei Mal um den Kopf geschlagen und hat sich dann mit Beschimpfungen abgemeldet.« Sterkrade war jetzt noch beleidigt und gab auf Nachfrage wörtlich zu Protokoll, was Steinert laut in den Flur geschrien hatte.

»Was war denn eigentlich vorher passiert, als Sie zum Aufzug gingen, gab es da irgendeine Kontroverse?«, setzte Dr. Lohmüller fort, nachdem er den brisantesten Teil dieses gestrigen Vorfalls jetzt klar vor Augen hatte.

»Ich hatte Steinert davor ein paar Takte über seine Arbeitsweise hier sagen müssen. Ich hatte Ihnen neulich ja schon berichtet, dass er kaum einen Ratschlag annimmt, und das war auch gestern der Fall.« Sterkrade war jetzt in seinem Element. »Manche der jungen Kollegen müssen eben noch lernen.«

»Warum haben Sie eigentlich nicht gleich gestern Abend die Polizei eingeschaltet, Herr Sterkrade?«

»Der Steinert war für mich keine Gefahr mehr, nachdem er praktisch aus dem Gericht geflohen war. Da wollte ich bis heute warten und erst einmal das Präsidium verständigen.«

»Das war auch sehr vernünftig, Herr Sterkrade.« Dr. Lohmüller wollte Sterkrade erst einmal ruhigstellen, bevor er zur nächsten, brisanten Frage kam.

»Nun noch etwas, haben Sie, Herr Sterkrade, bei diesem Gespräch sinngemäß gesagt, dass Sie ein Auge darauf haben müssten, dass die Heirat der Tochter eines Oberlandesgerichtspräsidenten Leistung in der Justiz nicht ersetzen kann?« Dr. Lohmüller erwartete auf diese Frage jetzt entschiedenen Widerspruch. Doch es kam anders.

»Das ist richtig, das habe ich genau so gesagt, und das stimmt ja auch«, antwortete er mit Stolz, »der Weg in der Justiz ist steinig, das habe ich selbst so nach dem Krieg erleben müssen, und ich habe kein Verständnis dafür, wenn vor jungen Kollegen heute der Teppich ausgerollt wird, nur weil sie bessere Beziehungen in der Justiz haben«, schloss er kämpferisch.

»Nun, Herr Sterkrade, darüber werden wir noch reden müssen. Aber Sie können mir doch bestimmt noch ein paar Feststellungen zu Steinerts Leistungen vorlegen, zum Beispiel Notizen aus den von ihm bearbeiteten Fällen, die Sie für die spätere Abschlussbeurteilung anlegen. Kann ich das bis morgen erwarten?«, fügte er noch an und stand auf zum Zeichen, dass er fertig war. Sterkrade nickte, erhob sich ebenfalls und verließ etwas erleichtert den Raum.

Die »eigenartige Vorlageregelung« des Herrn Sterkrade, nach welcher der Präsident auch noch gefragt hatte, wollte Dr. Lohmüller besser aus anderer Richtung aufklären und dabei gleich auch die Meinung im Senat über die beiden Kontrahenten ergründen. Jetzt beauftragte er erst einmal die Geschäftsstelle des Senats mit der sofortigen Anfertigung einer Liste aller von Steinert bearbeiteten Fälle und Beibringung der Akten aus Steinerts Zimmer. Dann nahm er Verbindung zum Justizministerium auf und diktierte seiner Vorzimmer-Sekretärin drei Vermerke über die Gespräche mit Steinert, Sterkrade und dem Justizministerium. Gegen Abend war er fertig und legte seinem Vorgesetzten die Vermerke mit seinen Handlungsempfehlungen zum weiteren Vorgehen vor. Im anschließenden Gespräch stimmten beide in ihrer Einschätzung der Vorfälle überein. Es zeichnete sich ab, wohin dieser Fall sich entwickelte, und sie würden dementsprechend in der nächsten Woche die Weichen stellen müssen.

13. Kapitel

Das Wochenende verlief für sie beide ruhig und ungestört. Stefanie hatte in einer Apotheke ein starkes Beruhigungsmittel für Frank besorgt, das ihn immer wieder auf dem Sofa einschlafen ließ. In seinen Wachphasen versuchte sie, ihren Mann, der nur grübelnd vor sich hinstarrte, in kurze Gespräche über harmlose Themen zu ziehen, was ihr schließlich auch gelang. Sie kaufte ein und berichtete dabei von einer Telefonzelle aus ihren Eltern, die unbedingt nach Münster kommen und helfen wollten. Nur mühsam konnten sie davon überzeugt werden, dass dies für Frank jetzt zu viel war.

Zur Wohnung zurückgekehrt machte sie Essen für sie beide, und langsam kehrten bei Frank die Lebensgeister zurück. Er suchte ihre Nähe wie nie zuvor und sie lagen eng umschlungen auf dem Sofa, bis er wieder einschlief. Stefanie vermied weiterhin jegliche Frage zu den Vorfällen und zu seinen Vorstellungen darüber, wie es weitergehen solle. Auch wenn es schwer war, sie durfte ihn nicht bedrängen; denn er, als der von ihnen beiden stets Vorauseilende, wusste am besten, wann er darüber reden könne.

Montagmittag klingelte es an ihrer Wohnungstür und Stefanie öffnete. Draußen stand ein älterer, freundlich dreinblickender Herr, der sich als »Lohmüller« vorstellte und sich entschuldigte, dass er so unangekündigt hier erscheine. Sie sei doch sicher die Frau des Herrn Steinert und er wolle nur wissen, wie es ihrem Mann gehe, sonst nichts. Er sei praktisch »Abgesandter« des Gerichts ihres Mannes, das sich etwas Sorgen um ihn mache. Dabei übergab er ihr seine Visitenkarte. Stefanie ging ins Wohnzimmer zurück, informierte Frank und fragte, was sie ausrichten solle. Frank überlegte eine Weile und ging dann zur Tür. Er begrüßte Dr. Lohmüller und dankte ihm für den Besuch. Dann kündigte er an, ihn so bald wie möglich aufsuchen zu wollen, worauf dieser entgegnete: »Herr Steinert, das Dienstliche kann warten, mir geht es jetzt allein darum, wie es Ihnen geht. Ich möchte Ihnen vor allem sagen, wie leid es mir tut, dass ich neulich keine Zeit für ein Gespräch hatte und mich zu erkundigen, wie Sie die erste Zeit hier in Münster erlebt haben. Vielleicht hätte uns beiden das eine Menge erspart.«

»Danke, Herr Dr. Lohmüller, danke«, antwortete Steinert zögernd und schloss nach langer Pause die Tür. Was für eine Verwandlung dieses Mannes!

✳︎✳︎✳︎

Nach diesem an sich tröstenden Besuch kam der Kummer in ihm hoch. Sie behandelten ihn wie ein rohes Ei, weil sie nicht wussten, was er sonst noch alles anrichten würde, argwöhnte er. Was war nur mit ihm geschehen, dass jetzt genau das Gegenteil dessen eingetreten war, was er sich als Ziel gesetzt hatte. Er hatte sich immer wieder vorgehalten, dass er sich von diesem Mann nicht provozieren lassen dürfe, damit er nicht seine Karriere riskiere, und nun hätte er beinahe sogar einen Mord begangen.

Er war so hilflos und sehnte sich nach seinem starken Vater, der ihm früher richtiges Verhalten bei Gefahren und Bedrohungen seines jungen Lebens so klar verständlich erklärt hatte. Als Diplom-Ingenieur zog dieser regelmäßig Vergleiche mit naturwissenschaftlichen Phänomenen heran, weil er dies für die einzig »exakte« Darstellungsweise hielt. Gegenüber den »nicht exakten« Geisteswissenschaften hatte sein Vater Misstrauen gehegt, und er wäre sicher auch nicht begeistert über seinen späteren Wunsch gewesen, Richter zu werden. Er hatte noch heute vor Augen, wie stolz er neben seinem Vater gestanden hatte, als dieser ihn einmal in sein Werk zur Verladung eines neuen, riesigen Transformators auf einen Spezialwaggon der Bundesbahn mitgenommen hatte. Sie waren gerade von Hannover nach Bad Honnef gezogen, als Franks Vater nach dem Krieg beim dortigen Transformatorenwerk Lepper eine neue Stelle bekam.

So war er bis zum frühen Tod seines Vaters behütet aufgewachsen und hatte später mit Überwindung immer höherer Hürden sich ein Selbstbewusstsein zugelegt, das elterliche Hilfe nicht mehr nötig hatte. Davon war jetzt nichts mehr übrig und er fühlte sich eher wie ein verfolgter Junge, der sich am liebsten verstecken wollte. In dieser Situation war er schon einmal gewesen, als in Bad Honnef der Junge aus seiner Nachbarschaft, der offenbar nicht so wie er von seinem Vater beschützt wurde, ermordet worden war und alle Kinder Angst hatten. Erst nachdem ihm damals sein Vater anschaulich erklärt hatte, was mit dem Mörder des Jungen passieren würde, »um die Welt wieder in Ordnung zu bringen«, war er beruhigt.

Danach hatte er seinem Vater angekündigt, auch Polizist werden zu wollen, um dabei mitzuhelfen, was sein Vater für eine gute Berufswahl hielt. Und jetzt, nachdem er sich für einen anderen Beruf entschieden hatte, war er in die Irre gelaufen, sodass andere sogar Angst vor ihm und seiner Entgleisung haben mussten.

Er setzte sich eng neben Stefanie, die gerade in der mitgebrachten Zeitung las. Sie merkte, dass ihn etwas bewegte und legte die Zeitung weg.

»Steffi, hast Du Angst vor mir, etwa dass ich noch mehr Mist mache?«, fragte er stockend.

»Nein, absolut nicht. Das habe ich noch nie gehabt«, antwortete sie sofort und bestimmt. Sie lächelte ihn dabei an, weil sie sich freute. Er begann zu reden.

»Wie konnte mir das nur passieren, Steffi, ich weiß nicht, wie das über mich gekommen ist?«, fragte er verzagt weiter.

»Ich kann mir das langsam schon erklären, Frank. Du hast nie Kontakt zu richtig schlechten, charakterlosen Menschen gehabt, Du hast bisher in einer anderen, etwas abgehobenen Welt gelebt. Da gibt es nicht derartige Nieten, wie Du es jetzt erlebt hast, weil sie normalerweise längst vorher gescheitert sind. Und daher hast Du auch nie gelernt, mit solchen Subjekten richtig umzugehen, um sie Dir vom Leib zu halten. Du wolltest das unbedingt alleine regeln, ohne andere einzuschalten, und da hast Du Dir zu viel aufgelastet.« Sie sah, wie er langsam nickte.

»Was soll ich denn jetzt machen, mit der Richterlaufbahn ist es vorbei«, fuhr er deprimiert fort, »bis Münster war alles so perfekt, aber jetzt ist alles unweigerlich vorbei.«

»Frank, Du warst bis hierhin wie ein Rennwagen, der mit Kerosin betankt war, jetzt einen Unfall hatte und nun nicht mehr anspringt, weil ein Kurzschluss die Zündung lahmgelegt hat«, malte sie aus und Frank begann zu lächeln. Woher ahnte sie nur, dass er an seinen Vater gedacht hatte, sodass sie instinktiv den technischen Vergleich anstellte? »Ich weiß, wie die Zündung wieder angeht, Frank. Du musst das hier nur erst einmal beenden. Für uns geht es dann woanders weiter und ganz sicher wieder gut«, fügte sie an. Jetzt war sie zur großen Optimistin geworden, hatte sie sich vorgenommen.

Nach einer Weile des Schweigens nahm sie den Faden wieder auf: »Ich halte es für das Beste für uns beide, wenn wir jetzt, sofort wenn Du das hier beendet hast, eine Woche Urlaub machen, weit weg, am besten auf einer griechischen Insel.« Stefanie hatte diesen Gedanken gefasst, als sie in der Stadt an einem Reisebüro mit Angeboten von Flugreisen vorbeigekommen war.

»Ja, das wäre schön, wirklich schön, alles mal hinter sich zu lassen«, bemerkte Frank nach längerem Nachdenken. Er schien sich aus seiner Starre zu befreien.

✶✶✶

Es war wieder Mittwoch, eine Woche nach dem verhängnisvollen Vorfall, als Frank seine Absicht äußerte, sich im Gericht wie von ihm angekündigt zu melden. Stefanie hielt das für zu früh und versuchte, ihn davon abzubringen. Er war sich auch selbst noch nicht ganz sicher. Sie ging darauf wieder zum Einkaufen in die Stadt, suchte eine Telefonzelle auf und rief Dr. Lohmüller an, dessen Visitenkarte sie nach seinem Besuch behalten hatte. Zum Glück war dieser an seinem Platz. Stefanie teilte ihm das Vorhaben ihres Mannes mit, ins Gericht zu kommen, weil er wohl »klar Schiff machen wolle«, und setzte ihn auch in Kenntnis von ihren Bedenken dagegen. Die Rückkehr zu dem Ort, an dem alles passiert war, sei ihrer Meinung nach zu früh.

Dr. Lohmüller überlegte kurz und stimmte ihr voll zu. Dann kam er auf den Vorschlag, dass es vielleicht besser sei, wenn er bei ihnen nochmals vorbeikäme. Man könne dann, wenn Frank es wolle, einmal über seine Vorstellungen zur weiteren Zukunft sprechen. Das könne sie ihrem Mann ja vorschlagen und ihn dann wieder anrufen, was sie bejahte.

Zuhause erzählte sie Frank von ihrem »Alleingang«. Zu ihrer Überraschung machte er ihr keinerlei Vorwürfe deswegen, sondern schien eher erleichtert über ihre Initiative zu sein. Von ihrem Hausapparat rief sie Dr. Lohmüller wieder an, der ankündigte, in einer Stunde bei ihnen zu sein.

Stefanie hatte Kaffee vorbereitet, als Dr. Lohmüller eintraf. Sie wollte sich in die Küche begeben, damit die Herren unter sich waren, aber Frank hielt sie zurück. Er meinte zu Dr. Lohmüller, er habe doch bestimmt nichts gegen ihre Teilnahme, denn er habe nichts vor ihr geheim zu halten; sie solle gleich wissen, wie ihrer beider Zukunft seiner Meinung nach aussehe.

Dr. Lohmüller bejahte und fragte Frank als Erstes nach dem genauen Ablauf des vorigen Mittwochabend im Gericht. Frank berichtete so, wie Stefanie es zuvor von ihm gehört hatte.

Dr. Lohmüller machte sich hierüber Notizen. Als Frank dann aussagte, er habe Sterkrade durch die Absperrung stoßen wollen, erhob Dr. Lohmüller fragenden Widerspruch: »War es nicht eher so, dass Sie Sterkrade zugesetzt haben, um ihm Angst zu machen und ihn dann zurückgezogen haben, Herr Steinert?«

»Nein, Herr Dr. Lohmüller, erst wollte ich ihn durch die Absperrung stoßen, dann, als es fast zu spät war, habe ich das nicht mehr gewollt«, erklärte Frank fest.

»Ihre Ehrlichkeit ist bewundernswert, aber fast selbstmörderisch. Für außenstehende Beobachter dieser Szene ergibt sich doch das Bild, dass Sie Sterkrade fast durch die Absperrung gedrückt haben, aber eben nur fast, und dass Sie ihn dann entschieden zurückgezogen haben. Mehr brauchen Sie doch gar nicht zuzugeben; wen hat denn Ihre Gedankenwelt dabei zu interessieren. Sie müssen sich doch nicht selbst belasten, denn Sie wissen ja zur Genüge, dass eine Anklage wegen eines versuchten Tötungsdelikts hier strafrechtlich ohnehin nicht droht. Dann ist es auch ohne Belang, was Ihnen alles vorher durch den Kopf ging. Tun Sie das sich und auch uns nicht an«, appellierte er an Steinert.

»Also gut, dann sage ich dazu nichts. Ihre verkürzte Darstellung des Ablaufs ist ja auch nicht falsch, sie lässt nur Interpretationen offen«, meldete sich wieder der Jurist.

»Aber wir müssen dann auch sicher sein, dass Sie auf die Ihnen irgendwann einmal gestellte Frage, ob Sie Sterkrade töten wollten, mit nein antworten.« Dr. Lohmüller wollte Klarheit und wirkte deshalb auf eine entsprechende Sprachregelung hin, »das ist jedenfalls das Ergebnis Ihrer Willensbildung in diesem Moment gewesen, nicht wahr, Herr Steinert?«

»Ja, Herr Dr. Lohmüller, wenn Sie es so ausdrücken, ja.« Steinert hatte gemerkt, wie ihm dieser Mann helfen wollte und nahm dies nun dankbar an.

Nachdem er dann auch die Schläge mit der Akte gegen den Kopf Sterkrades bestätigt hatte, kam die Frage Dr. Lohmüllers zu seinen Vorstellungen darüber, wie es nun mit ihm weitergehen solle. Steinert antwortete ohne Umschweife und führte aus, dass er sich sofort klar darüber gewesen sei, dass nach diesen Vorfällen die Richterlaufbahn passé sei. Selbst wenn jetzt nichts davon an die Öffentlichkeit gelange, könnte das später aber immer noch geschehen, zum Beispiel wenn Sterkrade irgendwo ins Plaudern käme. Seine Eignung und Glaubwürdigkeit als Richter sei dadurch nachhaltig beschädigt, er sei eine Belastung für die Justiz geworden. Deshalb sei ihm klar, dass er hier in Münster aufhören und einen anderen Berufsweg einschlagen müsse.

Dr. Lohmüller hatte nach dem Bild, was er sich in den letzten Tagen von Steinert gemacht hatte, diese Entwicklung fast erwartet. Steinert war zu klug und auch zu aufrichtig, als dass er den Versuch einer Rückkehr in seine alte Spur machte; eine für alle tragfähige Lösung schien damit in Sicht. Dr. Lohmüller bedauerte, dass sie dann künftig auf ihn verzichten müssten, er sei ein ausgezeichneter Richter mit großer Zukunft gewesen, der hoffentlich jetzt in anderer Umgebung die gleiche Anerkennung und auch Zufriedenheit finden werde. Hierbei wolle man ihm auch helfen. Das Justizministerium, mit dem er gesprochen habe, sehe da eine neue, passende Verwendungsmöglichkeit. Er kündigte an, dass man mit ihm hierüber zu gegebener Zeit sprechen werde.

Zum Abschluss bat Dr. Lohmüller darum, dass er noch einmal ins Gericht kommen solle, »um die Formalien zu regeln«, wie er es nannte. Dem stimmte Steinert zu und fragte zu Stefanies Freude sofort nach, ob sie denn jetzt für eine Woche wegfahren könnten. Das ließe sich arrangieren, meinte Dr. Lohmüller beim Aufstehen.

14. Kapitel

»Wir brauchen zwei Sitzungen, um den Weg zur richtigen Lösung vorzubereiten, Herr Lohmüller«, hatte der Präsident nach Klärung aller seiner Fragen und weiterer Punkte noch am Vormittag, vor seinem Besuch bei den Steinerts, resümierend festgestellt. Er behielt auch bei komplexen Entwicklungen stets die Übersicht. »Und zwar brauchen wir eine Bereinigungssitzung mit dem Sterkrade und eine Überzeugungssitzung mit dem Steinert, wenn sich dieser gemeldet hat. Bereiten sie doch dafür alles vor!« Dr. Lohmüller bewunderte etwas den rund 10 Jahre jüngeren Präsidenten, der wegen seiner schnellen Auffassungsgabe und konsequent-harten Durchsetzungsfähigkeit den Spitznamen »Fallbeil-Deiters« erhalten hatte. Dr. Deiters war vor drei Jahren sein Vorgesetzter geworden. Im Anschluss an seine Richterlaufbahn war dieser im Innenministerium NRW fünf Jahre als Unterabteilungsleiter tätig gewesen, bevor er zum Präsidenten des OVG ernannt wurde. In seiner ministeriellen Zeit hatte er die Wichtigkeit des Zeitfaktors bei anstehenden Entscheidungen erkannt und genutzt. Im justiziellen Geschäftsbetrieb dauerte es dann lange, bis sich alle an das neue Tempo gewöhnt hatten.

Dr. Lohmüller informierte nach seiner Rückkehr im Gericht seinen Vorgesetzten kurz darüber, dass es mit Steinert so wie angedacht laufen werde und deshalb eine Sitzung nicht nötig sei. So konnten sie sich jetzt als Nächstes auf die für nachmittags angesetzte Dienstbesprechung mit Sterkrade konzentrieren, an der Präsident, Vizepräsident und Senatspräsident Sterkrade teilnahmen. Außerdem war die Sekretärin des Vize als Protokollführerin des Gesprächs anwesend.

Sterkrade erstarrte, als er das Präsidenten-Zimmer betrat und ahnte sofort, was ihm blühte. Er fragte sarkastisch, ob er besser einen Anwalt hätte mitbringen sollen. »Aber nein, Herr Sterkrade, hier wird nicht angegriffen, sondern nur geklärt. Frau Hansinger ist da, damit wir sofort festhalten, was wir vereinbaren, um hier zu retten, was noch zu retten geht«, bemerkte der Präsident, was beruhigend gemeint war, Sterkrade aber alarmierte.

Der Präsident begann dann auch sofort mit den nicht zu bezweifelnden Fakten des Falls und den darauf unumgänglich zu treffenden und den weiter möglichen Maßnahmen. Das Präsidium habe jetzt eine klare Vorstellung, wie es zu dieser menschlichen Katastrophe – »ja Herr Sterkrade, Sie haben richtig gehört, menschlichen Katastrophe« – gekommen sei. Es bestehe keinerlei Zweifel daran, dass Steinert in den letzten Monaten systematisch »von Ihnen, Herr Sterkrade, ausschließlich von Ihnen«, in eine ausweglose Paniksituation getrieben worden sei. Das habe als Erstes die Aktenauswertung der von Steinert bearbeiteten Fälle ergeben. Steinert habe in seiner kurzen Zeit in Münster 76 Fälle zur Entscheidung gebracht oder entscheidungsreif gemacht, und zwar jeden Fall einwandfrei – »ein beachtliches und besonders anzuerkennendes Pensum, nicht wahr, Herr Sterkrade, nicht wahr?!« Sterkrade habe zu diesen Fällen nicht einen einzigen ernst zu nehmenden Kritikpunkt gehabt, weder zum Entscheidungstenor, noch inhaltlich. Seine schriftlichen Anmerkungen zu den Urteilsentwürfen, die sich in den letzten beiden Monaten aus nicht erklärlichen Gründen ständig verstärkt hätten, seien nahezu ausnahmslos auf Sprache und Form konzentriert gewesen. Diese Anmerkungen hätten in keinem Fall eine substanzielle Verbesserung enthalten, weil Steinert einen messerscharfen, logisch zwingenden Urteilsstil gepflegt habe, der seiner Korrekturen nicht bedurfte. Nur im Fall Sikowsky ./. Bundesrepublik Deutschland habe er, Sterkrade, einmal abweichend votiert, und das auch noch in völlig abstruser Hinsicht, und habe sich dann später nur wieder auf Stil- und Formkritik zurückgezogen. Er habe in diesem Fall die von Anfang an sachlich und formal in jeder Hinsicht richtige Entscheidung des Steinert boykottiert, sodass sie jetzt noch ausstehe. Als Zweites hätte man im Senat und auch beim Personal der Geschäftsstelle den zunehmend abfälligen, sachlich unangebrachten und eines Richterkollegen unwürdigen Ton des Senatspräsidenten gegenüber Steinert bemerkt. Als Drittes habe er eine unzulässige, die richterliche Unabhängigkeit einengende Vorlageregelung im Senat eingeführt, die auch mit den Richtlinien des Ministeriums nicht vereinbar sei. Denn die abgeordneten Richter der Verwaltungsgerichte seien nun mal vollwertige Mitglieder des Senats und keine Referendare, die erst einmal ihm ihre Urteilsentwürfe vorzulegen hätten; dieser Unsinn müsse daher sofort beendet werden. Und als Viertes habe Sterkrade seine unsägliche Bemerkung zur Heirat von

Steinerts Frau nicht bestritten, sondern sogar bestätigt. Diese Bemerkung sei eine extreme Provokation und der Auslöser des Gewaltausbruchs von Steinert gewesen. Er habe sich wohl überhaupt nicht darüber informiert – »was Sie, Herr Sterkrade aber als Erstes hätten tun müssen, ich betone: als Erstes, Herr Sterkrade« –, dass Steinert bereits auf erfolgreicher Laufbahn als Zivilrichter war, als er von sich aus in die Verwaltungsgerichtsbarkeit überwechselte, um dem »Dunstkreis« seines Schwiegervaters in Düsseldorf auszuweichen. Sie hätten dadurch einen ganz vorzüglichen Richter bekommen, der das genaue Gegenteil eines Protegés sei und dessen Richterlaufbahn nun ausschließlich durch Sterkrades Verhalten zerstört worden sei. Dadurch werde das OVG Münster zu dem zweifelhaften Ruf gelangen, das erste Gericht des Landes zu sein, das einen tüchtigen Richter mit Erfolg weggemobbt habe.

Sterkrade wollte dem Präsidenten schon die ganze Zeit ins Wort fallen, wurde aber von diesem jetzt hart angegangen: »Nein, Herr Sterkrade, Sie hören mir jetzt zu, Sie haben jetzt Pause.« Darauf fiel er in sich zusammen, und der in Rage geratene Präsident fuhr fort. Es sei ganz klar, dass er nicht umhin komme, all die angesprochenen Punkte zum Gegenstand eines sofort einzuleitenden Disziplinarverfahrens gegen ihn, Sterkrade, zu machen. Er würde auch rückhaltlos der Staatsanwaltschaft das Ergebnis seiner Untersuchungen zuleiten, wenn es dort zu Ermittlungen wegen eines versuchten Tötungsdelikts des Steinert kommen sollte. Er, Sterkrade, könne sich dann auf die Schulter klopfen, dass er nicht nur die Zukunft

Steinerts, sondern außerdem das vorher untadelige Ansehen des OVG Münster nachhaltig beschädigt habe.

Er gebe ihm, Sterkrade, jetzt den guten Rat, sich die ganze Angelegenheit einmal in Ruhe in seinem Zimmer zu überlegen. Danach solle er ihm mitteilen, was er von sich aus leisten könne, um die Schäden seines Handelns geringer zu halten. Vorher lehne er jegliche Diskussion mit ihm ab. Dr. Deiters stand auf und verließ den Raum. Dr. Lohmüller blieb bewusst als möglicher Ansprechpartner für Sterkrade zurück. Nach einer Weile stand Sterkrade aber wortlos auf und verließ ebenfalls den Raum.

✻✻✻

Zwei Stunden später meldete sich Sterkrade im Vorzimmer des Präsidenten zurück, der sofort wieder seinen Vize und Frau Hansinger hinzuzog. Mit zusammengekniffenem Mund erklärte er, dass man ihm ja klar erkennbar nur noch die Alternative zugestanden habe, von sich aus seine vorzeitige Pensionierung zu beantragen, was wegen seiner Schwerbehinderung grundsätzlich möglich sei. Er halte es aber für unangemessen, wie man mit ihm umspringe, das sei für einen verdienten Richter nicht in Ordnung. Sofort ging ihn der Präsident an, der mit erhobener Stimme darauf hinwies, dass er das Privileg seiner früheren Wertschätzung als verdienter Richter völlig verspielt habe, nachdem er in seiner Missgunst gegenüber Steinert auf pure Willkürmaßnahmen verfallen sei. Ein solches Verhalten stehe in diametralem Gegensatz zum richterlichen Kodex. »Es ist für Sie hier nicht mehr der Ort, an dem Sie Freundlichkeit und Rücksichtnahme erwarten können, Herr Sterkrade. Wenn Sie für sich etwas retten wollen, dann in Ihrem Ruhestand. Ansonsten müssen die Verfahren ihren Lauf nehmen«, schloss er die Replik.

Nach einem tiefen Seufzer erklärte Sterkrade darauf: »Na dann machen Sie das eben, wenn es so sein muss. Ich habe hier wohl nichts mehr zu sagen.« Der Vize übernahm sofort den weiteren Ablauf und diktierte die Bitte Sterkrades, mit sofortiger Wirkung in den Ruhestand gehen zu wollen. Dr. Lohmüller bemerkte weiter, er werde jetzt Frau Hansinger über die Einzelheiten der heutigen Besprechung einen Vermerk diktieren, der aber diskret behandelt werde. Es werde vonseiten des Gerichts keine Verlautbarung nach außen über die Vorfälle und auch nicht über die ihm erteilten Rügen seiner Verhaltensweisen geben, sodass das Ansehen Sterkrades nicht berührt werde. Etwas anderes gelte, wenn die Vorfälle durch ihn oder durch Dritte zur Sprache gebracht würden, dann werde alles auf den Tisch kommen.

»Und was passiert nun mit dem Steinert?«, wollte Sterkrade beim Verlassen des Raums noch abschließend von Dr. Lohmüller wissen.

»Dank Ihres Wirkens kann der ja nun leider nicht weitermachen, Herr Sterkrade, aber wir werden alles daran setzen, dass dieser befähigte Mann eine neue Chance unter vernünftigeren Leuten findet.« Dr. Lohmüller hatte Mühe, sich in seiner Wortwahl zu beherrschen.

Dr. Lohmüller besprach noch am Abend den erreichten Sachstand mit dem Justizministerium. Anschließend konnte er seinem Präsidenten die Glückwünsche aus Düsseldorf für diese schnelle Lösung des heiklen Falls übermitteln. Wegen Steinert werde man in Düsseldorf wie angedacht verfahren, wenn der sich nach dem Urlaub zurückgemeldet habe.

Dr. Deiters bemerkte zum Abschluss dieses Arbeitstages nur noch, es sei doch symptomatisch für Sterkrade, wie stoisch dieser seine massive Zurechtweisung hingenommen habe, »dieser Mann scheint, aus welchen Gründen auch immer, überhaupt keine menschlichen Gefühle mehr zu haben. Höchste Zeit, dass der aus dem Verkehr gezogen wird.«

15. Kapitel   Düsseldorf, Winter 1980

So beruhigend es für Eltern ist, wenn die Kinder ihre Probleme selbst bewältigen, so zermürbend ist das Warten auf den erhofften glücklichen Ausgang. Stefanies Eltern waren seit der ersten dramatischen Meldung aus Münster von Stefanie über den Fortgang der Ereignisse jeweils nur rudimentär unterrichtet worden. Später erhielt Wilhelm von seinem ehemaligen Präsidentenkollegen aus Münster die Information, dass sich für seinen Schwiegersohn, der aus der Justiz ausscheiden wolle, eine neue Chance auftue; das werde sich nach seinem Urlaub klären. Das sei man ihm auch schuldig gewesen nach diesem Chaos, in das er in Münster geraten sei. Sein Senatspräsident sei übrigens jetzt im Ruhestand. Wilhelm konnte sich seinen Teil denken und war erst einmal beruhigt, dass es für Frank offenbar nicht ganz so schlimm aussah.

Dann hatte Stefanie sie informiert, dass sie beide in einen ein- oder zweiwöchigen Urlaub auf Kreta fliegen würden. Frank müsse sofort raus, damit er wieder gesund würde. Es sei für alle besser, wenn sie sich erst nach dem Urlaub und dann in erholtem und entspanntem Zustand wiedersehen würden. Sie müsse leider so rigoros handeln, weil das alles Frank furchtbar mitgenommen habe und sie froh sei, wenn er jetzt gesundheitlich auf den Weg der Besserung komme. Das respektierten dann auch die Eltern. Dennoch blieb die Sorge, dass »ihre Kinder« das nicht schaffen.

Als sie Stefanie Hand in Hand mit Frank aus dem Gate des Ankunfts-Terminals des Düsseldorfer Flughafens herauskommen sahen, gab es dann kein Halten mehr und sie schlossen die beiden immer wieder in die Arme. Wilhelm bemerkte sofort, dass Frank noch angeschlagen war und seine Spontaneität verloren hatte; sein Gesichtsausdruck wirkte trotz der Sonnenbräune mitgenommen. Stefanie schien dagegen »das Heft in die Hand« genommen zu haben und entwickelte eine früher an ihr nicht beobachtete Agilität und Bestimmtheit. Die beiden hatten offenbar eine neue Balance gefunden, um zusammen stärker zu sein, wurde ihm klar.

Zwei Wochen waren sie in Chania auf Kreta geblieben und hatten dann die Einladung ihrer Eltern dankbar angenommen, nach ihrer Rückkehr erst einmal in Kaiserswerth zu übernachten und dann am nächsten Tag zurück nach Köln zu fahren. So konnten sie in Ruhe von dem Urlaub berichten. Stefanie hatte dann auch keine Scheu, Franks Zustand anzusprechen, der Stück für Stück die Ereignisse in Münster habe hinter sich lassen können. Sie erzählte, wie sie ihn zunächst aus dem Hotelzimmer habe herauslocken müssen. Tagsüber hatten sie Wandertouren die Küste entlang unternommen und abends war es ihr schließlich gelungen, dass sie zusammen in den Restaurants am Strand wieder Geselligkeit suchten.

Damit fand der erste Abend wieder zuhause ein harmonisches Ende, ohne dass von einer Seite die Frage nach der Zukunft gestellt wurde. Für morgen nach dem Mittagessen hatten Stefanie und Frank ihre Rückkehr nach Köln angekündigt.

※※※

»Was hältst Du von einem Spaziergang, Frank«, fragte Wilhelm nach dem Frühstück am nächsten Morgen. Vorsichtshalber hatte er Stefanie vorher, von Frank unbemerkt, gefragt, ob sie das gutheiße, was sie bejaht hatte. »Wir könnten ja wieder unsere alte Tour Richtung Wittlaer nehmen.«

»Das machen wir, Wilhelm, ich bin ja jetzt durch Stefanie das Am-Wasser-entlang-Laufen etwas gewöhnt«, meinte er fröhlich und sie brachen auf.

Wilhelm erzählte ihm dann sofort von der positiven Nachricht, die er von seinem früheren Präsidentenkollegen in Münster erhalten hatte und fragte, ob man ihm schon etwas Näheres dazu gesagt habe. Frank verneinte und verwies darauf, dass er sich erst einmal wieder bei seinem »Stammgericht« in Köln melden müsse und wahrscheinlich dort das Weitere erfahren werde. Wilhelm meinte, ihm könne jetzt eigentlich gar nichts Besseres passieren, als dass sich das OVG für seine angemessene Weiterverwendung einsetze. Denn so brauche er nicht auf sich allein gestellt um seine berufliche Rehabilitation kämpfen; es gehe weiter, so als ob nichts geschehen sei. Und die weitere gute Nachricht aus Münster sei für ihn gewesen, dass der Senatsvorsitzende, der ihm dies eingebrockt habe, offenbar in die Wüste geschickt worden sei.

Der sei postwendend pensioniert worden und werde ihm nie mehr beruflich in die Quere kommen.

Für Frank war es eine Beruhigung, dass so die Ankündigung von Dr. Lohmüller über seine weitere Verwendung nun auch von anderer Seite bestätigt wurde. Er hatte zeitweise befürchtet, dass es sich bei der Ankündigung nur um eine Äußerung des guten Willens handelte, um ihm Hoffnung zu machen, damit er jetzt nicht ins Bodenlose fällt. Doch offenbar wollte man hier tatsächlich Wiedergutmachung leisten. Der Präsident des OVG hätte sonst niemals gegenüber Dritten etwas in dieser Richtung gesagt.

»Stefanie hatte uns aus Eurem Gespräch mit Dr. Lohmüller berichtet, dass es um eine mit dem Justizministerium angedachte Lösung geht, Frank. Darüber habe ich die ganze Zeit nachgedacht, als Ihr weg wart. Und da ist mir eingefallen, dass Dr. Deiters unmittelbar vor seiner Ernennung zum Präsidenten eine Karriere im Innenministerium hinter sich hatte und auch heute noch über beste Verbindungen dahin verfügen dürfte. Ich vermute deshalb, dass man auf Dich mit dem Angebot eines Wechsels ins Innen- oder Justizministerium zukommen wird. Es wäre jedenfalls nicht schlecht, wenn Du Dich mit dieser Alternative schon einmal gedanklich vertraut machst.« Wilhelm wollte die Zeit mit Frank hier nutzen, um ihn auf das gegenüber Richtern erheblich andere Berufsbild eines Ministerialbeamten einzustimmen. »Ich weiß nicht, inwieweit Du Dich damit schon einmal befasst hast, Frank«, hakte er nach.

»Urteile erwarten die dort ja nicht von einem. Die Juristenkollegen der Ministerien erkenne ich eigentlich immer daran, dass sie große Redner sind und ansonsten für alles das grüne Licht ihrer Vorgesetzten brauchen.« Frank schien nicht die beste Meinung von dieser Klientel zu haben.

»So schön die Selbstständigkeit und Unabhängigkeit des Richters sind, er bleibt aber immer ein Einzelkämpfer. Die Arbeit in einer Organisationseinheit mit Menschen, die einen unterstützen, beraten und begleiten, hat auch ihre Vorzüge. So allein, wie Du jetzt bei diesem Sterkrade warst, wärest Du in einem Ministerium nicht gewesen. Ich würde Dir wünschen, dass Du nie mehr so etwas durchmachen musst, Du gehörst unter Menschen. Das fachliche Wissen und Können wirst Du Dir, wie ich Dich kenne, sehr schnell angeeignet haben, sodass das wirklich Neue der tägliche Umgang mit anderen für Dich sein wird. Sie werden Dir eine lange Einarbeitungszeit geben müssen, weil Du keinerlei Ressorterfahrungen mitbringst, und da bekommst Du dann auch genug Eindrücke davon, ob Dir die neue Umgebung zusagt«, schloss Wilhelm seine lange vorher durchdachte Beratung ab. Mit mehr wollte er seinen Schwiegersohn, der das interessiert zur Kenntnis nahm, auch nicht belasten. Und ihm kam es darauf an, dass Frank jetzt der positive Aspekt der zwischenmenschlichen Verbesserung in seiner Arbeitswelt bewusst gemacht wird. Denn Frank würde hierauf nicht von selbst kommen.

✳✳✳

Wie recht Wilhelm hatte, dachte Steinert, als er den Raum des Präsidenten des VG Köln verließ, der ihm soeben im Auftrag des Innenministeriums NRW die Möglichkeit einer Verwendung dort eröffnet hatte. Im Zuge der Reorganisation wolle man im Innenministerium unmittelbar beim Abteilungsleiter III (Polizei) einen Stab »Recht« neu einrichten, in dem alle grundsätzlichen Rechtsfragen zu Einsatz und Organisation der Polizei bearbeitet werden. Bislang gesplittete Zuständigkeiten würden so zusammengeführt. Da die Polizeiarbeit des Landes in den letzten Jahren zunehmend öffentliche Kritik erfahren hatte, wollte die Landesregierung hierauf reagieren und einen neuen Schwerpunkt an herausgehobener Stelle setzen. Im Einvernehmen mit dem Justizministerium NRW, das wegen einer Reihe von Defiziten bei der Strafverfolgung ebenso in die Kritik geraten war und deshalb die Reorganisation im Innenministerium unterstützte, wollte man dann auch bei der Personalauswahl Zeichen setzen. Es sollte kein Angehöriger der Polizei, sondern ein besonders qualifizierter Angehöriger der Justiz diesen Stab Schritt für Schritt organisatorisch und personell aufbauen und leiten. Denn immer wieder war der Vorwurf laut geworden, dass die Polizeiführung im Innenministerium aus Kameraderie nicht rigoros genug kapitalen Fehlern in der polizeilichen Arbeit ihrer Behörden nachgehe.

Man habe eigentlich schon einen Staatsanwalt als geeigneten Kandidaten für diese Aufgabe auserkoren, sei dann aber aufgrund seiner Vita und der Vorfälle in Münster, die »bei aller Dramatik« seine besondere juristische Qualifikation und darüber hinaus seine Gradlinigkeit bewiesen hätten, auf ihn als die bessere Lösung gekommen. Er bleibe zunächst Verwaltungsgerichtsrat, bis für ihn eine neue, besoldungsgleiche Stelle im Ministerium des Innern eingerichtet worden sei.

Wie der Chef des Verwaltungsgerichts Köln zum Schluss noch anmerkte, habe sich der Präsident in Münster vehement für ihn eingesetzt. Dieser habe ihm auch die Fähigkeit attestiert, sich schnell in das umfangreiche neue Aufgabengebiet einzuarbeiten. Steinert solle sich deshalb möglichst schon am nächsten Tag sowohl beim Justiz- als auch beim Innenministerium vorstellen; er werde dort schon gespannt erwartet.

Als Frank abends Stefanie von dieser Wendung berichtete, zeigte sie sich gar nicht so erfreut, wie er es war. Sie warnte ihn vor dem Einstieg in das alte Arbeitsmuster und rang ihm ab, dass abends und am Wochenende unbedingt »Schluss mit Dienst« sei; das müsse er ihr versprechen. Und das tat er auch, weil er nicht mehr ohne sie handeln wollte.

16. Kapitel   Rhöndorf, Sommer 2021

»Kannst Du gerade mal hochkommen, Frank«, rief Stefanie von oben den Treppenflur hinunter, als sie ihren Mann wieder unten hörte. Er war mit Rocky zurück von der üblichen Runde im Wald, der oberhalb ihres Hanggrundstücks in Rhöndorf begann. Seit einem Jahr hatten sie den jungen Langhaarcollie, der noch viel Bewegung brauchte. Rocky war der Liebling von Stefanie geworden, er schätzte aber auch die ausgedehnten Wandertouren mit Frank.

Frank ließ den Hund auf seinem Platz in der Diele und eilte hoch ins Dachgeschoss des Hauses, wo sich Stefanie ein gemütliches »Damenzimmer«, wie sie es nannte, direkt neben seinem Arbeitszimmer eingerichtet hatte. »Ich habe hier was für Dich aus Deinem alten Ministerium in der Zeitung gefunden, das wird Dich sicher interessieren«, meinte sie und reichte ihm einen Auszug aus der WELT vom 30. Juli 2021. Der Artikel beschrieb eine Initiative des Innenministers NRW zur Aufklärung sog. »coldcases«. Frank war überrascht, dass Stefanie dieses Thema noch im Kopf hatte. Vor mehr als einem Jahr waren sie beide zu dem Ergebnis gekommen, dass seine weitere Befassung mit dem alten Fall keinen Sinn mehr mache. Nicht zu Unrecht ging sie wohl davon aus, dass er diesen ad acta gelegten Fall doch nicht so ganz aus seinen Gedanken verdrängt hatte.

»Vielleicht kannst Du dafür sorgen, dass Dein alter Fall dort mit auf die Liste gesetzt wird. Dann kommt vielleicht noch etwas raus, ohne dass Du Dich dafür einsetzen musst«, meinte sie hoffnungsvoll. Frank las den kurzen Beitrag und stimmte ihr zu. Man sollte es auf jeden Fall versuchen, wenn nicht dieser Fall ohnehin schon auf der Liste war. Er werde sich dabei aber nicht als früherer Mitarbeiter der Polizeiabteilung zu erkennen geben, weil er sich noch sehr gut daran erinnere, wie unfroh sein Haus auf »alte Besserwisser« reagiere.

An den folgenden Tagen machte er sich wieder vertraut mit den wesentlichen Fakten des Falls Jürgen H. und verfasste das folgende Schreiben an den Innenminister NRW:

Bad Honnef, den 24.08.2021

Herrn
Minister Herbert Reul
Friedrichstr. 62 – 80
40217 Düsseldorf

Betr.: Ihre Initiative zur Aufklärung sog. Cold Cases
Bezug: Artikel hierüber in WELT vom 30.07.2021

Sehr geehrter Herr Minister,
mit großem Interesse habe ich von Ihren Initiativen gelesen, die auf eine bessere und schnellere Aufklärung der alten Verbrechen abzielen. Man kann Ihrem Vorgehen nur beipflichten, denn die Rechtsstaatsidee wird weiter gefördert, wenn potentielle Täter wissen, dass ihre Täterschaft sogar noch nach ihrem Tod festgestellt werden kann.

Genau die entgegengesetzte Tendenz scheint die Polizei Bonn bei ihrer Arbeit zu verfolgen, die sich in einem spektakulären Altfall seit Jahrzehnten darum bemüht, diesen möglichst ungeklärt zu lassen. Es geht um den damals weithin bekannt gewordenen Mordfall Jürgen H., der am 20. Februar 1957 in einem Steinbruch am Drachenfels in Rhöndorf erstochen wurde, nachdem er sich heftig gegen seinen Mörder gewehrt und ihm Haare ausgerissen hatte.

Aufgrund der Erfolge der neuen DNA-Methoden hatte ich vor einiger Zeit bei der Polizei Bonn versucht, etwas über mögliche neue Ermittlungsansätze in dem Fall in Erfahrung zu bringen. Die ausweichenden Reaktionen dieser Dienststelle auf meine Fragen haben mich dann veranlasst, zweimal den Petitionsausschuss des Landtages mit der Sache zu befassen, was Erstaunliches zutage brachte:

- Die »tatrelevanten« Haare waren bereits seit 1964 in der Bonner Polizeidienststelle verschwunden;

- Die Ermittlungsakte der Staatsanwaltschaft wurde bereits vor 1975 vorschriftswidrig vernichtet, ebenso die weiteren Asservate des Falls, wie z.B. der blutverschmierte, im Steinbruch zurückgelassene Hammer des Täters;
- Im März 1990 hatte die Familie eines bereits im Jahr 1989 verstorbenen 74-jährigen Mannes einen möglichen Tatverdacht gegen diesen im Kontext des Mordfalls Jürgen H. geäußert;
- gleichwohl gab es keine weiteren Ermittlungen, weil – wie das Ministerium der Justiz bemerkt haben soll – »staatsanwaltschaftliche Ermittlungsverfahren mit dem Tod des Beschuldigten enden«. Basta.

Mir liegt nun daran, einmal von Ihnen zu erfahren, ob Sie diese Art endgültiger Erledigung von Mordermittlungen billigen. Jahrzehntelang haben in diesem Fall Staatsanwaltschaft und Polizei Bonn den Eindruck aufrecht erhalten, sie würden nach wie vor den Fall aufklären wollen. Dabei war der Fall schon seit Jahrzehnten ohne irgendeine Information der Öffentlichkeit ad acta gelegt, weil man selbst die Ursachen dafür gesetzt hatte, dass nichts mehr nachgewiesen werden konnte. Jedenfalls waren spätestens nach der »Selbstanzeige« der Familie des wahrscheinlichen Täters in 1990 die Ermittlungen gegen den Beschuldigten eingestellt worden. Teilen Sie die Auffassung, dass die Öffentlichkeit ein Recht darauf hat, wie denn nun das Ermittlungsergebnis der Polizei aussieht? Welche konkreten Anhaltspunkte sprechen dafür, dass dieser Beschuldigte der Täter war? Woher kommt er? War er z.B. Gesteinssammler, der zufällig auf das Opfer im Steinbruch traf? Was bewog die Familie des Beschuldigten, von ihrem Verdacht gegen den Beschuldigten der Polizei zu berichten?

Das sind alles Fragen, über deren Antwort der Öffentlichkeit gegenüber Rechenschaft erteilt werden muss. Tut man dies nicht, weil man den Fall schnellstmöglich wegen der unverständlichen Fehlleistungen der Polizei beerdigen will, zieht man zwangsläufig den Verdacht auf sich, dass der Täter ein Polizist oder eine sonstige Person des öffentlichen Lebens war.

Sie, Herr Minister, haben hier die Chance, einen weiteren cold case sogar ganz ohne neue Ermittlungsansätze endgültig aufzuklären! (das AZ der Stellungnahme Ihres Hauses gegenüber dem Petitionsausschuss vom 01.03.2019 war 231-19.01.1).

Mit freundlichen Grüßen

Die Antwort des Innenministeriums traf einen Monat später ein:

Ministerium des Innern NRW, 40190 Düsseldorf
15. September 2021

Betr.:   Ihr Schreiben vom 24. August 2021

Sehr geehrter Herr,

Herr Minister Reul hat mich gebeten, Ihnen zu antworten. Ich bedanke mich für Ihr Schreiben, mit dem Sie sich erneut an mich wenden. Ihr Interesse an der seitens des Ministeriums des Innern des Lands NRW gestarteten Initiative zur Bearbeitung sogenannter Cold Cases und die von Ihnen aufgeworfenen Aspekte bezüglich der Ermittlungen zu einem Mordfall an einem Achtjährigen am 20. Februar 1957 in einem Waldstück bei Bad Honnef nehme ich gerne nochmals zum Anlass, um darauf einzugehen.

Sie wandten sich bereits mit Schreiben vom 22. November 2018 an den Präsidenten des Landtags und mit Schreiben vom 14. Juni 2019 an den Vorsitzenden des Petitionsausschusses des Landtags. Gegenstand Ihrer Petitionen waren zum einen innerbehördliche Missstände bei der Aufklärungsarbeit – insbesondere der Umgang mit Asservaten – im angesprochenen

Ermittlungsverfahren und zum anderen der Vorwurf, dass offensichtliches Behördenversagen sowohl von der Polizei als auch von der Staatsanwaltschaft Bonn vertuscht werden sollte. Diesbezüglich verweise ich zunächst auf die Stellungnahmen meines Hauses vom 1. März 2019 und vom 30. September 2019.

Sie greifen in Ihrem Schreiben nochmals den Aspekt auf, dass im Jahr 1990 keine Ermittlungen gegen einen damals schon verstorbenen Tatverdächtigen durchgeführt wurden. Wie bereits durch das Ministerium der Justiz NRW mitgeteilt, ist ein Strafverfahren nach dem Tod eines Tatverdächtigen gegen diesen weder möglich noch zulässig. Schon aufgrund dieses Umstands kann ein dringender Tatverdacht nicht begründet werden, sodass sich – von einem postmortalen Persönlichkeitsrecht abgesehen – eine Information der Öffentlichkeit verbietet.

Für Ihren Hinweis, das ungeklärte Tötungsdelikt als Cold Case ggf. auch ohne neue Ermittlungsansätze endgültig aufklären zu können, danke ich Ihnen. Im Rahmen der Ermittlungen von ungeklärten Tötungsdelikten, sogenannter Cold Cases, werden ungelöste Fälle aus den vergangenen 50 Jahren bearbeitet. Der hier in Rede stehende ungeklärte Mordfall liegt bereits 64 Jahre zurück. Zudem sind – wie sowohl im Rahmen der Petition als auch im Rahmen Ihrer Eingaben festgestellt – weder objektive Beweismittel noch die Ermittlungsakte der Staatsanwaltschaft Bonn vorhanden.

Aufgrund dieser Umstände ist eine weitere Befassung auch im Rahmen der Cold-Case-Bearbeitung weder möglich noch erfolgversprechend.

Ich bedaure sehr, Ihnen dieses mitteilen zu müssen, hoffe aber auf Ihr Verständnis, dass Sie meine Beweggründe nachvollziehen können.

Mit freundlichen Grüßen

Borgmann, LKD

✻✻✻

Das Versteckspiel in diesem Fall wird also ganz offensichtlich weitergeführt, dachte er, als er die Antwort gelesen hatte; nichts hatte sich hier geändert. Auf keine der gestellten Fragen wurde konkret eingegangen. Um nichts preisgeben zu müssen, benutzte man vorgeschobene Argumente, und zwar zu drei Punkten: Ermittlungen gegen einen schon verstorbenen Tatverdächtigen seien weder möglich noch zulässig – dabei hatte er diese Ermittlungen gar nicht gefordert, sondern die Aufklärung über die unzweifelhaft vorliegenden Erkenntnisse zu dem verstorbenen Tatverdächtigen. Dann wurde das »postmortale Persönlichkeitsrecht« des Tatverdächtigen andeutungsweise ins Feld geführt, das angeblich die Information der Öffentlichkeit verbiete – bei einem vor 33 Jahren verstorbenen Tatverdächtigen ein an den Haaren herbeigezogenes Argument. Und schließlich wurde die Eingrenzung der Cold-cases-Untersuchungen auf 50 Jahre zurückliegende Fälle dazu benutzt, sich in diesem mehr als 30 Jahre lang vernebelten Fall weiter seiner Verantwortung zu entziehen. Verpackt in aalglatter Höflichkeit wollte der Briefschreiber glauben machen, dass man sich ernsthaft dem Fall gewidmet habe. Dabei ging es ihm nur um konsequente Aufrechterhaltung des Verschweigens der Wahrheit. Armselig, was seine frühere berufliche Heimat da zustande brachte! Er war damals dorthin mit weit größerem Auftrag und Anspruch an sich selbst aufgebrochen.

Die Segel vor so viel Inkompetenz erneut zu streichen, widerstrebte ihm aber. Noch einen Versuch wollte er machen, die Herrschaften zu der Einsicht zu bringen, dass sie sich in ihrer Strategie verrannt hatten. Dazu eignete sich am besten ein Schreiben direkt an den Verfasser:

Bad Honnef, den 23.09.2021

Ministerium des Innern NRW
40190 Düsseldorf

Betr.: Ihre Initiative zur Aufklärung sog. Cold Cases
Bezug: Ihr Schreiben vom 15.09.2021

Sehr geehrter Herr Borgmann,
für Ihr Schreiben vom 15. ds. Mts. danke ich Ihnen. Ihre zum Abschluss dieses Schreibens geäußerte Hoffnung auf Verständnis Ihrer Position kann ich durchaus bejahen. Nach wie vor besteht jedoch das Missverständnis meines Anliegens im Raum: Es geht mir nicht um Weiterführung von Ermittlungen gegen den durch »Selbst«-anzeige seiner Familie verstorbenen Tatverdächtigen, sondern um die Pflicht der Polizei und Staatsanwaltschaft zur Sachverhaltserforschung nach § 160 StPO und Information der Öffentlichkeit über das Ergebnis.

Ihrer Stellungnahme gegenüber dem Petitionsausschuss des Landtages NRW ist zu entnehmen, dass die Familie des 1989 verstorbenen (wahrscheinlichen) Täters der Polizei ihren Verdacht von dessen Täterschaft mitgeteilt hatte. Die Polizei hatte dieser Mitteilung wohl uneingeschränkte Glaubhaftigkeit beigemessen und offenbar auch dringenden Tatverdacht gehabt; denn der Verstorbene wurde verfahrensmäßig seitdem als Beschuldigter geführt. Über das, was die Polizei aber auf diese Anzeige hin unternommen hat, schweigen Sie sich wohlweislich aus; als früherem Angehörigen der Rechtspflege (u.a. Rechtsanwalt) brauchen Sie mir das auch gar nicht schildern. Die Polizei wird erfragt haben, was dieses Familienmitglied zu dieser »Selbst«-anzeige bewogen hat und welche näheren Erkenntnisse es zu den Tatumständen aus eigenem Wissen hat. Davon auszugehen, dass die Polizei auf die wahrscheinlich persönlich gemachte »Selbst«-anzeige lediglich geäußert hat »danke schön für Ihre interessante Mitteilung, auf Wiedersehen« ist völlig abwegig. Denn sie musste diesem geäußerten Tatverdacht ja erst einmal nachgehen, um ihrer Aufklärungspflicht nachzukommen. Sie hat dann festgestellt, dass sie keinen 100-prozentigen Nachweis der Täterschaft durch DNA mehr führen konnte, weil Ermittlungsakte und sämtliche Asservate vorschriftswidrig vernichtet waren. Aber die hohe Wahrscheinlichkeit der Täterschaft hat die Polizei aufgrund der durch die »Selbst«-anzeige gelieferten Merkmale sehr wohl festgestellt; denn sonst hätten Sie dem Petitionsausschuss berichtet, dass der verdächtige Verstorbene aus anderen als den die Polizeiarbeit infrage stellenden Gründen als Täter ausschied.

Die Gründe dafür, dass Polizei und Staatsanwaltschaft sich über ihre Erkenntnisse aus der »Selbst«-anzeige ausschweigen und alles daran setzen, dass die Öffentlichkeit weiterhin an die Ungelöstheit dieses Falls glaubt, ist der beabsichtige Persönlichkeitsschutz des Täters und der Selbstschutz der Polizei vor Bekanntwerden ihrer unverständlichen, nicht als Zufälle begreiflichen Fehler. Die gekonnte Art und Weise, wie man dann die Zusammenhänge hier über dreißig Jahre vertuscht hat, lässt daher nur die Schlussfolgerung offen, dass der Täter ein Polizeibeamter oder eine Person des öffentlichen Lebens war. War es nicht vielleicht ein Staatsanwalt mit Hobby Mineralogie, der im Steinbruch auf den Jungen gestoßen war, ihm einen schönen Magneteisenstein abnahm, mit dem er, als sich der Junge dagegen mit aller Kraft wehrte, auf ihn einschlug, und, als typisch feiger und schwächlicher Beamter, ihn anschließend mit einem Messer erstach, außerdem später bei sich ihm bietender Gelegenheit für die Vernichtungsanordnung von Ermittlungsakte und Asservaten sorgte? Es ist schändlich, wie sie in diesem Fall mit dem Rechtsstaatsprinzip umgehen. Wollen Sie Ihre »Ohren, Nase zu und durch«-Strategie wirklich beibehalten?

Es muss auf jeden Fall von Ihnen dafür gesorgt werden, dass die Öffentlichkeit, die jahrzehntelang von der Polizei über den Fortgang der Ermittlungsarbeit unterrichtet worden war, jetzt auch über den (bisher klammheimlich erfolgten) Ermittlungsabschluss und die Gründe dafür mit den vorliegenden Erkenntnissen informiert wird. Dazu gehören zumindest die nicht namentliche Beschreibung des wahrscheinlichen Täters (Beruf, Herkunftsort) und sein aus der »Selbst«-anzeige bekannt gewordener Tatbezug. Wenn die Familie des wahrscheinlichen Täters den unglaublich schweren Schritt der Belastung ihres verstorbenen Familienmitglieds unternimmt, ist sie sich darüber voll bewusst und nimmt in Kauf, dass die Öffentlichkeit hiervon erfährt. Sie brauchen hier also nicht weiter auf den Persönlichkeitsschutz zu pochen, der hier – wie so oft – nur der eigenen Tarnung der Polizeiarbeit dienen soll.

Wenn Sie berücksichtigen, dass die Öffentlichkeit bereits 1990 in dieser Hinsicht hätte informiert werden müssen, dann werden Sie außerdem meine Anregung verstehen, diesen Fall als Cold Case nun noch zu einem würdigen Ende zu verhelfen. Denn die 50-Jahre-Frist wurde ausschließlich durch Fehlverhalten der Polizei überschritten. Es kann nicht sein, dass der Mord an einem achtjährigen Jungen, der sich tapfer gegen seinen Mörder gewehrt hatte, auf so schäbige Weise ungesühnt bleibt. Am Platze wäre hier eine (in derartigen Fällen laufend praktizierte) Pressekonferenz, die reinen Tisch mit der Sache macht.

Abschließend bitte ich Sie um Auskunft zu folgenden Fragen:

- Ist die Familie des Mordopfers Jürgen H. über das Ermittlungsende informiert worden? Wenn ja, wann?
- Wird der Fall in der polizeilichen Kriminalstatistik als aufgeklärt oder ungelöst geführt?
- Handelte es sich bei dem wahrscheinlichen Täter um einen Gesteinssammler (worauf viele Indizien hinweisen)?

Mit freundlichen Grüßen

✳✳✳

Als er Stefanie von dem neuen Sachstand seiner Bemühungen berichtete und sie sein letztes Schreiben gelesen hatte, meinte sie nur: »Ich glaube nicht, dass der sich von der Stelle rührt, dazu ist das Ganze zu blamabel für die Polizei und das Ministerium. Du hast ihnen klar nachgewiesen, dass sie wegen eigenen Versagens Täterschutz betreiben. Jede Information, die sie auf Deine Fragen herausrücken müssten, würde das bestätigen; also bleibt es beim weiteren Schweigen. Man handelt hier wie in totalitären Regimen, wo erst bei deren Ende die Akten geöffnet werden und die Wahrheit ans Licht kommt. Du wirst weiter gegen eine Mauer laufen«, schloss sie etwas traurig ab. Sie hatte wohl recht.

Und so war es dann auch. Das zeigte die zwei Monate später eintreffende Antwort des Leitenden Kriminaldirektors Borgmann:

Ministerium des Innern NRW,
40190 Düsseldorf
24. November 2021

Betr.: Ihre Schreiben vom 24. September und
16. November 2021

Sehr geehrter Herr,
ich bedanke mich für Ihre Schreiben, mit denen Sie sich erneut an Frau W. und mich wenden. In Ihrem Schreiben vom 24. September 2021 greifen Sie nochmals den Aspekt auf, dass im Jahr 1990 und nachfolgend keine Information der Öffentlichkeit über das Ergebnis der erneut aufgenommenen Ermittlungen gegen einen damals bereits verstorbenen Tatverdächtigen erfolgte.
Zur Vermeidung von Wiederholungen verweise ich sowohl auf die Stellungnahmen zu Ihren Petitionen vom 28. November 2018 (Pet.-Nr.: IV.B.4/13-P-2018-0135-00) und 26. Juni 2019 (Pet.-Nr.: IV.B.4/13-P-2019-0135-01) sowie auf mein Antwortschreiben vom 15. September 2021.

Zu den von Ihnen neuerlich aufgeworfenen Fragen antworte ich Ihnen unter dem erneuten Hinweis, dass staatsanwaltschaftliche Ermittlungsverfahren mit dem Tod eines Beschuldigten enden und gegen Verstorbene nicht eingeleitet werden dürfen. Die Information der Opferfamilie über die Einstellung des Verfahrens obliegt gemäß § 406d StPO der zuständigen Staatsanwaltschaft, in diesem Fall der Staatsanwaltschaft Bonn. Auskünfte zum Strafverfahren, auch zu Fragen der Presse- und Öffentlichkeitsarbeit, obliegen ebenfalls der Sachleitungsbefugnis der Staatsanwaltschaft.

Ferner kann ich Ihnen die Auskunft geben, dass nicht mehr nachvollzogen werden kann, ob das

Tötungsdelikt zum Nachteil des Jürgen H. als aufgeklärter Fall in der polizeilichen Kriminalstatistik erfasst wurde.

Abschließend möchte ich Ihnen mitteilen, dass eine weitere Befassung hier nicht erfolgen kann, sofern keine neuen Umstände vorgetragen werden.

Etwaige zukünftige Schreiben, wie auch das Ihrerseits am 16. November übersandte Schreiben, werde ich daher unmittelbar den zuständigen Stellen zuleiten. Bitte haben Sie Verständnis dafür, dass ich Sie von der Weiterleitung nicht mehr gesondert unterrichten werde.

Mit freundlichen Grüßen

Borgmann, LKD

Die Antwort ignorierte total seine Forderung auf Information der Öffentlichkeit über den Tatverdächtigen von 1990 und beschränkte sich ansonsten auf sture Wiederholung früherer Allgemeinplätze. Mit der abschließenden Ankündigung, auf weitere Schreiben in dieser Sache nicht mehr reagieren zu wollen, glaubte das Ministerium, sich den unangenehmen weiteren Fragen entziehen zu können – die Flucht in die Inkompetenz, eine sehr grobe Form, seine Verantwortung abzulegen.

Die Antwort zeigte aber auch, wie stark das Ministerium des Innern daran festhielt, keinerlei Einzelheiten aus Ermittlungsergebnissen zu dem Fall preiszugeben. Diese hartnäckige Beibehaltung der alten Linie über Jahrzehnte hinweg war ein starkes Indiz dafür, dass seine Schlussfolgerung auf einen Täter aus der Polizei oder aus dem Kreis öffentlicher Personen zutreffend war. Man setzte sich lieber harter Kritik aus, als dass etwas bekanntgegeben wurde, was dessen Identität aufdecken könnte.

Allerdings schien ihnen dabei, wie schon bei den Stellungnahmen zu den Petitionen, doch wieder unbeabsichtigt ein Versehen unterlaufen zu sein, das ihren Vernebelungsbemühungen zuwider lief. Im ersten Absatz des Antwortschreibens, der auf seine Forderung zur Information der Öffentlichkeit einging, wurde nämlich von erneut aufgenommenen Ermittlungen gegen einen damals bereits verstorbenen Tatverdächtigen gesprochen, ein vorher nicht bekannt gegebenes Detail. Da nach den alten Fallmeldungen der Polizei nur einmal die Rede von einem Tatverdächtigen war, ließ das den Schluss zu, dass es sich um den zwei Wochen nach der Tat Festgenommenen aus Bonn-Holzlar-Heidebergen handelte. Von diesem Tatverdächtigen wurde auch berichtet in der Stellungnahme des Ministeriums des Innern vom 01. März 2019 zu seiner ersten Petition, in der ausgeführt wurde, dass dem in Haft genommenen Tatverdächtigen die am Tatort aufgefundenen Haare nicht zugeordnet werden konnten. Bei dieser Fallkonstellation war es dann dessen Familie, die 1990 den Tatverdacht geäußert hatte, und die Identität dieses Tatverdächtigen könnte auch heute noch leicht vor Ort und ohne Inanspruchnahme der Behörden ermittelt werden. Trotz der errichteten Mauer des Schweigens wäre dann die Aufklärung also doch noch ein Stück weitergekommen.

Nicht auszuschließen war aber, dass die »erneut aufgenommenen« Ermittlungen im Jahr 1990 einen ganz anderen Tatverdächtigen betrafen, über den zuvor in der Presse nichts bekanntgegeben worden war. Mehr dazu war ausgeführt in der Stellungnahme des Innenministeriums zu seiner zweiten Petition, und dort war Bezug genommen worden auf Berichte der Staatsanwaltschaft Bonn und des Generalstaatsanwalts Köln. Also forderte er diese Berichte, die ihm der Petitionsausschuss vorenthalten hatte, nun an. Und tatsächlich enthielt die Stellungnahme des Leitenden Oberstaatsanwalts Bonn vom 17.12.2018 zu seiner zweiten Petition die folgenden klaren Aussagen in dieser Frage:

»Ein zunächst der Tatbegehung verdächtiger Beschuldigter schied aufgrund des Ergebnisses weiterer Ermittlungen als Täter aus, weil dessen Haare nicht mit den in der Hand des Opfers aufgefundenen übereinstimmten ... Nachdem sich im Jahr 1990 der Tatverdacht gegen einen anderen Beschuldigten gerichtet hatte, vermerkte der Sachbearbeiter der Polizei am 16.11.1990, die umfangreichen Nachforschungen hätten nicht zur Auffindung der damals sichergestellten Täterhaare geführt, diese seien nicht mehr vorhanden. Eine abschließende Ermittlung, ob der nunmehrige Beschuldigte der Täter sei, wäre nur mittels gentechnologischem Gutachten möglich gewesen.

Die Voraussetzungen dafür seien wegen der fehlenden Täterhaare nicht mehr gegeben.«

Der »zunächst der Tatbegehung Beschuldigte« war damit unzweifelhaft der Mann aus Bonn-Holzlar-Heidebergen, der schon 1957 in Haft genommen worden war. Dieser war aber nicht mit dem im Jahr 1990 unter Tatverdacht geratenen »anderen« Mann identisch; ob dieser »nunmehrige Beschuldigte der Täter sei«, hätte man nur mittels Gentechnik nachweisen können, hatte die Staatsanwaltschaft Bonn unmissverständlich festgestellt. Damit war für ihn klar, dass durch die »Selbst«-anzeige der Familie des im Jahr 1989 verstorbenen 74-jährigen Mannes dieser erstmals der Tat verdächtigt wurde und sich nicht schon vorher einmal im Kreis der Verdächtigen befunden hatte.

17. Kapitel Düsseldorf, Sommer 1983

Das war das erste Mal, dass Stefanie Franks Mitarbeiter im Innenministerium zu Gesicht bekommen sollte. Er war deshalb heute am Freitag früher als sonst von Düsseldorf nach Hause zurückgekehrt, um sie abends von Köln mit zum Restaurant in der Düsseldorfer Altstadt zu nehmen. Dort hatte er einen Tisch bestellt, und als sie gegen 18 Uhr eintrafen, war die Runde schon vollzählig.

Stefanie nahm die Spannung wahr, die in der Luft lag, als Frank sie den übrigen acht Damen und Herren seines Referats »Recht der Organisation und des Einsatzes der Polizei« des Innenministeriums NRW vorstellte. Sie hatte bereits mit dem gesteigerten Interesse der Mitarbeiter gerechnet. Sie wollten natürlich etwas über die näheren Lebensumstände ihres Chefs erfahren, der vor knapp drei Jahren als Neuling in ihre Polizeiabteilung gekommen war. Dort hatte er nach seiner halbjährigen Einweisung in die neuen Aufgaben schrittweise den Arbeitsstab aufgebaut, aus dem später ihr Referat gebildet wurde. Frank nahm sich die Zeit, ihr jeden seiner sechs männlichen und zwei weiblichen Mitarbeiter/innen nicht nur namentlich, sondern auch mit kurzer Beschreibung der jeweiligen Aufgaben vorzustellen, was offenbar gut ankam. Als sie sich alle wieder gesetzt und schon etwas zu trinken bestellt hatten, berichtete Frank kurz von seinem Termin heute Mittag beim Staatssekretär des Ministeriums, der ihm seine Ernennungsurkunde zum Ministerialrat ausgehändigt hatte. Damit war sein beruflicher Neustart nach der Katastrophe in Münster voll gelungen und Stefanie konnte erstmals wieder ihre Zukunftsängste etwas beiseite schieben. Er hatte Fuß gefasst und vor allem Freude an seinen neuen Aufgaben. Das konnte sie jetzt auch an dem offen herzlichen Gespräch zwischen ihm und »seinen Leuten« erkennen, die ihn eher wie einen Kollegen, aber respektvoll behandelten. Ihr Vater hatte recht gehabt, Frank brauchte bei seiner Arbeit dringend Menschen um sich, weil er, wie es ihr Vater ausgedrückt hatte, sonst »verknöchert wäre.« Und der tiefe Fall in Münster hatte zwar seine beruflichen Träume platzen lassen, hatte ihm dafür aber viel Menschlichkeit zurückgegeben, die vorher auf dem eingleisigen richterlichen Karriereweg auf der Strecke zu bleiben drohte.

»Frau Steinert, war das riesige Arbeitspensum Ihres Mannes mit den vielen Reisen nicht auch für Sie eine ziemliche Belastung?«, unterbrach jetzt Frau Krahé, die junge und auch hübsche Regierungsamtsrätin, Stefanies Gedanken. Frau Krahé war Sachbearbeiterin für die Neukonzeption der polizeilichen Einsatzvorschriften.

»Das war ja nun nicht zu ändern und uns war klar, dass die erste Zeit in dem neuen Umfeld schwierig wird. Ich habe aber auch meinen eigenen Job in der Klinik in Köln. Franks Mehrbelastung hat sich daher in den letzten drei Jahren für uns eigentlich nur so ausgewirkt, dass wir weniger gemeinsame Freizeit hatten. Er hat ja jetzt hoffentlich nicht mehr so viele Auswärtstermine«, antwortete sie vorsichtig. Frau Krahé wollte offenbar einen Eindruck davon bekommen, wie stark Frank von ihrer Seite aus bei seinem aufsehenerregenden, untypischen Berufswechsel unterstützt wurde.

»Wir haben jetzt allerdings so viele Veränderungen eingeleitet, dass wir die nächste Zeit noch einigen Wirbel haben dürften, Frau Steinert. Aber Ihr Mann wird da von uns allen gut unterstützt, glaube ich, sodass wir bald über den Berg sein werden«, mischte sich der schon ältere Kriminaldirektor Hennings, Franks Vertreter im Referat, ins Gespräch ein. Stefanie hatte von ihm schon aus Franks Bemerkungen über seine Tageserlebnisse in Düsseldorf gehört und den Eindruck bekommen, dass Hennings die erfahrene, gute Seele des neuen Referats und wohl auch ein vorzüglicher Berater für Frank geworden war. Um wirklich etwas in den Polizeidiensten zu bewirken, brauchte ihr Mann nicht nur sehr viel Fachwissen, sondern vor allem Vertrauen. Frank musste erst einmal als einer »von ihnen« wahrgenommen werden, und das ohne »kumpelhafte Anbiederung«, wie er Stefanie erklärt hatte. Dazu hatte Hennings wohl immer wieder menschliche Brücken zwischen Frank und den anderen Referaten in der Polizeiabteilung sowie den unterstellten Polizeidirektionen und sonstigen Polizeidienststellen aufgebaut. Frank hatte den erfahrenen Ausbildungsleiter Hennings bei einer Lehrgangsvisite in Hiltrup am Anfang seiner halbjährigen Einarbeitung in die neuen Aufgaben kennengelernt. Später hatte er diesen immer wieder bei grundsätzlichen Fragen kontaktiert und dessen Rat so schätzen gelernt, dass er ihn für seinen Stab im Ministerium auswählte. Ihm imponierte vor allem bei Hennings die direkte und manchmal schonungslose Art der Schilderung von Polizeiarbeit und -problemen. Nach dem, was Frank erlebt hatte, empfand er diese Direktheit als Wohltat. Sie bedeutete ihm sichere Orientierung in der sonst so glatten und scheinbar liebenswürdigen Umgebung des Ministeriums, die sich stark von den nüchtern-distanzierten, richterlichen Umgangsformen abhob.

»Der Betriebsausflug wird aber doch noch stattfinden, Herr Hennings, das können Sie uns doch nicht streichen!«, meldete sich jetzt Frau Schuler, die Vorzimmerdame von Frank, die sich auch um den Schriftverkehr des Referats kümmerte, mit einem Lächeln zu Wort. »Wenn Sie mir dann auch mal Tee, statt immer nur den Kaffee kochen, Frau Schuler«, erwiderte Hennings sofort heiter. Das Gespräch konzentrierte sich jetzt auf mögliche Ziele des für den Spätsommer geplanten Ausflugs, und bei diesen entspannteren Themen kamen langsam alle miteinander ins Gespräch. Nach dem gemeinsamen Essen fand der Abend dann wie vorher ausgemacht gegen 22 Uhr sein Ende.

✶✶✶

Als sie wieder in ihre Wohnung am Oberländer Ufer in Köln zurückgekehrt waren und es sich gemütlich gemacht hatten, konnte Frank endlich von dem Teil seines heutigen Termins beim Staatssekretär erzählen, der sich nicht für die Bekanntgabe in großer Runde des Referats geeignet hatte. Der Staatssekretär hatte zunächst sein Lob ausgesprochen für seine nahezu dreijährige Arbeit zur »Reorganisation der Rechtsaufsicht über das Polizeiwesen NRW«, wie er es nannte, was Frank als eine etwas übertriebene Formulierung seiner bisherigen Funktion empfand. Dessen weitere Ausführungen hatten ihm dann aber zu verstehen gegeben, welches breite Vorstellungsbild dem Staatssekretär von seiner Arbeit vorschwebte. Der Staatssekretär kündigte ihm nämlich an, dass er ihn künftig auch bei sonstigen, außerhalb von Organisation und Einsatz der Polizei liegenden Fragen mit rechtlichem Bezug einschalten wolle, zum Beispiel bei Berichten in brisanten Fällen der Inneren Sicherheit an politische Gremien. Er wolle in diesen besonderen Fällen nur seinen kurzen Rat, keine reguläre Vorlage, und das außerhalb der Hierarchie. »Es ist oft gut, wenn noch ein anderer aus dem Haus auf derartige Papiere von enormer Tragweite guckt, der keinen Tunnelblick hat«, hatte er erklärt. Er vertraue Steinerts »diskretem Urteil«, nachdem er sich so schnell in das sehr große, neue Aufgabengebiet eingearbeitet und jetzt quasi eine »justizielle Gesamtsicht auf die Arbeit der Polizei in NRW« entwickelt habe.

Frank fügte seiner Schilderung des Gesprächs gegenüber Stefanie sofort seine nüchterne Bewertung dieses »Geheimvorgangs« an. Es sei zwar schmeichelhaft, dass der Staatssekretär ihm vertraue; die vom Staatssekretär gewünschte Beratung unter Umgehung der Dienstwege könne aber, was ihm inzwischen klar geworden sei, für ihn zum Problem werden und ihn zu einem bei den anderen Referaten verhassten Kontrolleur ihrer Arbeit machen. Er werde deshalb das Diskretionsgebot des Staatssekretärs nicht so weit verstehen, dass er von der neuen Verfahrensweise nichts seinem Vorgesetzten, dem Abteilungsleiter Polizei erzähle. Denn er wisse inzwischen zur Genüge, wohin menschliche Vorbehalte und Antipathien führten.

Stefanie musste innerlich lächeln, als sie dies hörte. War das nicht der Frank von früher, der wieder mal vorbei an den anderen nach vorne gestürmt war und dort erneut vor den typischen menschlichen Barrieren stand? Aber diesmal hatte er offensichtlich schon Ausweichstrategien im Sinn. Also bestärkte sie ihn in seinem Vorhaben und wies außerdem auf den notwendigen Erhalt seiner erfreulichen Arbeitsatmosphäre hin, von der sie heute Einiges gespürt hätte.

Stefanie nahm sich vor, gleich morgen ihren Vater anzurufen und ihm über die neuen Ereignisse zu berichten. Ihre Eltern sollten sich endlich wieder mit ihnen über positive Nachrichten aus Franks Arbeitswelt freuen können, nachdem sie so lange mitleiden mussten. Sie hatte an Frank früher nie diese Wachsamkeit gegenüber menschlichen Verwicklungen gesehen, sodass sie jetzt auf längeren Bestand seiner Erfolge hoffen durfte.

18. Kapitel   Düsseldorf, Herbst 1983

»Kommen Sie rein, Steinert, kommen Sie, Sie sind hier immer willkommen«, begrüßte ihn Ministerialdirigent Wolters fröhlich, als Steinert ins Zimmer seines Vorgesetzten, des Abteilungsleiters Polizei eintrat. Es ging heute um die lang erwartete neue Einsatzrichtlinie der Polizei bei Geiselnahme, die er nach sehr aufwändiger Abstimmung nun endlich zur Inkraftsetzung der Leitung vorlegen wollte. Das Dokument ließ deutlich seine Handschrift erkennen und diente dem Ziel, den polizeilichen Einsatz effektiver zu machen, vor allem zu beschleunigen. Dazu hatte er unter anderem einige aus rechtlicher Sicht nicht gebotene, im Lauf der Jahre aber dennoch eingeführte Genehmigungs- und Informationspflichten der Einsatzleitung abgeschafft. Das Vorhaben wurde fachlich von polizeilicher Seite befürwortet, zugleich aber mit Zweifeln an seiner Durchsetzbarkeit begleitet. Denn die Polizei hatte immer wieder nach Einsätzen mit unglücklichem Ausgang Kritik dafür einstecken müssen, dass vor den finalen Maßnahmen zur Befreiung der Geisel nicht dieser oder jener gehört oder sogar dessen Zustimmung dazu eingeholt worden sei; der politische Trend lief also entgegengesetzt. Dennoch unterstützten sie ihn, weil er für seine klare Linie bewundert wurde und man sich dadurch endlich die Beseitigung zeitraubender Einsatzhindernisse erhoffte. Dazu gab es beeindruckende Beispiele verlorener Zeit und Gelegenheit zum Handeln aufgrund zu spät vorliegender Billigung des Vorgehens durch weitere Stellen.

»Und Sie meinen, der Staatssekretär lässt das Papier durchgehen, Sie kennen ihn ja inzwischen auch ganz gut?«, eröffnete sein Vorgesetzter ohne Umschweife die Diskussion zur Kernproblematik. Wolters spielte damit auf seine »diskrete« Beratungsfunktion gegenüber dem Staatssekretär an, die nun schon seit drei Monaten reibungslos und von den anderen unbemerkt ablief. Wolters hatte sich darüber gefreut, als Steinert ihm seinerzeit von diesem heiklen Sonderauftrag des Staatssekretärs sofort berichtet hatte. Steinert war also doch nicht einer der typischen Karrieristen, die eine solche Chance nutzten, um sich vorbei an ihren Vorgesetzten bei der Leitung des Hauses in Szene zu setzen. Wolters hatte zunächst diese Befürchtung gehabt, als Steinert mehr und mehr durch bemerkenswerte Leistungsfähigkeit, blitzschnelle Auffassungsgabe und durch seine treffsichere, kurze Ausdrucksweise allgemein auffiel; solche Leute brauchten sie in der Leitung.

»Wenn diese Einsatzrichtlinie im Innenausschuss behandelt wird, wovon ich ausgehe, dürfte es sicher Diskussionen geben«, kam Steinert sofort auf den zentralen Punkt zu sprechen, »wir haben dafür vorsorglich einen Katalog von Fällen aufgestellt, aus dem der Zeitverzug durch rechtlich nicht gebotene Informations- und Zustimmungserfordernisse abzulesen ist. In rund 35 Prozent der aufgeführten Fälle hätte bei Wegfall dieser Verzögerung durch die Einsatzkräfte vor Ort schneller gehandelt werden können, das heißt schnellerer Zugriff oder schnellerer Einsatz von Waffen. Wenn man wirklich etwas verbessern will, dann hier, weil bei Geiselnahmen gleich zu Beginn am effektivsten gehandelt werden kann und später viel weniger, weil sich der oder die Täter mit der Geisel in für sie sichere Orte abgesetzt haben«, beendete Steinert seinen Vortrag.

»Ich hoffe, wir können den Staatssekretär dafür gewinnen. Sie kommen am besten mit, vielleicht schaffen wir beide das«, meinte Wolters etwas zweifelnd, »in der Vergangenheit hat es ja schon mehrfach Anläufe in dieser Richtung gegeben.«

Gegen Abend bekamen sie dann den Termin beim Staatssekretär, und Wolters ließ Steinert das Ziel der neu konzipierten Einsatzrichtlinie mit den entscheidenden Änderungen gegenüber der bisherigen Regelung vortragen. Der Staatssekretär betonte dann auch selbst die Wichtigkeit, die Reaktionsfähigkeit der Polizei in diesen Fällen zu erhöhen; ansonsten zeigte er sich aber nicht sonderlich erfreut von dem Vorhaben, das Wellen schlagen werde. Das Ministerium müsse dieses Dokument auf jeden Fall dem Innenausschuss zur Billigung vorlegen. Dazu wolle er vorab mit Abgeordneten der Regierungsfraktion Kontakt aufnehmen, um die Chancen der Vorlage auszuloten. Das Ergebnis sei abzuwarten.

Steinert äußerte sich nach dem Termin erfreut über die Entwicklung und den Einsatz des Staatssekretärs für die Sache. Wolters hingegen zeigte Unbehagen, weil er schon öfters erlebt hatte, wohin derartiges »Temperaturfühlen beim Innenausschuss« führte. Er hätte dem Vorhaben, wie er zur Überraschung Steinerts erklärte, größere

Chancen eingeräumt, wenn der Staatssekretär Weisung zur direkten Vorlage des Papiers an den Ausschuss gegeben hätte. Steinert wurde bewusst, dass er noch viel über die Gesetzmäßigkeiten der Arbeit mit parlamentarischen Gremien lernen musste, um das zu verstehen.

Vier Tage später war das Ergebnis da und Steinert hatte wegen der Bedeutung der Sache für das Referat seinen Vertreter Hennings zu der Besprechung beim Abteilungsleiter mitgenommen. Wolters berichtete von seinem Termin beim Staatssekretär, der etwas »ungemütlich« verlaufen sei. Ihm sei unmissverständlich erklärt worden, dass eine Abschaffung der Informations- und Zustimmungspflichten nicht in Betracht komme. Die vom Staatssekretär angesprochenen Vertreter der Regierungsfraktion hätten ausgesprochen gereizt auf diesen Punkt reagiert und man habe ihm vorgehalten, dass diese Regierung seit jeher das Gegenteil von Wild-West-Verhältnissen anstrebe, bei denen Polizisten in jeder Lage agieren könnten, wie sie wollten. Die Informations- und Zustimmungsvorbehalte dienten doch dem anzuerkennenden Zweck, Gewaltanwendung und Schusswaffengebrauch soweit wie möglich zu vermeiden und andere, humanere und durchaus erfolgreiche Wege aus der Konfliktsituation einzuschlagen. Wenn die Einsatzrichtlinie in der jetzigen Fassung dem Ausschuss vorgelegt werde, drohe die aus früheren Zeiten hinlänglich bekannte Grundsatzdiskussion, bei der sich die Opposition zulasten eines besonnenen Vorgehens als »Rechtswahrer« und starker Garant für die Polizeibelange profilieren werde. Die Neufassung der Richtlinie werde deshalb in dieser Form nicht von der Fraktion unterstützt. Der Staatssekretär habe zwar explizit das Ziel der polizeilichen Reaktionsverbesserung bei Geiselnahmen ins Feld geführt und den Katalog über die vermeidbaren Zeitverzögerungen den Abgeordneten vorgestellt. Darauf habe man ihm aber nur vorgehalten, dass er dann ja für eine Beschleunigung der Abläufe sorgen müsse. Man werde jedenfalls nichts daran ändern, dass der finale Gewalt- oder Schusswaffeneinsatz nur nach sorgfältiger Prüfung der Lage auch durch andere Verantwortliche in Betracht komme.

Zurück in seinem Referat besprach Steinert mit Hennings und Frau Krahé etwas niedergeschlagen diesen Ausgang des Vorhabens, für das sie in den letzten Wochen viel Zeit aufgewendet hatten.

»Ich hab' das schon befürchtet«, meinte Hennings, »ich hab' das früher schon erlebt bei diesem Staatssekretär, das ist ein Funktionalist, der sich nur für reibungslos durchsetzbare und aussichtsreiche Vorhaben einsetzt, der ist kein Kämpfer.« Frank wollte das nicht so stehen lassen und wies darauf hin, dass sie die politische Situation nicht so wie der Staatssekretär einschätzen könnten; das sei auch mehr dessen Aufgabe. Und dies sei nun eine klare Ansage gewesen, an der nichts zu ändern sei. Hennings brummelte darauf nur vor sich hin: »Wenn wir unsere Politiker fragen, bekommt man manchmal den Eindruck, dass sie die Schwerverbrecher lieber auf Augenhöhe mit der Polizei halten wollen; die Polizei soll möglichst keinen Vorsprung bei der Jagd auf sie bekommen.«

Steinert kam nicht mehr zu einer Gegenäußerung, weil Frau Krahé, die das Unbehagen Steinerts bei dieser »rebellischen« Aussage von Hennings bemerkt hatte, sich in die Bresche warf: »Jetzt ist es aus meiner Sicht wichtiger, wie wir bei den anderen Regelwerken, die abschlussreif sind, vorgehen. Sollten wir hier nicht früher klären, wo es ähnliche Reibungsflächen mit der Politik geben kann? Das erspart uns vielleicht Umwege.« Steinert musste ihr voll zustimmen und kündigte an, sich dazu einen geeigneten Weg auszudenken. Frau Krahé, die in letzter Zeit ihren Chef zunehmend bewunderte, strahlte ihn an.

19. Kapitel   Kaiserswerth, Frühling 1984

»Das werden ja immer mehr Autos, die von drüben rüberkommen«, bemerkte Frank nebenbei zu seinem Schwiegervater, als sie wieder ihre gewohnte Tour in Kaiserswerth am Rhein und an der Anlegestelle der Fähre vorbei machten. Wilhelm stimmte ihm zu. Auch er hatte in den letzten Jahren die steigende Anziehungskraft von Kaiserswerth auf Besucher und darüber hinaus auch auf Immobilieninteressenten registriert. Dann fuhr Frank mit seiner Schilderung der letzten Neuigkeiten seiner Tätigkeit in Düsseldorf fort. Heute erzählte er ihm von »Profiling« als neuer kriminalistischer Technik zur Täterermittlung in den USA, von der er begeistert gelesen hatte und deren Anwendungsmöglichkeiten in Deutschland derzeit geprüft wurden. Auch Wilhelm zeigte sich von dieser insbesondere bei Serientätern vielversprechenden, interdisziplinären Erweiterung von Ermittlungsansätzen stark beeindruckt. Erst als sie das Thema zu Ende diskutiert hatten, machten sie den Bogen zum Rückweg nach Hause durch die Stadt. Er blieb diesmal wieder mit Stefanie über Nacht bis zum Sonntag in Kaiserswerth. Der längere Abstand von ihrer Arbeitswelt in Köln war ihnen in den letzten zwei Jahren immer wichtiger geworden, und ihre Eltern, jetzt im vorgerückten Alter, freuten sich über ihre längere Anwesenheit. Auch die Häufigkeit ihrer Besuche in Kaiserswerth hatte sich stark vermehrt, was in erster Linie auf Franks Betreiben zurückzuführen war; seine frühere Tendenz zum Abstandhalten war ins Gegenteil umgeschlagen. Er suchte vor allem den Rat und das Urteil Wilhelms in Problembereichen seiner Arbeit, für die er oft die grundsätzliche Orientierung vermisste.

Etwa die Hälfte seiner Arbeit war durch Kontroll- und Überwachungstätigkeit der Polizeiarbeit geprägt, was ihm keinerlei Schwierigkeiten bereitete. Es ging hier entweder um Korrektur von Rechtsvorschriften oder Regelungen für die Polizeiarbeit oder um Aufklärung schwerwiegenderer Versäumnisse oder gar Fehlverhaltens von Polizeidienststellen, auf die das Ministerium reagieren musste. Ihm als ehemaligem Richter fiel dieser Teil der Arbeit leicht, und er hatte inzwischen eine bemerkenswerte Routine im Aufspüren von Schwachstellen zum Beispiel in Berichten unterstellter Dienststellen entwickelt. Die bei Fehlverhalten notwendigen Dienstaufsichtsmaßnahmen pflegte er konsequent durchzusetzen und scheute nicht die sich daraus ergebende persönliche Auseinandersetzung mit den unterstellten Dienststellenleitern; so hatte er sich allgemein mehr und mehr Respekt erworben. Die andere Hälfte seiner Arbeit hatte durch seinen »Geheimauftrag« des Staatssekretärs ihren besonderen Umfang erreicht. Dort ging es maßgeblich um innenpolitisch intendierte Aktivitäten/Komponenten der Polizeiarbeit, für die ihm häufig das Einfühlungsvermögen fehlte. So hatte der Staatssekretär ihn einmal zu einer persönlichen Besprechung einer von ihm abgegebenen Bewertung einer Vorlage des Hauses an den Innenausschuss gebeten und dabei etwas humorvoll ausgeführt, dass seine »rasiermesserscharfen« Deduktionen passable Vorschläge aus dem politischen Raum manchmal geradezu »zerhäckselten«, sodass ihre Initiatoren sich nur als dumm vorkommen mussten. Als Steinert darauf vor sich hin murmelte »dann sind die das vielleicht ja auch«, erhielt er sofort die Belehrung, dass man so etwas nicht quasi aus richterlicher Sicht abtun dürfe, denn das sei nicht die Rolle eines Ministeriums. Sein Befremden gegenüber derartigen Vorschlägen zeige im Übrigen, dass er auch keine Affinität zu einer Partei oder zu Parteiarbeit habe, was Steinert mit etwas Stolz bejahte. »Das hohe Maß an Objektivität und Klarheit, das Ihre Stellungnahmen so auszeichnet, will ich auch überhaupt nicht kritisieren«, hatte der Staatssekretär darauf verbindlich geantwortet und dann resümiert, dass er sich aber auch nicht darüber wundern dürfe, wenn das Haus anders als von ihm vorgeschlagen verfahre.

Das Gespräch mit Wilhelm hatte Frank in dieser gefühlsmäßigen beruflichen Gemengelage dann stets als »Rückkehr in seinen Heimathafen« empfunden. Wilhelm beurteilte die Gesellschaft und ihre Probleme wie er und ließ sich ebenso wenig von »politischer Schaumschlägerei«, wie er es nannte, beirren. Hinzu kam, dass Frank seinem Schwiegervater unendlich dankbar dafür geworden war, dass dieser ihm in seiner Krise so felsenfest und ohne ein Wort der Kritik beigestanden hatte. Er hatte immer erwartet, dass dieser noch einmal auf seinen damaligen Versuch, ihn vom letztendlich verhängnisvollen Wechsel in die Verwaltungsgerichtsbarkeit abzuhalten, zurückkommen würde. Nichts dergleichen war aber geschehen, Wilhelm hatte nur mit ihnen mitgelitten und mit praktischem Rat geholfen, wo er konnte. Sie hatten daher auch in den letzten Jahren ihre Sommerurlaube stets mit ihren

Eltern zusammen verbracht. So wurde dieser familiäre Gleichklang für ihn sein inneres Bollwerk gegen die manchmal als Zumutung empfundenen Herausforderungen seiner Arbeit. Er konnte eben den Richter nie ganz ablegen.

20. Kapitel   Rhöndorf, Frühling 2022

Diesen Ostermontag im April 2022 nutzten Frank und Stefanie mit Rocky für einen längeren Weg ins Siebengebirge. Sie wählten den gemächlicheren Aufstieg über die Rhöndorfer Weinberge zur Drachenburg am »Eselsweg« und dann vorbei am Burghof den Weg zum Drachenfels hinauf. Als sie den Bergrücken zwischen Drachenfels und Wolkenburg erreicht hatten, wurde die schon vorher eingeplante Rast auf einer Bank fällig. Stefanie hatte dazu eine Flasche Wasser mitgebracht und sie ließen sich Zeit, bis Frank weiter konnte. Das Licht der Mittagssonne fiel durch das dichte Geäst der zahlreichen, hier wild gewachsenen Bäume und erhellte den sonst dämmrigen Platz, der oberhalb des Steinbruchgeländes des Drachenfels liegt. Der Ort erinnerte Frank wieder an »sein« altes Thema und er bemerkte etwas müde: »Übrigens, den alten Mordfall, der sich hier links unten ereignet hat, habe ich erst mal nicht wieder angerührt. Diese widerlichen Rechtsverweigerer rechnen sich bestimmt aus, dass sich das Problem mit ihrem lästigen Störenfried bald auf natürliche Weise regelt.« Die Worte »widerlichen Rechtsverweigerer« stieß er so akzentuiert und laut aus, dass Rocky spontan einmal kurz bellte, neben Frank auf die Bank hinaufsprang und sich dort in gleicher Haltung wie er aufrecht hinhockte. Er war ein außergewöhnlich sensibler Hund, der sofort seine Antipathien wahrnahm und dem erahnten Feind schon einmal prophylaktisch seine Warnung kundtat. Stefanie stand neben ihnen und sah auf ihren Mann hinab. Die Jahre hatten ihn geschliffen und sein Gesicht war feingeistig geworden. Dennoch war er mit seinen 77 Jahren stets ihr fester Fels in der Brandung ihres gemeinsamen Lebens geblieben.

»Was könntest Du denn überhaupt noch tun, Frank?«, nahm Stefanie den Faden auf. Sie wollte dem Thema nicht ausweichen, wenn es vielleicht noch eine Möglichkeit gab, Frank aus seiner resignativen Stimmung heraus zu bringen.

»Der Schriftverkehr mit Polizei, Staatsanwaltschaft, Petitionsausschuss und Innenministerium hat für mich eine Menge neuer Erkenntnisse zum Tathergang und auch zum Täter gebracht. Damals wurde bei unserer Kripo in solchen Fällen eine sogenannte operative Fallanalyse angestellt. Später in den achtziger Jahren kam das Profiling hinzu, was auch in diesem Fall ganz wertvolle Hinweise auf den Täter hergegeben hätte. All das wurde in diesem Fall komplett übergangen, weil man den Fall und die Wahrheit schnellstens beerdigen wollte. Aufgrund der Anzeige aus der Familie von 1990 hatte man wahrscheinlich genau erkannt, dass der Täter aus angesehenen Kreisen stammte, wie es früher hieß, gab das aber nicht bekannt, um diese Familie zu schonen. Wir haben also das Ergebnis, dass Polizei und Staatsanwaltschaft erst einmal mit ihren Fehlern die Ermittlung des Täters gänzlich unmöglich gemacht haben, und dass sie dann später, als die Ermittlung doch noch durch Zufall möglich wurde, die Wiederaufnahme des Falls und Bekanntgabe ihrer Erkenntnisse aus Täterschutzgründen verweigerten.

Das Opfer, der Junge, hätte wirklich charakterlich stärkere Strafverfolger verdient, die sein Schicksal aufzuklären hatten.«

»Was würdest Du denn machen, wenn dieser Fall, so wie geschehen, auf Deinem Schreibtisch in Düsseldorf gelandet wäre. Du hättest ihn doch niemals so wie diese heutigen Opportunisten behandelt«, fragte sie nun auch etwas emotional.

»Ich hätte zunächst einmal ein Täterprofil erstellen lassen, das aus dem Tathergang vielleicht Schlussfolgerungen auf Motive und Umfeld des Täters erlaubt«, antwortete Frank, der sich etwas über das wachsende Engagement Stefanies wunderte.

»Du weißt doch sicher noch, wie derartige Profile erstellt werden, könntest Du das denn nicht hier auch einmal versuchen? Es wäre doch ein zum Teil erfolgreicher Abschluss des Falls für Dich. Denn man wüsste dann wenigstens, was für ein Typ der Täter gewesen sein muss und wie es zu der Tat gekommen ist«, setzte Stefanie nach. Sie kannte ihren Mann zu gut, als dass sie sich auf die Methode substanzloser Beschwichtigung seiner Frustration verlegte. Frank sollte wieder das Gefühl bekommen, nichts Sinnloses getan zu haben.

Frank erkannte sofort ihre Absicht und umarmte sie spontan. Sie wusste eben, dass er mit diesem Ende des Falls niemals zufrieden sein würde. Sie war nicht nur seine überaus geliebte Frau, sondern auch eine feinfühlige

Kameradin in dem Auf und Ab seines manchmal chaotisch verlaufenen Lebensweges geworden. Er war froh, dass er selbst in schwierigen Zeiten hundertprozentig zu ihr gestanden hatte, auch als es einmal kritisch wurde und er beinahe ins Straucheln gekommen wäre. Sie brachen zum Rückweg auf, an der Wolkenburg vorbei hinunter zum Rhöndorfer Waldfriedhof und dann nach Hause.

✻ ✻ ✻

Gleich am nächsten Morgen holte sich Frank alle Unterlagen zu dem Fall und begann mit der systematischen Arbeit zur Erstellung eines Täterprofils. Er versuchte dabei, sich konsequent nicht von fern liegenden Mutmaßungen zum Tatverlauf beirren zu lassen, sondern bei jeder Fallvariante die wahrscheinlichste zugrunde zu legen. Nach etwa zweiwöchiger Arbeit hatte er das Ergebnis vorliegen, das er dann auch Stefanie als seiner »Spiritus Rektorin«, wie er sie scherzhaft nannte, präsentierte:

1. Nach Faktenlage anzunehmender Tatablauf

Jürgen H. war am Tattag letztmals lebend kurz vor 17 Uhr am Ziepchen-Brunnen in Rhöndorf gesehen worden. Dies brachte die Polizei schon gleich nach der Tat auf die Frage, ob der Junge auf seinen Mörder schon am Ziepchen-Brunnen oder erst später im Steinbruch Drachenfels getroffen war. Mit Blick auf die erst viel später vollständig bekannt gewordenen Tatumstände lässt sich diese Frage heute klarer beantworten.

Bei der ersten Alternative spricht Vieles für die Annahme, dass der Täter zunächst ein Sexualdelikt beabsichtigt und deshalb den Jungen in den Steinbruch gelockt hatte; bei der zweiten Alternative ist dagegen eine spontane Tat aus unterschiedlichsten Motiven des Täters wahrscheinlich. Gegen die erste Alternative spricht die Einschätzung der Eltern des Jungen, wonach dieser misstrauisch war und nicht mit einem Fremden mitgegangen wäre. Das in den Zeitungen veröffentlichte Foto des Jungen zeigt dann auch einen ernsten, entschlossenen und wachsam-misstrauischen Habitus, der ein höheres Alter als acht Jahre vermuten lässt. Außerdem war es nach Uhrzeit und Wetterlage kaum vorstellbar, dass sich der ortskundige Jürgen H. zu dem Aufstieg noch zu dieser Uhrzeit des regnerisch-düsteren Spätnachmittags im Februar von einem Fremden überreden ließ. Die Polizei meldete dann auch später, dass ein »Sittlichkeitsdelikt« ausgeschlossen werden könne; es wurde »Mordlust« als mögliches Motiv angenommen, was allerdings eine eventuell doch vorhandene sexuelle Motivation nicht ganz ausschließen dürfte. Bei der zweiten Alternative, also einem zufälligen Aufeinandertreffen des Jungen mit seinem Mörder im Steinbruch, müsste ebenfalls vorausgesetzt werden, dass der Junge so spät nicht mehr, sondern deutlich vor 17 Uhr hierhin aufgestiegen war. Das kommt aber angesichts klarer Zeugenaussagen zur Uhrzeit seiner Anwesenheit am Ziepchen-Brunnen nicht in Betracht.

Gegen die Annahme, dass Jürgen H. von seinem Mörder bereits am Ziepchen-Brunnen kontaktiert und dann zum Steinbruch gelockt wurde, spricht auch, dass dies von Zeugen bemerkt worden wäre. An diesem damals schon belebten und allgemein als Treffpunkt bekannten Ort wäre es kaum verborgen geblieben, wenn sich ein älterer Mann über längere Zeit mit einem achtjährigen Jungen beschäftigt hätte; denn um Jürgen H. unter den gegebenen Bedingungen noch zum Steinbruch zu locken, hätte es in jedem Fall einiger Überredungskünste des Täters bedurft. Die Polizei dürfte die dortigen Anwohner eingehend über dahingehende Beobachtungen befragt haben und hätte, wenn sich daraus eine Spur zum Täter ergeben hätte, diese auch weiter verfolgt.

Diese Gesichtspunkte führen zwangsläufig zu der Schlussfolgerung, dass Jürgen H. gar nicht von einem Fremden, sondern von einem ihm bekannten Mann auf der Löwenburgstraße in Rhöndorf angesprochen und zum Aufstieg zum Steinbruch überredet wurde. Der Ablauf des Tattages zeigt, dass der Junge zu diesem Zeitpunkt noch unternehmungslustig war. Er kannte sich bestens in der Region aus und war es gewohnt, sich im ganzen Stadtgebiet und im Siebengebirge zu bewegen. Ihm war wie den anderen Jungen der Region der Steinbruch bekannt. Deshalb drängt sich die Vermutung auf, dass er auch den Täter von früheren Begegnungen an diesem Ort her kannte. Hinzu kommt die in der Lokalpresse zitierte Aussage des 9-jährigen Mädchens. Dieses hatte

Jürgen H. mit einem brillentragenden Mann auf der Löwenburgstraße in Rhöndorf gesehen, von welcher der Aufstieg zum Drachenfels abgeht. Die Zeitung relativierte zwar die Aussage mit der Bemerkung, »bekanntlich sind jedoch Kinderaussagen mit Vorsicht zu genießen.« Diese »Kinderaussage« wurde aber nie widerrufen oder von der Polizei widerlegt. Sie durfte eigentlich nicht übergangen werden, weil das Mädchen für ein anderes Kind in seinem Alter sicher ein höheres Interesse als andere Menschen hatte und deshalb hätte ernst genommen werden müssen.

Diese Schlussfolgerung ist kompatibel auch mit den weiteren Erkenntnissen zum Tatablauf. Die vom Täter im Steinbruch zurückgelassenen Utensilien (u.a. Hammerteile und Kordel) verraten, dass es sich bei ihm nicht um den üblichen Besucher des Drachenfels handelte, sondern um einen ortskundigen und gezielt den Steinbruch aufsuchenden Mineralogen, der diesen wettermäßig für Wanderer unattraktiven Mittwoch-Nachmittag zur ungestörten Gesteinssuche nutzen wollte. Er hatte den Weg von Rhöndorf aus zum Steinbruch gewählt. Den neuen Hammerkopf, den die Polizei am Tatort losgelöst vom Hammerstiel vorgefunden hatte, wollte er wahrscheinlich mithilfe der Kordel zum Pendeln an Gesteinsadern der Felswände verwenden, um dort Magnetit-haltiges Gestein aufzuspüren. Die sogenannten Magnetsteine sind bei Sammlern insbesondere wegen ihres auffallend schönen, glänzenden Äußeren sehr beliebt. Auf seinem Weg über die Löwenburgstraße in Rhöndorf zum Anfang des Aufstiegs muss er den ihm von früheren Ausflügen her bekannten Jungen getroffen und diesen gefragt haben, ob er ihn begleiten wolle. Jürgen H., der bis dahin erfolglos einen Spielkameraden gesucht hatte, ließ sich zu dem Vorhaben dieses ihm offenbar unverdächtigen Mannes verleiten, weil sich ihm keine andere Unterhaltungsmöglichkeit bot. Möglicherweise wurde er auch vom Täter mit der in Aussicht gestellten Suche nach Magnetsteinen besonderes motiviert.

Für das eigentliche Tatgeschehen danach gibt die Faktenlage ziemlich klare Hinweise. Die Utensilien des Täters für die Gesteinssuche waren von der Polizei nach der Tat ausgepackt vorgefunden worden. Dass der Täter diese erst nach dem Mord ausgepackt hatte, um dann mit der Gesteinssuche zu beginnen, ist auszuschließen. Der Kampf und der Mord fanden also nicht gleich nach Eintreffen der beiden im Steinbruch statt, sondern erst nach Beginn der Gesteinssuche. Die Frage, ob das weiter aufgefundene Bällchen Jürgen H. gehörte oder dem Täter (der möglicherweise Hundebesitzer war), kann dahinstehen. Jedenfalls kam es erst im Verlauf der Gesteinssuche zu einem Streit und zu Tätlichkeiten, bei denen der Junge zunächst vom Täter mit einem stumpfen, nicht aufgefundenen Gegenstand mehrfach geschlagen wurde. Bei diesem stumpfen Gegenstand handelte es sich wahrscheinlich um einen Gesteinsbrocken. Das führt zu der Annahme, dass der Gesteinsbrocken der Anlass des Streits zwischen beiden war. Es liegt nahe, dass Jürgen H. den vielleicht außergewöhnlich schönen Stein selbst entdeckt hatte und ihn nicht dem Täter überlassen wollte. Dieser entriss ihm den Stein und benutzte ihn dann als Schlagwaffe.

Für diese Variante spricht, dass der sportliche Jürgen H. für sein Alter ungewöhnlichen Mut und auch eine hohe Leidensfähigkeit hatte, was die offenbar durch Schläge herrührenden Narben an seinem Rücken belegen. Weil er – nach vorgenannter These – außerdem den Mann kannte und vor diesem auch keine Angst hatte, entwickelte er für den Täter unerwartete Abwehrkräfte, die diesen dann zum Einsatz seines mitgebrachten und sonst für Gesteinsfreilegung benutzten Messers brachten.

Da sexuelle Motive beim Täter nicht gänzlich ausgeschlossen werden konnten, wäre aber auch die Variante denkbar, dass der Täter sich bei der Gesteinssuche an den Jungen heranmachte, worauf es, als dieser sich dagegen wehrte, zum Kampf mit dem bekannten Ausgang kam. Der Täter muss dann irgendeinen der herumliegenden Steinbrocken als Schlagwaffe benutzt und diesen nach der Tat mitgenommen haben, weil er darauf Fingerabdrucke von sich befürchtete. Bei dieser Alternative wäre es wahrscheinlich, dass dem Täter früher schon der Junge aufgefallen war und er diesen in Rhöndorf aus sexueller Motivation gezielt in den Steinbruch gelockt hatte.

Nach der Tat bemühte sich der Täter um Verwischung der Spuren durch Ablage der Leiche an anderer Stelle und Beseitigung von Gegenständen. Er nahm sein Messer und den Gesteinsbrocken mit, sodass die Polizei deswegen den »stumpfen Gegenstand« nicht finden konnte. Den Hammerkopf, die Kordel und das Bällchen ließ er liegen. Den blutverschmierten Hammerstiel warf er ins Gebüsch, weil er sich schnellstmöglich hiervon trennen wollte (ob die Polizei Fingerabdrücke an diesen Gegenständen sichern konnte, hat sie nie bekanntgegeben). Anschließend entfernte er sich eilig vom Tatort.

Dabei wählte er nicht den viel kürzeren Weg hinunter nach Rhöndorf, von wo sie den Aufstieg gemacht hatten, sondern über den Nordhang des Drachenfels hinunter in Richtung Königswinter. Es spricht alles dafür, dass es sich bei dem zu diesem Zeitpunkt (»nach 17 Uhr«) sehr exakt beobachteten, etwa 45-jährigen Mann mit Hornbrille, der aus Richtung Burghof an der Drachenburg vorbei in auffälliger Hast hinunter den Weg in Richtung Königswinter strebte, um den Mörder gehandelt hatte. Die gewählte Fluchtroute ist noch kein Indiz dafür, dass er etwa in Königswinter oder weiter rheinabwärts wohnte, sondern eher ein Anzeichen für die Panik des Täters, der sich erst einmal reinigen und dann später in Ruhe zurück auf den Heimweg machen wollte. Wenn er dazu nach Rhöndorf zurück musste, war ihm dies durch späteres Abbiegen auf den über die

Rhöndorfer Weinberge führenden Weg ohne weiteres möglich.

Dieser besser gekleidete Mann mit brauner Aktentasche, dessen Hose unten umgekrempelt war, hatte sich die Hände am dortigen Brunnen gespült. Er war offensichtlich kein Spaziergänger, sondern auf der Flucht. Er hatte in seiner Panik vergessen, die Hosenbeine wieder zu glätten, oder, er wollte seine Hose nicht mit seinen blutigen Händen anfassen. Dass er die Hose unten an den Beinen umgeschlagen hatte, zeigt, dass er zuvor nicht nur auf Wanderwegen unterwegs gewesen war, sondern sich auch abseits im Gelände aufgehalten hatte.

2. Sich daraus ergebende Schlussfolgerungen zum Tätertyp

Die Zeugenschilderung des am Burghof gesichteten Mannes in mittleren Jahren bietet reichliche Ansätze für eine Einschätzung des Tätertyps. Der Täter entstammte bürgerlichen Verhältnissen, übte einen gehobenen Beruf aus und war, was seine für Gesteinssuche ungeeignete Kleidung zeigt, unmittelbar von seiner Arbeitsstelle dorthin aufgebrochen. Die Zeugenaussage spricht von einer »dunklen, fein gestreiften« Hose, die der am Burghof gesichtete Mann trug. Eine solche Hose ist in der Regel Teil eines Anzugs, den zu dieser Zeit üblicherweise Beamte des höheren Dienstes in Ministerien und auch höhere Angestellte in Firmen trugen. Die

Tatsache, dass der Täter eine Aktentasche bei sich hatte, spricht dabei eher für einen Beamten. Denn Beamte (auch Polizeibeamte) trugen früher häufig eine Aktentasche bei sich, auch wenn sie darin nur Butterbrot und Thermosflasche transportierten.

Der Täter dürfte sich in der Mittagszeit von seinem Arbeitsplatz aus zu dem Ausflug nach Rhöndorf zum Steinbruch aufgemacht haben. Dazu benutzte er die Straßenbahn, ein Kraftfahrzeug oder Fahrrad, oder er kam zu Fuß, wenn er aus Bad Honnef stammte. In manchen Berufsbereichen wurde damals toleriert, dass sich Bedienstete Mittwochnachmittag für private Zwecke freinahmen. Bei derartigen Touren im Rahmen seines Mineralogie-Hobbys könnte er gelegentlich einen Hund mitgenommen haben, falls ihm das aufgefundene Bällchen zuzuordnen ist; die Polizei dürfte bei der Befragung der Eltern des Mordopfers dieser Frage nachgegangen sein.

Sein Äußeres und sein Hobby Mineralogie kennzeichnen ihn als einen Angehörigen eher eines geistigen und weniger eines praktischen Berufs. Er verfügte offenbar nicht über große körperliche Kräfte, weil er sich nur mithilfe eines Messers gegen den Jungen durchsetzen konnte. Dass er sich zu dem Mord hinreißen ließ, zeigt ein Maß an Feigheit, wie es öfters bei intellektuellen Typen mit körperlichen Minderwertigkeitskomplexen beobachtet wird. Er konnte nicht verkraften und fühlte sich wohl in seiner Männlichkeit demontiert, als sich ihm als Erwachsenem, der seiner Meinung nach die Regeln bestimmte, ein jugendlicher »Rotzlöffel« (wie man damals sagte) widersetzte. Als ihm nach der Tat klar wurde, was er angerichtet hatte, und er das Blut seines Opfers an sich bemerkte, muss ihn Panik ergriffen haben. Er war nur noch zu oberflächlichen Tarnmaßnahmen in der Lage und wollte sich so schnell wie möglich von den Blutspuren befreien. Aufgrund seiner Ortskenntnisse wählte er den zwar längeren, aber einsameren Rückweg über den Drachenfels, weil die Gefahr aufzufallen für ihn zu groß war, wenn er sich am Ziepchen-Brunnen in Rhöndorf reinigte.

Das Verhalten nach der Tat im Steinbruch deutet eher auf einen konsternierten, planlos handelnden Ersttäter als auf einen Wiederholungstäter hin, was die damals in der Presse aufgeworfene Frage beantwortet, ob es sich bei Jürgens Mörder um den gleichen Täter handeln könnte, der 1951 in einem Steinbruch bei Eudenbach die damals 15-jährige Annemarie Scholten ermordet hatte. Außerdem lässt das Verhalten des Täters, der einen Teil seiner Sachen am Tatort zurückließ, auf einen jedenfalls nicht im Polizei- oder Justizdienst tätigen oder sonst kriminalistisch versierten Beamten schließen; er ist in anderen Zweigen der öffentlichen Verwaltung (zum Beispiel in einem Bonner Ministerium) oder unter Selbstständigen zu suchen. Weniger wahrscheinlich ist auch, dass es sich um einen Lehrer (zum Beispiel mit Lehrfach Geologie/Erdkunde usw.) handelt, weil diese Berufsgruppe an Konflikte mit Jugendlichen gewohnt ist und sich dann regelmäßig anders durchzusetzen weiß. Ebenso unwahrscheinlich ist, dass er Vater eines Kindes war.

Von seinem Alter her entspricht der Täter ziemlich genau dem Mann, der im Jahr 1990 von seiner Familie nach seinem Tod als Tatverdächtiger benannt wurde. Dieser war 1915 geboren und 1989 gestorben, also zur Tatzeit 42 Jahre alt. Seine wahrscheinlich akademische Ausbildung hatte er bereits vor dem Krieg absolviert. Den Krieg muss er in voller Länge mitgemacht haben und hatte dabei möglicherweise charakterliche und körperliche Deformationen davongetragen. Die »Selbst«-Anzeige der Familie sowie die strikte Abschirmung ihres Inhalts und der Identität der Familie durch die Polizei sind Belege dafür, dass es sich bei dem Täter um eine gehobene Person des öffentlichen Lebens aus geordneten Verhältnissen handelte. Er dürfte aus einem Ort in der Nähe des Drachenfels (also aus den Orten von Bad Honnef bis Bonn) gekommen sein, weil der Junge ihn offenbar kannte, weil er unmittelbar von seiner Arbeitsstelle zur Gesteinssuche hierhin gekommen war und weil er sich auch dort bestens auskannte.

Entweder hatte der Täter durch letztwillige Verfügung aus Reue den Wunsch geäußert, dass seine Täteridentität preisgegeben wird. Oder seine Familie hielt es für untragbar, dass sie über 30 Jahre lang einen Kindermörder unter sich und diesen gedeckt hatte. Das würde ein Zeichen dafür sein, wie sehr sich die Familie schämte und sich der Wahrheit verpflichtet fühlte.

3. Abgleich des Täterprofils mit den Erkenntnissen der Polizei

Die Strafverfolgungsbehörden schulden nach diesen, aus den bekannten Ermittlungsergebnissen gezogenen Schlussfolgerungen der Öffentlichkeit gegenüber die Beantwortung nachfolgender Fragen:

- Hat die Polizei aus der »Selbst«-Anzeige der Familie von 1990 des 1989 verstorbenen Tatverdächtigen Hinweise darauf, dass es sich bei diesem um den am Tattag in der Nähe des Burghofs gesichteten Mann in mittleren Jahren handelt?
- Wenn ja, um welche Hinweise handelt es sich, um wen handelt es sich, wo wohnte er und welchen Beruf hatte er?
- Wenn nein, welche Merkmale des Tatverdächtigen widersprechen dieser Annahme?

- Welche Hinweise auf das Tatmotiv des Täters hat die Polizei aus der »Selbst«-Anzeige der Familie von 1990?
- Wenn dazu bisher nichts ermittelt wurde, warum wird dies heute nicht – im Rahmen der bislang sträflich vernachlässigten Aufklärungspflicht des Verbrechens – durch

Befragung der Familie des Tatverdächtigen nachgeholt?

- War der genannte Tatverdächtige Mineraloge? Gab es im Nachlass des Tatverdächtigen eine Gesteinssammlung, wenn ja, enthielt diese auch Magnetsteine? Hatte der Tatverdächtige zum Tatzeitpunkt einen Hund?
- Wenn zu diesen Fragen bisher nichts ermittelt wurde, warum wird dies heute nicht durch Befragung der Familie nachgeholt? Es besteht hier auch die Möglichkeit, über Vereine, die sich der Mineralogie widmen, die Namen ehemaliger Mitglieder mit Geburtsjahr 1915 und Sterbejahr 1989 ausfindig zu machen, was den Kreis möglicher Tatverdächtiger sehr einschränkt.

- Hat die Polizei aus der »Selbst«-Anzeige der Familie von 1990 Hinweise auf sexuelle Motive des Täters? War der Tatverdächtige wegen eines Sittlichkeitsdelikts vorbestraft? Wenn ja, wegen welcher und wann begangener Tat(en)?

- Entspricht der aufgrund der genannten »Selbst«-Anzeige von 1990 Tatverdächtige dem beschriebenen Tätertypus: Angehöriger gehobenen, akademischen Berufsstands, aus angesehener Familie, Brillenträger, ohne sonderliche körperliche Kraft, Einzelgänger, ohne Kinder? War er Kriegsteilnehmer und/oder kriegsversehrt?

- Wurde der Fall der im Steinbruch Eudenbach 1951 ermordeten, 15-jährigen Annemarie Scholten aufgrund der Erkenntnisse aus der »Selbst«-Anzeige von 1990 der Familie des Tatverdächtigen neu aufgerollt? Wenn nein, warum nicht? Wenn ja, mit welchen Ergebnissen?
- Wurde der Täter im Fall Scholten ermittelt? Wenn nein, was hat die Polizei im Fall Scholten zum möglichen Tätertypus ermittelt? Gab es im Fall Scholten im Jahr 1990 noch Asservate?

Stefanie schwieg erst einmal beeindruckt, als sie das Dokument gelesen hatte. Aus ihrer rein menschlichen Sicht hatte sie einen so erschreckend plastischen Eindruck von Tat und Täter bekommen, dass sie ihn mit ihrem geistigen Auge vor sich hatte. Sie wollte jetzt auch das Pressefoto von dem Jungen sehen, das Frank ihr daraufhin heraussuchte. Nach einer Weile fragte sie, ob Frank seine Erkenntnisse nicht seinem Ministerium geben könne, und zwar mit der Aufforderung, sich zur Übereinstimmung des entworfenen Bildes vom Täter mit dem 1989 verstorbenen Tatverdächtigen zu äußern.

»Die werden sich dazu gar nicht mehr äußern, sondern allenfalls das Papier an die Staatsanwaltschaft zur Erledigung weiterleiten. Und die Staatsanwaltschaft wird dann wieder wie gehabt mit der Patentfloskel reagieren, dass Ermittlungsverfahren nach dem Tod des Beschuldigten enden«, war seine Antwort, die er dann noch ergänzte: »Wenn sie darauf eingingen, bestätigten sie ja die Vorwürfe und den Verdacht gegen sich, und das passiert nur bei unausweichlichem politischem Druck, der uns nicht zur Verfügung steht. Aber Du hattest völlig recht, meine Arbeit musste ich erst einmal richtig zu Ende bringen. Vielleicht gibt es ja mal einen Politiker mit mehr Ehrgefühl, der sich wie wir über den Fall ärgert.«

Das hörte sich wie ein Epilog an und Stefanie bemerkte erleichtert, dass er seine frühere Verbissenheit selbst in aussichtslosen Situationen jetzt abgelegt hatte. Es war für sie beide nur von Vorteil, kam ihr der Gedanke, wenn es in ihrem jetzigen Lebensstadium nicht mehr ihnen, sondern anderen überlassen werde, die Fehler dieses Falls und deren Folgen auszubaden. Denn es war absehbar, dass die selbstherrliche Veränderung des Verständnisses von richtiger Pflichterfüllung der Strafverfolgungsbehörden fühlbare Konsequenzen für die Gesellschaft haben würde. Und das brauchte sie nicht mehr zu interessieren.

21. Kapitel Köln, Frühling 1985

Ergriffen blieb Frank sitzen, um auch noch den letzten Nachhall dieser musikalisch so herausragend gestalteten Liturgie der Ostermesse 1985 voll aufnehmen zu können. War das ein Erlebnis! Zu diesem Genuss war er nur deshalb gekommen, weil ihn Dankbarkeit nach langer Zeit wieder an einem Gottesdienst hatte teilnehmen lassen. Fünf Jahre waren jetzt vergangenen, nachdem er völlig am Boden gelegen hatte, und heute war er mithilfe seiner Lieben wieder Herr seiner Lage geworden. Er hatte schon länger die Mahnung in sich verspürt, dafür endlich an richtiger Stelle zu danken.

Er nahm sich vor, gleich zuhause Stefanie von seiner Absicht in Kenntnis zu setzen, nun möglichst regelmäßig an Weihnachten und Ostern hierhin zu kommen. Er wollte künftig immer diese Form der Einstimmung auf die höchsten Feiertage erleben, auch wenn sie nicht wie heute daran mitwirken sollte. Stefanie war vor zwei Jahren Mitglied des Kammerchors von St. Aposteln in Köln geworden und hatte dann regelmäßig an den Proben des Chores teilgenommen. Sie hatte eine nach seinem laienhaften Eindruck wunderschöne Mezzosopran-Stimme und sie hatte schon in Schule und Studium in Chören mitgesungen. Das war heute das erste Mal, dass sie bei einem Auftritt »ihres« Chores in St. Aposteln mit dabei war.

Frank stammte aus einer streng protestantischen Familie, hatte sich dann aber als junger Mann mehr und mehr der evangelischen Kirche entfremdet. Nach seinen Erfahrungen biederte sich diese immer mehr dem Zeitgeist und der Politik an, sodass sie genau das verlor, was sie eigentlich bewahren sollte und was er suchte, nämlich die Festigkeit und Unverrückbarkeit des christlichen Glaubens besonders in Zeiten, in denen sich viele von der Religion abwandten. Die katholische Kirche war für ihn in dieser Hinsicht eine vorbildliche Institution, weil sie zeigte, wie wenig sie es nötig hatte, sich nach ihrer zweitausendjährigen Geschichte zur Erhaltung ihrer Attraktivität zu verbiegen. Ein Übertritt in die katholische Kirche kam für ihn aber nicht in Betracht, weil er nun mal von zuhause aus der evangelischen Glaubensrichtung angehörte und man nicht seine Kirche als Institution infrage stellen könne, nur weil ihre irdischen Vertreter derzeit so schwach waren; Kirche war für ihn kein Lieferservice, den man je nach Angebot wechselt. Symptomatisch für seine Entwicklung war dann, dass er nur katholische Freundinnen gefunden hatte und so schließlich Stefanie begegnet war. Stefanie hatte seine grundsätzlich angelegte Haltung respektiert und deshalb den Verzicht auf eine kirchliche Hochzeit in Kauf genommen. Später prägte sich seine Zwiespältigkeit in der Kirchenzugehörigkeit immer weiter aus. Er besuchte mit Stefanie zuhause in Köln und in ihren Urlaubsorten nahezu nur noch die dort vorzufindenden, wunderschönen katholischen Kirchen oder Kapellen, weil er sich hier wohler fühlte. Besonders in den Phasen seiner größten beruflichen Anspannung hatte er wahrgenommen, wie kurzsichtig sein Blick auf die Welt immer wieder zu werden drohte, und wie befreiend es sich anfühlte, wenn man an diesen Orten so unmittelbar und leicht das Größere und viel Wichtigere hinter allem erahnen konnte. Dadurch war er heute nun auch noch in den Genuss dieses Erlebnisses gekommen.

Sonntagnachmittag ging es wieder nach Kaiserswerth, wo sie von Stefanies Eltern, die wieder am Festgottesdienst in St. Suitbertus teilgenommen hatten, erwartet wurden. Frank kündigte nach Schilderung seiner Eindrücke von dem heutigen Erlebnis an, dass er sie unbedingt zum nächsten Kölner Festgottesdienst, an dem Stefanies Chor mitwirkte, morgens von Kaiserswerth abholen wolle. Denn das dürften sie nicht wieder versäumen, auch wenn es für sie mit einiger Anstrengung verbunden sei. Dem stimmten die beiden mit Freude zu.

✳︎ ✳︎ ✳︎

In der Folgewoche nach Ostern musste das Referat die letzte der neu zu fassenden Einsatzrichtlinien »zur Absegnung« durch die Leitung des Ministeriums vorlegen; dabei ging es um das »Verhalten der Polizei bei Versammlungen und Veranstaltungen«. Für Dienstagabend hatte er deshalb eine Besprechung mit seinem dafür zuständigen Referenten, Regierungsdirektor Schmidtke, und der Sachbearbeiterin Frau Krahé angesetzt. Der Richtlinienentwurf lag nun nach langem Mitprüfungsgang aller zu beteiligender Referate endlich vor und sie konnten sich an die Formulierung der Leitungsvorlage machen. Steinert skizzierte zunächst die anzusprechenden Punkte und den Aufbau dieser Vorlage. Außerdem übergab er seinen beiden Mitarbeitern einen wieder selbst entworfenen Textteil zu möglichen politischen Implikationen der Neufassung. Nach dem damaligen Reinfall bei der Einsatzrichtlinie »Geiselnahme« hatten sie weitere in dieser Hinsicht ebenfalls kritische Vorlagen stets um einen Abschnitt mit Aussagen zu dieser Frage ergänzt, was vom Staatssekretär ausdrücklich positiv registriert worden war. Dieser hatte sogar selbst das Parlament- und Kabinettreferat auf Bitten Steinerts damit beauftragt, ihnen die dazu notwendigen Dokumente (zum Beispiel Sitzungsprotokolle parlamentarischer Gremien) zur Auswertung zu überlassen. Herr Schmidtke und Frau Krahé hatten dann den finalen Entwurf dieser Vorlagen erstellt, und die weitere Arbeit verlief außerordentlich effektiv.

Mittlerweile war es bereits 19:30 Uhr geworden und Steinert wollte sich gerade auf den Weg nach Hause machen, als Frau Krahé noch einmal zurück in sein Arbeitszimmer kam. Ihm war schon aufgefallen, dass sie in den letzten Monaten ihre Arbeitszeit mehr und mehr in den Abend hinein verschoben hatte, sodass ihm der Gedanke gekommen war, dass sie möglicherweise Probleme in ihrer Ehe habe. Jetzt stand sie wieder vor ihm mit ihrem hinreißend strahlenden Lächeln und meinte: »Ich bewundere Sie, Herr Steinert, wie Sie es neben der ganzen anderen Arbeit schaffen, diese Unmengen von Papier so schnell auszuwerten und auf das Notwendige zu konzentrieren. Wo lernt man das?«

Steinert machte diese unverhohlene Bewunderung der hübschen, jungen Frau verlegen und er murmelte nur: »Ach, glauben Sie mir, als Richter habe ich noch viel mehr durchackern müssen, um was Vernünftiges zusammen zu bringen.«

»Na jedenfalls meine ich, dass Sie zu Ostern auch mal was Süßes für die viele Mühe verdient haben, Herr Steinert«, erklärte sie, überreichte ihm eine kleine Tüte mit Pralinen und wünschte »guten Appetit!«. Er stand verdutzt da und sie verließ sofort und amüsiert sein Zimmer. Er konnte ihr nur »Danke, danke!« hinterherrufen, als sie verschwand.

Verwirrt setzte er sich erst einmal wieder an seinen Schreibtisch und sinnierte vor sich hin. Da war etwas geschehen, dessen Entwicklung sich schon länger angedeutet hatte, was er aber nicht hatte wahrnehmen wollen. Jetzt gab es auch für die Szene, die sich vor etwa zwei Wochen zwischen ihnen abgespielt hatte, nachträglich eine eindeutige Erklärung. Er hatte sie da wegen notwendiger Veränderungen eines Erlassentwurfs zu sich bestellt, und sie hatten übers Eck am Tisch seiner Besucherecke sitzend den Entwurf zusammen durchgearbeitet.

Die Arbeit mit Frau Krahé gefiel ihm außerordentlich gut, weil sie blitzschnell verstand, was er wollte und dann auch sprachlich hervorragend umsetzte. Das Tempo, mit dem sie sich in letzter Zeit dabei immer mehr auf die Denkweise ihres Chefs eingestellt hatte, blieb natürlich den anderen Angehörigen des Referats nicht verborgen. Es war schon so weit gekommen, dass sie Steinerts begonnene Sätze bei einer kurzen Unterbrechung selbst richtig beendete. Als er von Hennings gefragt wurde, was er denn eigentlich mit Frau Krahé gemacht habe, dass die bei ihm »jetzt so flott funktioniere«, hatte er das Gefühl, dass man hier sehr wachsam geworden war. Er sah darin aber kein Problem und antwortete Hennings, dass er froh über die Aufgabe der eisigen Distanz sei, die Frau Krahé in der Anfangszeit ihm gegenüber an den Tag gelegt habe, sodass jetzt alles viel schneller laufe.

Bei dieser gemeinsamen Arbeit vor zwei Wochen war es nicht ausgeblieben, dass sie näher zusammenrückten. Als er bei der Formulierungsarbeit dann einmal intensiv um einen richtigen Fachbegriff rang und sie dabei grübelnd ansah, bemerkte er, wie nahe sie seinem Gesicht jetzt war und ihm dabei unverwandt mit ihren umwerfend schönen, braunen Augen direkt in seine Augen blickte. Nach zwei oder drei Sekunden hatte sie immer noch nichts gesagt und auch nicht ihren Blick abgewendet. Darauf hustete er nervös und stand auf, um das Fenster für frische Luft aufzumachen, wie er sagte. Wieder zum Tisch zurückgekehrt setzte er mit etwas größerem Abstand zu ihr die Arbeit fort, als ob nichts geschehen wäre. Insgeheim hatte er sich aber gefragt, ob sie ihm nicht möglicherweise mehr als nur Konzentration auf seine Worte bedeuten wollte, was er sich dann aber als unwahrscheinlich ausredete. Sie war schließlich eine mit einem Düsseldorfer Makler gut verheiratete Frau Mitte dreißig, die es seit ihrer Zugehörigkeit zum Referat ersichtlich nicht darauf anlegte, anderen Männern zu gefallen und deshalb stets Abstand hielt.

Doch das war unübersehbar heute eine ganz andere Frau Krahé, die sich jetzt nahezu unbemerkt in seine Gefühlswelt gedrängt hatte; das musste er sich etwas widerwillig eingestehen. Er spürte ein neues, riesiges Problem auf sich zukommen.

❊❊❊

In der Nacht fand er kaum Schlaf. Immer wieder suchte er eine Lösung der Frage, wie er so schnell wie möglich die persönliche Situation zwischen Frau Krahé und sich bereinigen könne. Sehr schnell war ihm die Generalrichtung dieser Lösung klar: So berauschend der Gedanke an eine Affäre mit dieser Frau auch war, er würde Stefanie niemals betrügen. Vielleicht hätte er das früher riskiert, als ihre Ehe noch nicht so gefestigt war, wie vor der Katastrophe in Münster. Heute würde er aber keinesfalls mehr Stefanie enttäuschen wollen und damit außerdem seine mühsam wiedergefundene Basis für sein berufliches und persönliches Glück gefährden. Was ihm aber Kopfschmerzen bereitete, war, dass er Frau Krahé dann wahrscheinlich als wertvolle Mitarbeiterin verlieren würde. Sie war eine sehr stolze Frau, die wahrscheinlich nie eine Zurückweisung von männlicher Seite erlebt hatte. Und er musste sie zurückweisen, denn die nicht erwiderten Gefühle würden die weitere Zusammenarbeit sicher arg belasten.

❊❊❊

Melanie Krahé verbrachte ebenfalls eine unruhige Nacht. Ihr ließ die heutige Reaktion ihres Chefs, die sie nicht klar deuten konnte, keine Ruhe. Sie wohnte jetzt für eine Übergangszeit bei ihrer Freundin, nachdem sie vor etwa einem halben Jahr aus der gemeinsamen Ehewohnung ausgezogen war. Sie hatte ihren Mann mit einer anderen Frau überrascht, als sie einmal vorzeitig nach Hause zurückgekehrt war und hatte darauf sofort mit ihm Schluss gemacht. Denn sie verzichtete lieber auf das verwöhnte Leben mit ihm, wie sie erklärte, als dass sie dann nicht mehr wisse, weshalb sie überhaupt noch zusammen waren. Sie hasste jetzt diesen oberflächlichen, leeren Windhund und konnte sich selbst nicht verzeihen, dass sie damals auf ihn hereingefallen war. Seine Versöhnungsversuche hatten keine Chancen und sie hatte die Scheidung beantragt.

Von dieser Veränderung hatte sie in ihrem Referat noch nichts erzählt, weil sie dann wieder das gesteigerte Interesse der Männer an ihr befürchtete, wie sie es in ihrer vorherigen Verwendung in einem anderen Referat erlebt hatte. Der damalige Referatsleiter, ein unansehnlicher, etwas beleibter Junggeselle im Alter von etwa 50 Jahren, hatte sie permanent verbal oder mit Geschenken verfolgt, sodass sie ihn am Ende sogar ultimativ abwehren musste. Als dann vor etwa dreieinhalb Jahren fachlich geeignete Mitarbeiter für den Stab des Herrn Steinert gesucht wurden, hatte sie sich sofort gemeldet und war wegen ihrer guten Beurteilungen aus dem Bewerberkreis von ihm ausgewählt worden. Aus ihren ersten beruflichen Kontakten hatte sie von Steinert, den sie als hochintelligent und dazu auch noch als gut aussehend wahrnahm, den Eindruck gewonnen, dass dieser wahrscheinlich ein Frauenheld war. Um nicht wieder in die bekannte und die dienstliche Zusammenarbeit arg belastende Situation zu geraten, hatte sie von Anfang an konsequent auf ein kühles zwischenmenschliches Klima geachtet. Das stand dann aber, wie sie danach erfreut bemerkte, der Entwicklung eines normalen, entspannten dienstlichen Verhältnisses zu Steinert nicht entgegen. Später erkannte sie, dass Steinert, der alle Mitarbeiter gleich behandelte, eher introvertiert angelegt war und sich für die Mitarbeiter des Referats persönlich nur so weit wie nötig und menschlich geboten interessierte. Bei dieser für sie jetzt wohltuenden Arbeitsatmosphäre hatte sie sich viel besser als früher fachlich in Szene setzen können und hatte so immer bessere Leistungen abgeliefert. Ihr war dann nach und nach klar geworden, dass es maßgeblich Steinerts Führungsverhalten war, das diese für sie so positive Entwicklung bewirkt hatte. So hatte sich bei ihr langsam ein stärkeres Interesse für seine besonderen Qualitäten eingeschlichen. Steinert war nicht nur ein überragender, unglaublich reaktionsschneller Jurist; er verfügte auch über ein geschicktes und großes Einfühlungsvermögen, mit dem er seine Mitarbeiter in schwierigen Arbeitssituationen überzeugen und motivieren konnte.

Dieses Interesse war dann schließlich in Sehnsucht nach Nähe zu diesem klugen, taktvollen, aber auch geheimnisumwitterten Mann umgeschlagen, dessen Vorgeschichte im Dunkeln geblieben war. Sie hätte nie geglaubt, dass sie sich einmal so stark zu einem Mann hingezogen fühlte. War das der Anfang der berühmten, großen Liebe, die sie, wie sie sich eingestand, bis dahin nie erlebt hatte?

Als sie dann vor ein paar Wochen bei einer referatsinternen Unterhaltung die Antwort Steinerts auf die Frage, ob er denn Kinder habe, hörte: »Leider nein, bisher nicht«, hatte sie auf einmal das Gefühl, dass es mit dem familiären Glück der Steinerts nicht so weit her war. Frau Steinert war ihr am Abend seiner Beförderung auch eher als eine vorwiegend intellektuell geprägte, selbstbewusste Ärztin und Frau erschienen, die ihren Mann wohl in der Hand hatte. Vielleicht sehnte er sich ja nach einer emotional viel stärkeren Frau, die eigentlich mehr auf eine Familie mit Kindern als auf ihren Beruf fixiert war? Nach den Erfahrungen ihrer verfehlten Ehe, in die sie damals hineingestolpert war, hatte sie begriffen, wie wenig man in jungen Jahren wusste, welcher Typ Partner zu einem passt. So war sie zu dem Schluss gekommen, dass ihr künftiger Lebenspartner ganz andere Qualitäten als Geld und Vermögen aufweisen sollte, um ihn zu einem von ihr respektierten Mann zu machen. Und Steinert strahlte diese Stärke aus, die ihn bisher auch mit Leichtigkeit alle Klippen in der Arbeit des Referats hatte überwinden lassen. Dabei war er auch nicht wie andere seiner erfolgreichen Kollegen in eitle Selbstbewunderung verfallen, sondern war nach wie vor bescheiden geblieben.

❋ ❋ ❋

Die Woche nach Ostern ging ohne das von Steinert beabsichtigte klärende Gespräch mit Frau Krahé zu Ende. Er hatte Angst davor. Und er war sich auch nicht ganz sicher, ob sie tatsächlich die von ihm vermuteten, zu starken Gefühle für ihn hatte; denn wenn es nicht so war, würde er sich nur blamieren. Sie war ihm die letzten Tage auch ernster, reservierter begegnet. Als er am Freitag gegen 17 Uhr nach Hause aufbrechen wollte, erschien dann Frau Krahé plötzlich wieder in seinem Zimmer.

»Herr Steinert, ich glaube, dass ich Ihnen etwas zu nahe getreten bin am Dienstag, es tut mir leid, das hätte ich nicht machen sollen«, eröffnete sie sofort und noch in der Tür stehend das Gespräch. Frau Krahé wollte Klarheit haben, weil sie die ungeheure Spannung zwischen ihnen nach diesem Dienstag registriert hatte.

»Es ist gut, dass wir noch einmal darüber sprechen, Frau Krahé, ich wollte das auch schon«, erwiderte Steinert erleichtert, »Frau Krahé, Sie sind nicht nur eine vorzügliche Sachbearbeiterin, sondern auch eine bemerkenswerte Frau, die man nur bewundern kann. Natürlich habe ich mich deshalb über Ihr kleines Ostergeschenk besonders gefreut. Mir ist aber gleichzeitig bewusst geworden, dass wir zwangsläufig zum Anfang einer Beziehung kommen, wenn sich das so weiter entwickelt. Und das kann ich nicht, denn ich liebe meine Frau, ich werde sie nie verlassen oder enttäuschen. Vielleicht haben Sie das ja auch gar nicht im Sinn, dann entschuldige ich mich für diese dann unangebrachte Aussage.« Er hatte diese vorgedachten Sätze, um sich nicht ablenken zu lassen, mehr vor sich hin gesagt und blickte sie jetzt erst voll und auch traurig an. Frau Krahé wollte etwas sagen, hielt dann aber inne, während sie ihm wieder unverwandt in die Augen blickte. Diesmal senkte er nicht seinen Blick und bemerkte, wie ihre Augen feucht wurden. Er nahm sie kurz und fest in seine Arme, was sie reglos geschehen ließ und flüsterte ihr nur ins Ohr: »Wir verstehen uns, Melanie, wir verstehen uns leider zu gut«, und ließ sie wieder los. Frau Krahé verharrte nur kurz und ging dann entschlossen und ohne Worte hinaus.

✻ ✻ ✻

Die folgenden drei Wochen verliefen zwischen ihnen beiden reibungslos. Sie behandelten sich im dienstlichen Miteinander mit ausgesuchter Höflichkeit. Steinert empfand neben seiner Zuneigung zu ihr jetzt auch noch großen Respekt, denn sie war initiativ geworden und hatte entschlossen das anwachsende Problem zwischen ihnen gelöst. Am Dienstag in der vierten Woche danach platzte dann die Bombe. Vom Leiter des Personalreferats erhielt er die telefonische Mitteilung, dass sich »seine« Frau Krahé um eine andere Verwendung beworben habe, und zwar im Referat Verfassungs-/Verwaltungsrecht der Abteilung 1 des Ministeriums, die in einem anderen Gebäude in Düsseldorf untergebracht war. Zur Begründung habe sie ausgeführt, dass sie jetzt ja eine ausreichende Stehzeit in seinem Rechtsreferat hinter sich habe und aus Gründen der Verwendungsbreite wechseln wolle. Sie habe bei Herrn Steinert so viel Gefallen und Interesse an Rechtsaufgaben gewonnen, dass sie sich auf dieser Linie künftig weiter entwickeln wolle. So wie es aussähe, meinte der Personalführer, sei Frau Krahé auch eine aussichtsreiche Kandidatin für diesen anspruchsvollen Job; deshalb werde ihre Bewerbung auch vom Referatsleiter dort favorisiert. Jetzt müsse man ihn fragen, wie er ihre Abkömmlichkeit hier beurteile.

Steinert musste erst einmal schlucken, dann antwortete er gefasst, dass er sie als ganz vorzügliche Mitarbeiterin eigentlich nicht gehen lassen wolle, dass er ihr aber keinesfalls den weiteren Weg verbauen könne, weil sie das nicht verdient habe. Er halte sie außerdem prädestiniert für das Aufstiegsverfahren zum höheren Dienst. Darauf dankte ihm der Personalführer »für diese interessante Einschätzung«, die bei Frau Krahé in ihrem jetzigen Stadium gerade richtig komme. Sie befinde sich ja, wie er sicher wisse, im Scheidungsverfahren und werde, wenn man ihr jetzt diese Chance eröffne, durch die Aussicht auf ein höheres Berufsziel sicher positiv motiviert und von dem sie sehr belastenden Verfahren abgelenkt; sie hätten sich deshalb schon etwas Sorgen um sie gemacht. Um die Nachfolge auf ihrer Stelle brauche er sich im Übrigen keine Sorge zu machen, weil sein Referat wohl eine große Anziehungskraft entwickelt habe und genügend geeignete Kandidaten zur Verfügung stünden.

Anschließend erzählte er sofort Hennings von dieser Entwicklung. Hennings erklärte ihm, dass er selbst von dem Scheidungsverfahren erst vor zwei Wochen von ihr erfahren, aber auf ihren ausdrücklichen Wunsch nichts davon weiter gesagt habe.

Abends berichtete er Stefanie von dem anstehenden Wechsel im Referat und gab sich, was er sich vorher strikt eingetrichtert hatte, bei seiner Schilderung sehr gelassen. Denn er wollte verhindern, dass sie aufgrund seiner Reaktion Zweifel an seinen Gefühlen zu ihr bekäme. Dabei fiel ihm ein, was der Vizepräsident Dr. Lohmüller des OVG Münster ihm damals gesagt hatte, als er freimütig seine Tötungsabsicht hatte bekennen wollen, nämlich, dass niemand seine Gedankenwelt offenbaren und sich damit selbst belasten müsse, denn nur auf das Ergebnis der Willensbildung komme es an. Irgendwie ergab diese Regel auch hier ihren Sinn.

Als er alles in sehr sachlichem Ton berichtet hatte, sah ihn Stefanie länger an und meinte dann nur: »Du hast sie sehr gemocht Frank, die Frau Krahé, nicht wahr?«

»Sie war mir recht sympathisch, das stimmt. Hoffentlich bekommen wir gleichwertigen Ersatz«, meinte er nur. Stefanie schaute noch einmal kurz zu ihm und wandte sich einem anderen Thema zu.

Im diskreten Dunkel der Nacht nahm er sich dann die nötige Zeit, die Ereignisse des Tages zu überdenken. Was war Melanie nur für eine tolle Frau. Sie wollte ihm etwas von ihren starken Gefühlen signalisieren, hatte dann aber nur wissen wollen, ob er auch für sie so empfinde, mehr nicht. Insbesondere wollte sie ihm nicht offenbaren, dass der Weg zu ihr bald frei sei. Nur dann, wenn er so wie erhofft reagierte, hätte sie den Gedanken an eine Beziehung mit ihm forciert. So aber hatte sie sofort und klar erkannt, dass Steinert voll zu seiner Frau stand und, wie in seinem ganzen sonstigen Verhalten, auch in Beziehungsdingen unbeirrbar war. Sie hatte dann nach dieser für sie beide schmerzlichen Begegnung durch ihren Weggang die Situation erträglicher machen wollen, nachdem sie offenbar wahrgenommen hatte, dass auch er auf einmal

Probleme mit seinen Gefühlen bekam. Ihr weitsichtiges, gefühlvolles Verhalten zeigte sich sogar im angestrebten Wechsel auf eine Stelle, bei dem sie sich künftig nicht weiter ständig über den Weg laufen würden. Es würde ihm dennoch schwer werden, künftig völlig auf ihren Anblick verzichten zu müssen. Was hatte sie nur für ihn empfunden und wie war das alles entstanden? Diese Frage würde für ihn nun immer unbeantwortet bleiben müssen.

Er hoffte nur, dass Stefanie ihm verzeihen würde, wenn er ihr in viel späteren Zeiten einmal von der Dimension des Gefühlsgewitters erzählte, das Melanie in ihm ausgelöst hatte. Er würde Melanie nie ganz aus seinem Herzen verbannen können. Oder er erzählte ihr doch besser gar nichts davon.

22. Kapitel   Düsseldorf, Sommer 1988

Zu einem »zwanglosen Orientierungsgespräch« hatte der Staatssekretär gebeten, was locker-harmlos klingen sollte, aber nach seinen Erfahrungen nie so war. Ministerialdirigent Wolters hatte mit diesem Staatssekretär so seine Erfahrungen und wusste, dass man bei ihm ständig auf der Hut sein musste. Anlass für das angesetzte Gespräch war offensichtlich seine Ankündigung gewesen, mit Ablauf dieses Jahres in den Ruhestand gehen zu wollen, sodass wohl die Nachfolgeplanung für ihn zur Debatte stand.

Als er im Vorzimmer des Staatssekretärs auf seinen dort wartenden Abteilungsleiter-Kollegen Dr. Lindemeyer von der Personal- und Dienstrechtsabteilung traf, bestätigten sich seine Ahnungen. Es ging also tatsächlich um seine Nachfolge und das Gespräch würde nicht zwanglos, sondern eher fundamental werden.

»Lieber Herr Wolters, ich hoffe, Sie nehmen es mir nicht übel, wenn ich mich jetzt schon mit den Folgen Ihres Weggangs Ende des Jahres befasse«, kam der Staatssekretär gleich zum Thema dieser Dreierrunde, »ich möchte unbedingt noch Ihre so berühmte Menschenkenntnis nutzen, damit wir später den richtigen Nachfolger für Sie finden.

Herr Lindemeyer, wenn ich mich recht erinnere, hatten Sie mir aus der letzten Personalplanungskonferenz drei potenzielle Nachfolgekandidaten auf diesem eminent wichtigen Abteilungsleiter-Posten genannt. Es gibt aus Ihrer Abteilung, Herr Wolters, einen sehr tüchtigen Leitenden Kriminaldirektor, der unter anderem sehr stark von der Gewerkschaft der Polizei favorisiert wird. Weiterhin haben wir den Abteilungsleiter Verfassungsschutz, der sich durch den Wechsel zur Polizeiabteilung breiter aufstellen und für höhere Aufgaben qualifizieren will. Und wir haben den Ministerialrat Steinert, der seit seinem Wechsel von der Justiz zu uns ganz Beachtliches geleistet hat und aus dem Rahmen der üblichen Bewerber herausragt. Hier zunächst die Frage an Sie, Herr Lindemeyer, hat Steinert Ihnen oder dem Personalreferat gegenüber einmal etwas über seine persönlichen Karrierevorstellungen verlauten lassen, wo strebt er hin?«

Lindemeyer überlegte kurz; Wolters kannte ihn als gewieften Taktiker, der nichts vorschnell beantwortete: »Jetzt, wo Sie mich das fragen, Herr Staatssekretär, wundert es mich selbst etwas, aber der Steinert hat sich dazu noch nie geäußert. Vor etwa fünf Jahren, bei seiner Beförderung zum MinRat, habe ich etwas länger mit ihm gesprochen. Er war da noch so dankbar, dass er nach dem damaligen Eklat in der Justiz, Sie erinnern sich Herr Staatssekretär, bei uns neu starten konnte. Danach hat er keinerlei Interesse an höheren Zielen erkennen lassen. Das heißt aber nicht, dass man ihn als ehrgeizlos einschätzen sollte, ich glaube, er weiß durchaus seine Chancen einzuschätzen.«

»Wir wollen jetzt ja auch nicht zu einem Kandidaten-Ranking kommen; es geht mir zunächst nur um überhaupt mögliche Konstellationen«, flocht der Staatssekretär ein,

»hat er Ihnen gegenüber, Herr Wolters, mal etwas erwähnt, Sie haben ja, glaube ich, ein sehr offenes persönliches Verhältnis zu ihm.«

»Nein, Herr Staatssekretär, ganz anders als sonstige uns wohlbekannte und manchmal nervige Streberlinge, die einen für ihre Karrierezwecke einspannen wollen, hat er sich bei mir nicht ein einziges Mal für eine personelle Chance interessiert. Wenn Sie mir an dieser Stelle einmal die Bemerkung erlauben, Herr Staatssekretär, das ist eben die besondere Stärke des Steinert. Er vergeudet nie seine Zeit mit irgendwelchen Um- oder Nebenwegen, sondern marschiert immer unmittelbar zum zentralen Arbeitsziel, das schätze ich ganz besonders an ihm. Der Mann ist an Effektivität nicht zu überbieten.«

»Und sagt diese persönliche Einschätzung auch etwas zu Ihrer Einschätzung in der Nachfolgefrage aus, Herr Wolters?«, fragte der Staatssekretär gleich nach.

»Ja, natürlich, Steinert wäre mein Top-Kandidat, nicht nur nach Leistungsgesichtspunkten, auch in charakterlicher Hinsicht. Er ist eine gefestigte Führungspersönlichkeit, der sich nicht so schnell auf diesem Schleudersitz beirren lassen würde und unsere Polizei nach außen bestens vertritt. Als völliger Außenseiter hat er es in kurzer Zeit geschafft, dass die Polizeiarbeit allgemein in besserem Licht dasteht, und, dass auch der einfache Polizeibeamte in ihm nicht den ministeriellen Kontrolleur sieht.« Dieses Plädoyer musste Wolters jetzt loswerden, weil sich irgendwie bei ihm der Eindruck einschlich, dass der Staatssekretär hier möglicherweise die Weichen ganz anders als gedacht stellen wollte.

»Nun, die beiden anderen Kandidaten dürften in charakterlicher Hinsicht sicher genauso untadelig sein, wie Steinert, schätze ich«, meinte der Staatssekretär unter beifälligem Murmeln von Dr. Lindemeyer, »ich habe übrigens Steinerts beachtliches Leistungspotenzial zum Glück selbst etwas näher kennengelernt; er hat mir verschiedentlich in anderen Bereichen der inneren Sicherheit zugearbeitet. Für mich ist eigentlich nur die Frage offen, wie gut Steinert eigentlich vernetzt ist. Bei den beiden anderen ist das bekannt, sie gehören meines Wissens beide unserer Regierungspartei an. Steinert hat dagegen mir gegenüber einmal mit etwas Stolz auf seine Nichtzugehörigkeit zu einer politischen Partei hingewiesen.«

»Auf der Führungsebene des Ministeriums kann die gute Vernetzung mit politischen Entscheidungsträgern nur ein Gewinn für die Arbeit sein«, nahm Dr. Lindemeyer sofort den Ball des Staatssekretärs auf, weil ihm klar geworden war, wie schwer ein Votum für Steinert durchsetzbar sein würde, wenn dabei zwei aussichtsreiche Kandidaten der Regierungspartei auf der Strecke blieben.

»Andererseits ist das Maß an Objektivität und persönlicher Integrität höher anzusetzen, wenn an dieser Stelle parteipolitische Einflussnahmen und Denkweisen ausgeschlossen werden können«, warf Wolters sofort ein, der merkte, wohin das Gespräch lief.

»Aber sind das nicht bloße Modellvorstellungen von einem überneutralen Staatswesen, Herr Wolters? Die Politik umgibt uns doch ständig und überall. Auch Steinert scheint dieser hehren, aber vielleicht doch etwas überholten Ansicht zuzuneigen, was ich verschiedentlich auch bei ihm bemerkt habe. Was nutzt uns die fachlich hochqualifizierte Arbeit, wenn sie unkalkulierbare politische Implikationen heraufbeschwört und den Minister dadurch in Gefahr bringt?«. Jetzt war es Wolters klar, was das Gespräch heute zum Ziel hatte und er hütete sich vor weiterer Vertiefung, die einem späteren Personalvorschlag »Steinert« nur schaden würde.

»Herr Wolters, für den Fall, dass Steinert auf dem Abteilungsleiter-Posten nicht durchsetzbar sein sollte, gibt es denn woanders eine ausgleichende Lösung für dieses Ausnahmetalent?«, fragte der Staatssekretär nach, dem sehr daran lag, Wolters nicht zu enttäuschen. Der Staatssekretär kam damit auf die Überlegungen von Wolters zur weiteren Umorganisation seiner Polizeiabteilung zurück. Hier konnte Wolters noch etwas Positives für Steinert in Gang setzen, damit dieser »nichtvernetzte« Mann beim Personalpoker später nicht einmal durchs Raster fiel. Und ihm war klar, dass der Staatssekretär von Anfang an nur auf eine Ersatzlösung für Steinert abgezielt hatte, um ihn als Kandidaten für den Abteilungsleiter-Posten eliminieren zu können.

»Ja, Herr Staatssekretär, Sie kennen ja noch den Vorschlag, eine Referatsgruppe Recht und Verwaltung zu bilden, wo dann auch die polizeiinterne Datenverarbeitung, neue Kommunikationstechniken und der Datenschutz ihren Platz finden. Wir sollten das möglichst umgehend auf den Weg bringen, weil sich die Technik hier rasant entwickelt und wir im Ministerium darauf unmittelbar Zugriff haben müssen. Steinert wäre auch hier der richtige Motor als Gruppenleiter«, beendete Wolters seinen Beitrag.

»Sehr gut, Herr Wolters, dann bereiten Sie doch alles zusammen mit der Organisation vor, wir sollten hier in der Tat nicht weiter warten. Gut dass Sie das Thema nochmals angesprochen haben, Herr Wolters. Vielleicht bekommen wir das noch hin bis zu Ihrem Weggang. Das war's jedenfalls erst einmal für heute.«

Als sie darauf das Zimmer des Staatssekretärs verlassen wollten, hielt dieser Dr. Lindemeyer noch zu kurzer Rücksprache »in anderer Sache« zurück, sodass Wolters alleine hinausging. Er war etwas verärgert über das Ergebnis. Er hatte sich auf seinem einflussreichen Posten, den er 14 Jahre innegehabt hatte, einen »strahlenderen« Nachfolger gewünscht. Das würde nur wieder das typische Kompromissgeschäft werden, bei dem es nur ja keinen Verlierer geben durfte. Aber – damit wollte er jetzt auch nichts mehr zu tun haben. Hauptsache war, dass er für »seinen« Steinert wenigstens noch etwas hatte tun und ihn für seine Tüchtigkeit hatte belohnen können. Vielleicht half ihm dies, sich später doch noch bei der Abteilungsleiter-Nachfolge gegen seine Konkurrenten durchzusetzen.

✳✳✳

Was Wolters nicht ahnte, war, dass die Besprechung von eben noch eine kurze, aber entscheidende Fortsetzung hatte, von der er vom Staatssekretär bewusst ausgeschlossen worden war.

»Herr Lindemeyer, Sie haben gesehen, wo die Nachfolgefrage uns hier hinführt. Wir müssen da sehr aufpassen. Eins sage ich Ihnen: Wenn Sie in Ihrer Nachbesetzungsvorlage zu dieser Abteilungsleiterstelle, die Sie der Leitung zu gegebener Zeit präsentieren, den Steinert als möglichen Kandidaten nennen, haben wir alle ein Problem. Denn an Steinert kommen wir nicht vorbei, er ist mit Abstand der leistungsstärkste Kandidat und von brillanter Überzeugungskraft, die auch beim Minister durchschlagen dürfte. Hat er dann durch diese Stellung erst einmal den Zugang zum Minister und auch dessen Vertrauen, läuft hier Vieles anders als gewohnt und sicher nicht friedlich. Denn Steinert geht kaum Kompromisse ein, und wir werden über kurz oder lang auch in hartes Fahrwasser mit der Politik geraten«; der Staatssekretär kam zum Ende seines ungewöhnlich langen Problemaufrisses und jetzt zum Wesentlichen:

»So tüchtig, wie dieser Mann ist, so sehr wäre er aber als Abteilungsleiter auf Leitungsebene eine Gefahr für unser ausgewogenes System der Entscheidungsfindung. Und das wollen Sie doch sicher auch möglichst bewahren, Herr Lindemeyer?«, wandte sich jetzt der Staatssekretär in einer fast kameradschaftlichen Attitüde an Dr. Lindemeyer, der sich eiligen Kopfnickens befleißigte.

»Schön, dann sollte zwischen uns eigentlich klar sein, dass Steinerts Namen gar nicht erst für derartige Verwendungen ins Spiel gebracht wird. Wenn er von anderer Seite einmal benannt werden sollte, ist es früh genug, sich mit dem Problem zu befassen.« Lindemeyer beeilte sich nochmals, sein Einvernehmen zu dieser stillschweigenden, nicht dokumentierten Regelung zu beteuern und verließ im Hochgefühl exklusiven Geheimwissens das Zimmer des Staatssekretärs.

23. Kapitel   Kaiserswerth, Winter 1989

Es war Franks ausdrücklicher Wunsch gewesen, dieses Ereignis einmal ganz anders als sonst gepflegt zu feiern. Er hatte Stefanie erklärt, dass ihre Eltern, die gesundheitlich doch schon etwas angeschlagen waren, möglichst nicht hiermit belastet werden sollten, dass es aber deshalb nicht minder festlich ablaufen solle. Der Anlass war, dass Frank Anfang Januar 1989 seine Beförderungsurkunde zum Leitenden Ministerialrat vom Staatssekretär des Ministeriums erhalten hatte und zum Gruppenleiter in der Polizeiabteilung berufen worden war. Als Stefanie das ihren Eltern mitgeteilt hatte, wollten diese dann auch spontan zu einem festlichen Abend in ihrem Haus einladen. Stefanie wandelte das unter Hinweis auf Franks ausdrücklichen Wunsch in eine Samstagabend-Einladung ihrerseits ins Nobel-Restaurant »Im Schiffchen« in Kaiserswerth um. Frank legte außerdem Wert auf die Teilnahme auch des Ehepaars Weigelt, der Freunde ihrer Eltern. Diese erweiterte Einladung Franks brachte dann ihre Eltern auf die Idee, nicht nur sie, sondern auch die Weigelts zur anschließenden Übernachtung in ihrem Haus zu bitten. So blieb den Weigelts die abendliche, belastende Rückfahrt nach Solingen erspart.

Sie trafen sich zunächst alle im Haus ihrer Eltern und fuhren dann zum Restaurant am Kaiserserswerther Markt, mit dem für sie festlich gedeckten Tisch. Als sie alle sechs

Platz genommen hatten und der Champagner serviert worden war, hielt Frank eine kleine, schon lange vorher ausgedachte Rede. Er erinnerte an den Beginn ihrer aller Familienfreundschaft vor mehr als 15 Jahren, an die Höhen, aber auch an die unsägliche Tiefe, die er mit Stefanie zusammen in dieser Zeit durchlebt habe. Nun hätten sie wieder die Höhe erreicht, was Anlass zum Feiern gebe, aber weit mehr noch ihn zum Dank an sie alle verpflichte. Vor 15 Jahren habe er noch nicht erfasst, wie fragil ihr privates und berufliches Lebensglück eigentlich war, und wie sehr er und Stefanie auf ihr Elternhaus, wozu auch die Weigelts zählten, angewiesen waren. Damals hatte er eben noch geglaubt, alle Herausforderungen des Lebens selbst bewältigen zu können. Er sei auf ganz schlimme Weise von dieser Selbstüberschätzung geheilt worden. Auf dem Rückweg zum normalen Leben habe er dann von ihnen allen nie Belehrungen, sondern so viel rührendes Verständnis gefunden. Wenn er heute zurückblicke, müsse er feststellen, »dass Du, Wilhelm, in allem, was Du anfangs an Bedenken gegen meinen Wechsel des Gerichtszweigs geäußert hast, voll recht hattest. Der Wechsel war dumm und hat mir und Stefanie nur das Leben erschwert, völlig unabhängig von dem nicht vorhersehbaren Desaster in Münster. Aber Du, Wilhelm, hast mir immer wieder Mut für den neuen Weg in der Ministerialverwaltung gemacht, der dann kein schlechter Ersatz für mich wurde. Ich bin froh, dass ich ein so gutes Zuhause durch Euch alle hatte, dafür werde ich Euch ewig dankbar sein, von ganzem Herzen.«

Es bedurfte einiger Zeit, bis die kleine, sehr still gewordene Gesellschaft nach Franks anrührender Rede wieder in eine gehobene Stimmung kam. Stefanie erzählte ihm später, dass nicht nur sie bei seinen ehrlichen Worten Tränen in die Augen bekommen hätte, sondern dass sie das sogar bei ihrem Vater, bei dem das noch nie der Fall gewesen sei, bemerkt hätte. Nach diesem nachdenklichen Auftakt sorgte ihr Vater dann aber, sich seiner alten Führungsrolle wieder bewusst werdend, schnell für den Übergang auf fröhliche und geselligere Themen. Bei unbeschwerter, lockerer Stimmung wurde der Abend viel länger als gedacht.

Nach dem Frühstück am nächsten Tag verabschiedeten sich die Weigelts. In ihrem abschließenden Resümee des gestrigen, »rundum gelungenen« Abends hoben sie hervor, wie sehr sie sich darüber gefreut hätten, dass Frank sie in die Familie mit einbeziehe; das hätten sie von ihm als einem sonst so kühlen Menschen niemals erwartet. Er habe wohl mitbekommen, dass sein dramatisches Schicksal, das ihren Freund Wilhelm lange Zeit extrem bedrückt habe, auch sie nicht kalt gelassen hatte. Bevor sie in ihren Wagen stiegen, umarmten sie zum Abschied nicht nur Stefanie, sondern auch Frank.

Anschließend machten sich Frank und Wilhelm wieder auf den gewohnten Rundweg mit Erörterung der Neuigkeiten aus seinem Berufsleben. Frank erzählte von den organisatorischen Änderungen, die dann für ihn auch die Beförderung gebracht hatten. Er leite jetzt eine Gruppe von drei Referaten, die nicht nur um Rechts-, sondern auch um ein ganzes Bündel von Verwaltungsaufgaben erweitert worden sei. Der Staatssekretär habe ihm nach

Aushändigung der Beförderungsurkunde augenzwinkernd gesagt, dass er damit ja jetzt hoffentlich genug zu tun habe. Besonders angetan war Frank davon, dass ihm dieser dann auch noch ausdrücklich für die Erledigung der zahlreichen Sonderaufträge in den letzten fünf Jahren gedankt habe. Hierdurch habe er eine vorzügliche rechtliche Zusatzberatung erfahren, die er aber angesichts der nun stärkeren Belastung von Steinert nicht weiter in Anspruch nehmen wolle. Inzwischen habe er auch schon die ersten seiner neuen Mitarbeiter begrüßen können, die einen guten Eindruck machten. Das alles hatte Frank in eine sehr frohe Stimmung versetzt.

Wilhelm sagte dazu gar nichts und schlug vor, dass sie sich einmal kurz auf einer der Bänke in der Nähe der Kaiserpfalz am Rhein ausruhen sollten; er habe nicht mehr eine so große Kondition wie früher. Das hatte Frank auch schon an Wilhelms zunehmend schleppendem Gang bei den letzten Touren bemerkt. Als er Wilhelm einmal gefragt hatte, was denn sein Hausarzt zu seiner Gesundheit sage, reagierte dieser abweisend und gab strikt zu erkennen, dass das für ihn kein Thema sei; es sei alles gut, er brauche sich nicht zu sorgen. Zu Wilhelms Rollenverständnis passte es eben nicht, wenn Kinder begannen, sich um ihre Eltern zu sorgen, es musste andersherum laufen.

Sie verfolgten beide mit ihren Blicken ein sehr tief im Wasser liegendes Tankschiff, das wohl Chemieprodukte bis nach Ludwigshafen transportierte und sich langsam der gemächlichen Strömung entgegen rheinaufwärts bewegte. Frank erwartete dazu jetzt einen Kommentar seines aufmerksam beobachtenden Schwiegervaters, aber es kam ganz anders und zeigte wieder einmal, wie kritisch und präzise dieser kluge Mann alle berichteten Veränderungen in seiner Welt registrierte und analysierte.

»Frank, wie hieß noch mal Dein Abteilungsleiter, zu dem Du ja ein sehr gutes Verhältnis hast?«, setzte er an, und als dieser »Herr Wolters« antwortete, fuhr er fort: »der war doch schon älter, geht der nicht bald in Ruhestand?«

»Ich glaube ja, erst hieß es, dass er zum Ende des vorigen Jahres gehen würde, dann aber wurde das wegen irgendwelcher Nachfolgeprobleme aufgeschoben bis Ende März.«

»Ist denn etwas bekannt geworden über mögliche Nachfolger, Frank?«, fragte Wilhelm weiter, dem bewusst war, wie wenig Frank an derartigen Personalfragen Interesse hatte.

»Es gibt da einen Leitenden Kriminaldirektor, der gewerkschaftlich sehr aktiv ist und wohl gute Chancen hat. Aber sonst weiß ich nichts.«

»Hat man Dich denn mal gefragt, ob Du Interesse an dem Posten hast, insbesondere Dein Herr Wolters?«

»Nein, das erwarte ich auch nicht, da gibt es viele, die ältere Rechte haben. Außerdem bin ich eine Art Seiteneinsteiger in dieser Polizeiabteilung. Mir fehlt da der »Stallgeruch«, meinte er etwas ironisch.

»Das war aber doch gerade das besondere Qualitätsmerkmal, was ausschlaggebend für Deine Auswahl damals war und dem Du voll gerecht geworden bist. Da wird sich jeder der höheren Entscheidungsträger bei Euch hüten, das infrage zu stellen. Nein, so wie ich das sehe, steht hier was ganz anderes zur Debatte. Auffallend und ungewöhnlich ist, dass man mit der doch recht großen Umorganisation in Eurer Abteilung nicht bis zur Übergabe an den neuen Abteilungsleiter gewartet hat. Der neue wird vor vollendete Tatsachen gestellt, ohne dass er sich mit seinen Vorstellungen einbringen kann. Ich habe deshalb das Gefühl, dass diese Umorganisation bei Euch und Deine Beförderung ein taktisches Manöver war, um den Abteilungsleiterwechsel personell zu erleichtern. Sei jetzt nicht gekränkt, wenn ich die Vermutung äußere, dass man Dich möglicherweise mit der Beförderung abfinden wollte, damit Du ihnen nicht als Kandidat bei der Abteilungsleiter-Nachfolge in die Quere kommst. Ich könnte mir vorstellen, dass das auch der eigentliche Grund dafür ist, dass der Staatssekretär nicht mehr auf Deine Beratungsfunktion zurückgreifen will. Er möchte nicht, dass Du Dir zu viele Meriten erwirbst, die es ihm dann schwer machen, Dich nicht weiter zu fördern.«

Frank war zunächst überrascht von dieser Erklärungsvariante der neuen Geschehnisse, mokierte sich dann aber etwas darüber und erklärte, dass er sich nie so stark eingeschätzt hätte, um eine ernst zu nehmende Konkurrenz für andere bei der Abteilungsleiter-Nachbesetzung eine Rolle zu spielen. Vielleicht komme das ja mal später in Betracht, jetzt aber sei er hochzufrieden mit der Entwicklung. Im

Übrigen habe er sich geschworen, sich nicht noch einmal in ehrgeiziges Karrieredenken hineinziehen zu lassen, das bringe ihm nur Feinde und Enttäuschung.

»Da hast Du recht, Enttäuschung bringt es auf jeden Fall, da ist Fatalismus meist die bessere Einstellung. Du solltest aber trotzdem aufmerksam sein, was um Dich herum passiert. Denn es sind oft gar nicht so wohlwollende Menschen, die Dich da umgeben. So viel Bescheidenheit und Zurückhaltung wie Du kennen Deine Konkurrenten nicht. Manchmal ist es gut, genau das zu wissen«, schloss Wilhelm ab, der seinem Schwiegersohn jetzt auch nicht die Freude an seinem Erfolg versalzen wollte.

Wilhelm hatte im Grunde auch viel Verständnis für die Haltung von Frank, sich möglichst von dem »Gerangel« ums Weiterkommen fernzuhalten, wie es gerade in Ministerien typisch ist und manchmal menschenverachtende Entwicklungen auslöst. Und vielleicht hatte sein idealistischer Schwiegersohn ja tatsächlich einmal das Glück, der einzige Unbelastete zu sein, der bei Schlammschlachten um Beförderungsposten in der Arena übrig blieb und deshalb von allen dankbar auf den Schild gehoben wurde. Wilhelm sprach jedenfalls das Thema nie mehr an, weil er »seinen Kindern« auch die ungetrübte Freude lassen wollte, endlich die Phase der beruflichen Konsolidierung erreicht zu haben und sich nicht wieder mit neuen Herausforderungen auseinandersetzen zu müssen.

»Etwas wollte ich Dir aber doch noch im Anschluss an Deine schöne Rede gestern Abend sagen, für die ich Dir herzlich danke. Ich habe Dir noch nie gesagt, dass ich Dich eigentlich bewundere und sogar etwas beneide, wie gradlinig Du auf Deinem Weg von Anfang an vorangegangen bist, unter voller Inkaufnahme all der Hindernisse und Risiken, die andere scheuen würden. Meine Generation hatte nach Nationalsozialismus, Krieg, Leid und Armut dazu nicht mehr die Kraft. Ich bin deshalb, wie andere meiner Zeit auch, um des lieben Friedens willen Problemen oft aus dem Weg gegangen, damit Wiederaufbau und stabile Verhältnisse insbesondere für unsere Familie nicht gefährdet würden. Wir hatten dabei auch viel Glück. Manchmal aber hätte auch ich mehr Mut aufbringen müssen, weil doch Vieles in unserem Staat gar nicht gut angelegt ist. Du bekommst es auf Deinem Gebiet ja hautnah mit. Ich hoffe nur für Euch beide, dass Ihr durch die Politik nicht wieder einmal in schweres Fahrwasser geratet, und dass Ihr von Eurem so tüchtig aufgebauten Leben noch lange etwas habt.«

Eine derartig ernste und auch etwas pessimistische Einschätzung hatte Frank bisher noch nie von seinem Schwiegervater gehört. Dieser neigte bei allgemeinen Lagebeurteilungen sonst eher zu Zweckoptimismus. In späteren Zeiten musste er immer wieder an seine Worte denken, weil die Einschätzungen seines Schwiegervaters oft etwas Seherisches an sich gehabt hatten.

Später auf der Heimfahrt nach Köln erzählte er Stefanie von den »klugen Gedankenspielen« ihres Vaters, wie er es bewertete, die ihm aber keinerlei Sorge machen würden. Für ihn seien jetzt erst einmal ganz andere Dinge wichtig, damit er seinen neuen Aufgaben gerecht werde. Stefanie stimmte ihm zu, erinnerte sich aber gleichzeitig daran, wie richtig ihr Vater oft mit seiner nüchternen Beurteilung der Menschen um sie herum gelegen hatte. Sie kannte ihren Mann als Idealisten und musste vorbauen, dass er im weiteren beruflichen Leben nicht wieder eine menschliche Enttäuschung erlebte.

✳ ✳ ✳

Für Karfreitag 1989 hatte die Philharmonie in Köln die Johannes-Passion auf dem Programm ihres Barockmusik-Abonnements, das sie sich nun schon das zweite Jahr gönnten und beide voll genossen. Eine solche Qualität der Akustik hatten sie bisher noch in keinem Konzertsaal erlebt und sie hatten auch noch keine Veranstaltung ausgelassen.

Ihre Plätze in dem neuen, futuristisch gestalteten Bau hatten sie schon eingenommen, als die Mitglieder des Orchesters, des Chores und dann die Solisten, alle dunkel gekleidet, gemessen zu ihren Plätzen auf dem tiefen Rund der zentralen Bühne gingen. Von ihren Sitzplätzen auf halber Höhe des trichterartig angelegten Konzertsaals hatten sie eine sehr gute Sicht nach allen Seiten.

Die Halle war nahezu vollständig ausgebucht und Frank musterte in den Minuten bis zum Erscheinen des Dirigenten wieder überschlägig die Sitzreihen unterhalb der ihren. Da durchfuhr es ihn auf einmal wie ein elektrischer Schlag, denn links unten in unmittelbarer Nähe zur

Bühne erkannte er sie, die er so lange nicht mehr gesehen hatte: Melanie. Neben ihr saß ein etwas älterer, gutaussehender Mann, mit dem sie sich angeregt unterhielt. Er hatte dabei seine rechte Hand auf ihrem Unterarm liegen. Melanie war dem Anlass angemessen dunkel und dezent gewandet, ihr blondes Haar trug sie hochgesteckt. Etwa vier Jahre war es her, dass er sie nicht mehr gesehen, aber immer wieder mal an sie gedacht hatte. Er hatte ganz bewusst nicht mehr Interesse für ihren weiteren beruflichen Weg entwickelt, weil es ihm nicht bekam, wenn er sich gedanklich wieder näher mit ihr befasste. Die Mitarbeiter seines Referats hatten auch nichts mehr von ihr berichtet; möglicherweise war sie ja gar nicht mehr in seinem Ministerium beschäftigt. Mit gedämpfter Stimme teilte er Stefanie die Neuigkeit mit, die Frau Krahé dort unten auch sofort wiedererkannte.

In der Pause bestellten sie sich, wie sonst auch, ein Glas Sekt und platzierten sich an einem Stehtisch in der Wandelhalle des Erdgeschosses. Er hegte insgeheim die Hoffnung, dass Melanie wie die meisten der Besucher einen Rundgang machte und bei ihnen vorbei kam. Und so war es dann auch. Die Pause war fast schon zu Ende, als Melanie, unübersehbar in ihrer Anmut und mit ihrer warmherzigen Ausstrahlung sich ihnen langsamen Schritts von links näherte. Ins Gespräch mit ihrem Partner vertieft schaute sie kaum zu den anderen Besuchern und hatte ganz sicher nichts von ihrer Anwesenheit mitbekommen. Jetzt kam sie am rechten Arm ihres Partners schreitend unmittelbar an ihrem Tisch vorbei. Auch Stefanie nahm sie jetzt wahr.

»Hallo Frau Krahé, ich freue mich, dass es Ihnen gut geht«, sprach Frank sie unmittelbar an, der keinen Grund dafür sah, ihr aus dem Weg zu gehen. Er wollte dabei etwas mehr zum Ausdruck bringen als eine bloße Begrüßungsfloskel.

Frau Krahé drehte sich erschreckt zu ihm herum, erkannte ihn, und das aus lang vergangener Zeit gewohnte, strahlende Lächeln erhellte ganz kurz ihr Gesicht. Sofort wurde ihre Miene wieder verschlossen und sie bemerkte nur:»Hallo, ich heiße jetzt übrigens Renger, Herr Steinert.«

Steinert konnte darauf nur noch mit »Herzlichen Glückwunsch, Frau Renger« reagieren, weil sie mit ihrem Partner nicht stehenblieb, sondern offenbar unbeeindruckt weiterging. Er nahm nur noch deutlich wahr, dass beide einen Ehering an ihrer Hand trugen.

Es dauerte eine Weile, bis sie beide die Situation voll erfasst hatten und Stefanie bemerkte: »Eine bemerkenswerte Frau, wirklich sehr bemerkenswert.« Dann gingen sie wieder zum zweiten Teil der Passion hinein.

Zuhause machten sie es sich stets nach den außerordentlich schönen Konzerterlebnissen noch einmal gemütlich, weil man unmittelbar danach noch nicht zu Bett gehen konnte. So war es auch heute nach dieser Johannes-Passion. Frank sprach dann auch die Begegnung mit Frau Renger an und bemerkte bewundernd, dass diese wohl in ganz kurzer Zeit ihr Leben komplett aufgeräumt haben musste. Ihr neuer Mann mache einen guten Eindruck, er halte ihn für einen Arzt oder Professor. Man könne ihr nur Gutes für ihre weitere Zukunft wünschen, weil sie einen guten Charakter habe.

Nach einer nachdenklichen Pause meinte Stefanie: »Frank, ich glaube, dass diese außergewöhnliche Frau für mich eine große Gefahr geworden wäre, wenn sie weiter in Deiner Nähe geblieben wäre.«

Darauf nahm sie Frank, der so eine Wendung schon hatte kommen sehen, ganz fest in seine Arme und bemerkte leise: »Du kleines Dummerchen, ich liebe doch nur Dich«, und sie saßen noch lange Zeit und ohne Worte eng umschlungen zusammen. Die letzten Tage in Münster kamen ihm in den Sinn, als sie durch ihre Liebe für ihr weiteres Leben zu einer unzertrennlichen Gefahrengemeinschaft geworden waren.

24. Kapitel 1990 – 2015

Sie beide konnten jetzt, auf der Höhe des beruflichen Erfolgs von Frank angelangt, in den folgenden Jahren den Frieden erleben, den ihnen ihre Eltern so sehr gewünscht hatten. Immer wieder kamen ihm später die eindringlichen Worte seines Schwiegervaters am Tag nach seiner Beförderungsfeier in Kaiserswerth in Erinnerung. Dessen Bedauern, dass er, wie andere auch, nach dem Krieg nicht mehr Zivilcourage gegenüber negativen Entwicklungen entwickelt hatte, wollte Frank damals nur als generationstypisches Denken verstehen. Je öfter er aber später darüber nachdachte, desto mehr sah er darin eine Lebenserfahrung beschrieben, die er in vergleichbarer Weise jetzt, in der Mitte des Lebens, auch schon an sich wahrnahm. Die Freude und Bereitschaft, für etwas zu kämpfen, war bei ihm nach dem »Krieg« in Münster und dem »Wiederaufbau« in Düsseldorf in gleicher Weise eingeschränkt, zumindest aber durch die Erkenntnis relativiert, künftig bei derartigen Einsätzen nicht mehr den Verlust seiner mühsam wiedergewonnenen existenziellen Basis zu riskieren. Wenn man keine Chance hatte, durch Kampf etwas ganz Wichtiges, Lebensnotwendiges zu gewinnen, war es nicht sinnvoll, sein Leben damit zu vergeuden und außerdem noch die lieben und einem zugewandten Menschen da mit hineinzuziehen. Das führte dazu, dass Frank die einmal eingeschlagene, weise Linie der Selbstbescheidung aus voller Überzeugung einhielt und jegliches Streben nach höheren Ämtern aufgegeben hatte. Es blieben ihm dann auch viele Enttäuschungen erspart, wie sie seine Kollegen immer wieder durchmachten. Dafür konzentrierte er sich nicht minder intensiv auf seine Arbeit, ging aber nicht, wie früher, völlig darin auf. An den Wochenenden machten sie oft Ausflugsfahrten in die weitere Umgebung und längere Wanderungen. Stefanie hatte durch ihre Kliniktätigkeit Anschluss an einen Kreis von Frauen gefunden, die sich regelmäßig zuhause gegenseitig einluden. Wenn Stefanie mit der Einladung an der Reihe war, wollte die heitere Kölner Damenrunde gelegentlich auch einmal ihren »Oberpolizisten aus Düsseldorf« zu Gesicht bekommen, der sich damit aber etwas schwertat. Die Damen waren dann auch ziemlich enttäuscht, dass er nicht einmal Pistole und Handschellen als Insignien seiner polizeilichen Macht vorweisen konnte.

Der nicht so gesellige Frank war froh darüber, jetzt endlich einmal Zeit zum Lesen von nicht berufsbezogener Lektüre zu finden. Für sie beide war das Abonnement in der Philharmonie zu einem festen Bestandteil ihrer Liebe zur Musik geworden. Außerdem engagierte sich Stefanie nach wie vor im Chor von St. Aposteln.

Im Winter 1990, etwa ein Jahr nach seiner ausgedehnten Beförderungsfeier in Kaiserswerth, starb völlig überraschend Wilhelm. Er war in der Nacht ganz still und unbemerkt von seiner Frau Hildegard »einfach eingeschlafen«. Frank hatte nicht geglaubt, wie sehr ihn dieses Ereignis mitnehmen sollte. Er war eigentlich immer davon ausgegangen, dass Wilhelm ihm als Mentor noch sehr lange erhalten bleiben würde und hatte manchmal aufkommende

Zweifel in dieser Richtung systematisch verdrängt. Jetzt war es unabänderlich, und wenn er nun einmal seinen Rat brauchte, dann konnte er diesen nur noch mithilfe seines Vorstellungsvermögens daraus konstruieren, wie Wilhelm wohl in dieser Situation argumentiert hätte.

Stefanie wollte ihre Mutter Hildegard, die wegen ihrer zerbrechlichen Gesundheit nicht allein im Haus in Kaiserwerth bleiben konnte, in ihre Wohnung in Köln aufnehmen, was diese aber ganz entschieden ablehnte. Sie wollte ihnen partout nicht zur Last fallen, und sie mochte außerdem nicht »diese laute und brausende Stadt Köln«. Wilhelm und sie hätten jahrzehntelang in Kaiserswerth ein für sie und eine Zeit lang auch für Stefanie perfektes Zuhause gehabt. Sie wisse, dass das jetzt endgültig vorbei sei; ohne Wilhelm mache das Leben für sie ohnehin »nicht mehr viel Sinn«. Deshalb wolle sie unbedingt in die Kaiserswerther Diakonie, das habe sie auch schon so mit Wilhelm besprochen. Sie hatten darauf hin in den zwei Monaten nach Wilhelms Tod alles für den Wechsel dorthin vorbereitet. Zwei Tage vor dem Einzug in das Seniorenheim erlitt sie dann einen schweren Herzinfarkt und verstarb daran drei Tage später. Sie hatte ihm in ihrer lebenslangen treuen Hingabe offenbar gleich folgen wollen.

So tröstlich wie die Umstände des Todes ihrer beiden Eltern auch waren, so schwer war dennoch deren radikaler Abschied für sie beide. Frank kümmerte sich jetzt eingehend um Stefanie, die diesen Doppelschlag nur sehr schwer überwand; nun waren sie allein. Beide vermieden ein Gespräch über die Frage, was aus dem jetzt leeren Haus ihrer Eltern in Kaiserswerth werden solle. Der Nachbar, ein pensionierter Beamter, zu denen ihre Eltern ein gutes Verhältnis gehabt hatten, kümmerte sich einstweilen gegen Entgelt um das Anwesen. Ihre Eltern hatten alles in tadellosem Zustand hinterlassen, weil sie in der Vorstellung gelebt hatten, dass ihre Kinder unmittelbar nach ihnen dort einziehen würden. Bei ihren periodischen Kontrollfahrten nach Kaiserswerth behandelten diese das Haus aber so, als ob die Entscheidung ihrer Eltern über die künftige Nutzung noch ausstehe. Stefanie empfand die taktvolle Zurückhaltung von Frank, der sonst ein so schneller Organisator war, als außerordentlich wohltuend. Er zeigte damit, wie nachrangig für ihn die »materielle Abwicklung« dieses Todesfalls war, und, dass der erste Schritt dahin ausschließlich ihrer Initiative überlassen bleiben solle. Frank bekam für sie mehr und mehr das menschliche Format ihres Vaters, dem er sich die letzten Jahre ja auch zunehmend in seinem Denken angenähert hatte.

Ein halbes Jahr später verstarb auch Claudia Weigelt und ihr Mann Konrad zog zu seiner jüngeren Schwester nach Stuttgart. Der Verlust nun auch ihrer Patentante rüttelte Stefanie aus ihrer Lethargie wach und erinnerte sie daran, dass sie nicht weiter ihrem früheren Leben nachhängen könne. Eines Abends fragte sie dann ihren Mann, was sie denn nun eigentlich mit dem Haus in Kaiserswerth machen sollten. Frank antwortete darauf, dass sie vielleicht erst einmal überlegen sollte, die Ferienwohnung der Eltern in der Schweiz zu verkaufen. Sie hätte ja selbst schon früher geäußert, dass diese Wohnung jetzt eigentlich mehr zur Belastung geworden sei und sie bei ihren Urlaubsplanungen übermäßig binde. Stefanie stimmte ihm voll zu und meinte, sie sollten den Verkauf auch sofort in die Wege leiten und sich dann mehr Urlaube in ausgesuchten Hotels an neuen Zielen gönnen. Dann kam sie aber auf die Hauptfrage zum Haus in Kaiserswerth zurück und bat Frank um seinen Vorschlag. Nach längerer Überlegungspause meinte dieser nur, sie sollten in der Frage besser erst einmal eine Übergangslösung suchen. Es sei zu früh, jetzt über die Aufgabe der Mietwohnung und einen Umzug nach Kaiserswerth oder aber über den Verkauf des Hauses dort zu entscheiden. Das Beste für sie sei, das Haus dort zu vermieten und damit die Alternative seiner Nutzung als »Altersruhesitz« für sie offen zu halten. Auch damit war Stefanie sofort einverstanden, weil sich ihre Überlegungen in die gleiche Richtung bewegt hatten. Sie waren jetzt schon zu lange in Köln verwurzelt, als dass sie hier ihre Zelte abbrechen konnten. Diese Lösung behielten sie dann auch bis zum Ende ihrer aktiven Dienstzeit bei.

✳ ✳ ✳

Steinert blieb bis zu seinem 62. Lebensjahr im Dienst des Innenministeriums und beantragte 2007 seine Versetzung in den Ruhestand. Er wäre durchaus gerne länger im Dienst bis zur Regelaltersgrenze geblieben, suchte aber den früheren Ausstieg, weil er die Entwicklung seiner Arbeitswelt als immer unerfreulicher empfand. Seine Vorstellungen von einem »starken Staat«, dessen Konturen für jeden Bürger gleichermaßen unverrückbar und nicht verhandelbar sein müssten, wurden von der flexiblen Nachwuchselite abgelehnt und am Ende sogar belächelt. Diese boten der Leitung des Hauses in jeder Situation geschmeidige Ausweichlösungen an, die vermeintlich neue, bessere Wege der Kriminalitätsbekämpfung, der Transparenz der polizeilichen Arbeit und der Bürgernähe versprachen. Das immer weitere Zurückweichen staatlicher Gewalt war nur für ihn als ewig Gestrigem ein Thema, wie ihm bedeutet wurde. Die Präsenz der Polizei sollte mit viel subtileren Mitteln zum Ausdruck kommen als »mit seiner Keule«. So bekamen dann psychologisch geschickt entworfene Werbemittel zur Arbeit der Polizei ein zentrales Gewicht der politischen Aktivitäten der Leitung des Hauses und deren besondere Auftritte in der Öffentlichkeit, die schlagkräftiges Handeln suggerieren sollten. Nein, das entsprach nicht mehr seinem Staatsverständnis, das sollten andere weiterführen. Trotz seiner grundsätzlich anderen Haltung trug er aber die Entscheidungen seines Hauses ohne Wenn und Aber mit, weil Loyalität für ihn an erster Stelle seiner Pflichten gegenüber dem Staat stand und er auch die Larmoyanz von Kollegen nach Niederlagen im Wettstreit politischer Auseinandersetzungen verachtete. Er blieb so bis zum Ende seiner Dienstzeit ein nach wie vor hochgeschätzter Staatsdiener und Ratgeber der Leitung.

Nach seinem Abschied aus dem Staatsdienst arbeitete er noch bis 2013 in einer Kölner Rechtsanwaltskanzlei für Zivilrecht und kehrte dadurch wenigstens fachlich zu den Anfängen seiner beruflichen Tätigkeit zurück. Die Anwaltstätigkeit vorwiegend bei den Zivilkammern des

Kölner Landgerichts machte ihm viel Freude und stellte den angemessenen Übergang in ihrer beider Ruhestand dar, den sie beide für den Termin von Stefanies Beendigung ihrer Oberarzttätigkeit in der Klinik Ende 2013 vorgesehen hatten. Danach wollten sie sich entscheiden, wo künftig ihr Zuhause sein sollte.

Während dieser letzten Jahre schälte sich dann bei beiden immer klarer heraus, was sie nicht mehr wollten. Im »lauten und brausenden« Köln wollten sie nicht länger wohnen, weil ihnen jetzt mehr an der Nähe zur Natur lag. Nach Kaiserswerth wollten sie aber auch nicht mehr umziehen, weil sie sich dem Ort nach dem Tod der Eltern zu stark entfremdet hatten. Stattdessen hatten sie durch ihre häufigen Touren rheinaufwärts an Wochenenden mehr Gefallen an den kleinen und reizvollen Städtchen am gebirgigen Mittelrhein gefunden. Hier würden sie die Natur vor der Haustür finden, ohne dass sie später unbedingt auf das Auto angewiesen waren. Ihre Beziehungen zu Köln und zu ihren Freunden/Bekannten dort würden sie aller Voraussicht nach noch lange aufrecht erhalten können. So hatte langsam der Gedanke des Wechsels in eine völlig andere Umgebung in dem neuen und ganz anders zu gestaltenden Lebensabschnitt von ihnen Besitz ergriffen. Es war ein Wagnis mit begrenztem Risiko, weil sie durch den lukrativen Verkauf des Hauses in Kaiserswerth genügend Geldmittel als Reserve haben würden, wenn sie sich vielleicht wieder zurück nach Köln sehnten.

Im letzten Jahr 2014 vor dem angestrebten Aufbruch intensivierten sie ihre Erkundung der Zielregion und buchten sogar zweitägige Hotelaufenthalte in den rheinaufwärts gelegenen Städten bis hinauf nach Neuwied. Es schälte sich heraus, dass entweder Bonn oder Franks ehemalige Heimatstadt Bad Honnef die besten Voraussetzungen für die angestrebte Kombination der Nähe zur Natur mit schneller Erreichbarkeit der von ihnen bevorzugten Ziele boten. Durch Kontaktaufnahme mit einem Immobilienmakler kamen sie dann an das Verkaufsangebot eines älteren Hauses in Rhöndorf, dessen Eigentümer-Ehepaar sich aus Altersgründen kleiner setzen wollte. Nach Abwicklung des Geschäfts dauerte es noch mehr als ein halbes Jahr, bis das Haus grundlegend saniert sowie rundum modernisiert war und sie den Umzug terminieren konnten.

Silvester 2014/15 war es dann so weit, dass das ihren Freunden in Köln schon lange vorher angekündigte Fest ihres Einzugs gefeiert werden konnte. Es waren insgesamt 16 Leute, die den Weg nach Bad Honnef nicht gescheut hatten, um ihnen ihre besten Wünsche für eine glückliche Zukunft »in dem schon seit mehr als 100 Jahren bekannten Pensionärssitz Bad Honnef« zu überbringen. Alle gelobten, ihre Verbindung trotz der jetzigen Distanz treu aufrechterhalten zu wollen, und dabei war ihnen allen nach Kölner Lebensart sehr wohl bewusst, dass das nicht von langer Dauer sein konnte.

25. Kapitel   Rhöndorf, Winter 2022/23

Es dauerte ein Vierteljahr, bis Steinert nach der denkwürdigen Osterwanderung mit seiner Frau ins Siebengebirge und der anschließenden Erstellung seines Täterprofils sich zu einer letzten Initiative aufraffte, mit der dieser Fall vielleicht doch noch aufgeklärt werden konnte. Ausschlaggebend für diesen Schritt war die Entwicklung in einem anderen sog. Cold Case seiner Umgebung, bei dem 35 Jahre nach der Tat der Täter von der Polizei dank neuer DNA-Technik noch überführt und vor Gericht gestellt werden konnte. Die Presse berichtete dazu, dass der Mord »wie eine dunkle Wolke über Lohmar im Rhein-Sieg-Kreis« gehangen habe und wie groß die Erleichterung über die Festnahme eines Tatverdächtigen gewesen sei. Steinert sah hier wieder einmal seine feste Überzeugung bestätigt, dass die Menschen die Erinnerung an derartige Kapitalverbrechen viel länger als von Politikern erhofft und angenommen im Kopf behielten und die Hoffnung auf Aufklärung und Sühne auch nach Jahrzehnten nicht aufgeben wollten. Dieser weitere Fall tüchtiger, vor allen Dingen gewissenhafter Arbeit der Kriminalpolizei war ein totales Gegenstück zu »seinem« Fall Jürgen H., bei dem die Polizei jetzt schon mehr als 30 Jahre lang alles daran gesetzt hatte, diesen in Vergessenheit zu bringen, um nicht Rechenschaft ablegen zu müssen.

Als er die Pressemeldungen über den nun anstehenden Schwurgerichtsprozess in dem anderen Fall gelesen hatte, überlegte er sich eine neue Strategie, um im Fall Jürgen H. doch noch die zuständigen Entscheidungsträger zur Aufgabe ihrer Verweigerungshaltung zu bringen. Dazu blieb eigentlich nur noch die eine Möglichkeit, nämlich den in NRW obersten Verantwortlichen für das Nichtfunktionieren der Strafverfolgung in diesem Fall zu sensibilisieren und notfalls bloßzustellen. Das veranlasste Steinert zu einer Eingabe an den Justizminister NRW:

Bad Honnef, den 20. Juli 2022

Minister der Justiz des Landes NRW
Herrn
Dr. Benjamin Limbach
Martin-Luther-Platz 40
40212 Düsseldorf

Betr.   Totalversagen der Bonner Strafverfolgungsbehörden in einem Altfall
Bezug: Mein Schriftverkehr mit dem Min. des Innern NRW
Anlg.:   -2- Kopien (Bezugsvorgang)

Sehr geehrter Herr Minister,

Ihre Ernennung zum Justizminister unseres Landes in einer sehr schwierigen Zeit verbinde ich mit der Hoffnung, dass ein politisch frischer Wind nun auch den rechtsstaatlich gebotenen Abschluss eines alten, spektakulären Mordfalls aus dem Jahr 1957 bringt. Dieser Abschluss wurde bis jetzt systematisch und schon 32 Jahre lang von Polizei und Staatsanwaltschaft Bonn sowie dem Landesministerium des Innern verhindert, weil man der Öffentlichkeit gegenüber nicht das eigene Totalversagen eingestehen will.

Es geht um den damals weithin bekannt gewordenen Mordfall Jürgen H., der am 20. Februar 1957 in einem Steinbruch am Drachenfels in Rhöndorf erstochen wurde, nachdem er sich heftig gegen seinen Mörder gewehrt und ihm Haare ausgerissen hatte. Aufgrund der Erfolge der neuen DNA-Methoden hatte ich vor einiger Zeit bei der Polizei Bonn versucht, etwas über mögliche neue Ermittlungsansätze in diesem ungeklärten Fall in Erfahrung zu bringen. Die ausweichenden Reaktionen dieser Dienststelle auf meine Fragen haben mich dann veranlasst, zweimal den Petitionsausschuss des Landtages mit dieser Sache zu befassen, was Erstaunliches zutage brachte:

- Die »tatrelevanten« Haare waren bereits seit 1964 in der Bonner Polizeidienststelle aufgrund schlampiger, von keiner Stelle gerügter Verwaltungsarbeit verschwunden.
- Die Ermittlungsakte der Staatsanwaltschaft war bereits vor 1975 vorschriftswidrig vernichtet. Irgendwelche dienstaufsichtliche Maßnahmen gab es nicht.

- Daran anschließend wurden die restlichen Asservate (z.B. der blutverschmierte Hammer des Täters) vorschriftswidrig vernichtet, was niemand beanstandete.
- Da nun gar keine Spurenträger mehr vorhanden waren, war es im Jahr 1990 nicht möglich, mit den – zu diesem Zeitpunkt schon verfügbaren – neuen DNA-Methoden dem ... (usw.) geäußerten Tatverdacht gegen ein 1989 verstorbenes Familienmitglied nachzugehen und den wahrscheinlichen Täter posthum zu überführen.

Nach diesem letzten Akt im blamablen Strafverfolgungsgeschehen sahen Polizei und Staatsanwaltschaft Bonn den richtigen Zeitpunkt für gekommen, den Fall intern endgültig zu den Akten zu legen, aber nichts davon nach außen zu kommunizieren, damit die gemachten Fehler nicht bekannt wurden; es wurde vielmehr der Eindruck aufrecht erhalten, in dem Fall werde weiterhin brav ermittelt. So erklärte die Bonner Polizei auf meine ersten Anfragen nach dem Sachstand in diesem Fall noch am 05.09.2018:

»Auch für uns ist ein Tötungsdelikt aus dem Jahr 1957 natürlich nach wie vor interessant. Daher bleiben auch zeitmäßig weit zurückliegende Kapitaldelikte in den hochspezialisierten Fachdienststellen stetig in Bearbeitung.«

Tatsache war aber, dass nach der »Selbstanzeige« von 1990 hier nicht weiter ermittelt wurde, weil man offensichtlich zu dem Ergebnis gekommen war, dass die Anzeige aus der Familie zutraf. Wahrscheinlich enthielt sie nähere Erkenntnisse zur Identität des Täters und zur Tat, die sich mit polizeilichen Erkenntnissen deckten. Erst nachdem man dem Petitionsausschuss des Landtages gegenüber den sträflichen Umgang mit den Ermittlungsakten und Asservaten zugegeben hatte, rang man sich nach Abstimmung mit Ihrem Haus zu der Aussage durch, dass es keine weiteren Ermittlungen gebe, weil »staatsanwaltschaftliche Ermittlungsverfahren mit dem Tod des Beschuldigten enden« ... Dieser nun erkennbare, neue Sachstand des Falls enthob die Strafverfolgungsbehörden jetzt zwar der Pflicht zu weiteren Ermittlungen gegen den Verstorbenen, nicht aber der Pflicht zur Sachverhaltserforschung nach § 160 StPO und Information der Öffentlichkeit über das Ergebnis.

Ich habe das Verhalten der Behörden massiv kritisiert und habe an sie eine Reihe von Fragen gerichtet, die jeder, der sich mit diesem Fall befasst, ebenso stellen dürfte, insbesondere:

Weshalb wurde die Öffentlichkeit nicht über die Selbstanzeige aus der Familie informiert, nebst den wesentlichen Fakten, die den Verstorbenen bei den Behörden zum Beschuldigten machten, nachdem man jahrzehntelang die Öffentlichkeit über die

Ermittlungsarbeit der Polizei informiert hatte (allerdings nie über ihre Fehler)? Weshalb verweigern auch heute noch, mehr als 30 Jahre nach dem Tod des wahrscheinlichen Täters, die gen. Behörden die Offenlegung? Es bleibt als Antwort nur der Schluss darauf, dass man eigenes Versagen weiter verbergen will. Oder aber: War der Täter eine Person des öffentlichen Lebens, deren Identität auch nach ihrem Tod noch geschützt werden soll?

Ich hoffe, dass Sie, Herr Minister, diese opportunistische Linie der Strafverfolgungsarbeit Ihrer Behörden nicht ebenfalls sanktionieren, wie Ihr Innenminister, der sich für seine Initiativen in Sachen »Cold Cases« feiern lässt, aber jegliche Initiative verliert, wenn es um Aufklärung eines kapitalen Mordfalls mit kapitalen Fehlern der Polizei geht. Man müsste ansonsten die Entwicklung der deutschen Strafrechtspflege hin zu einem aus Unrechtsregimen bekannten Willkürinstrument befürchten, über dessen Einsatz die Polizei allein entscheidet und je nach Gusto der Öffentlichkeit berichtet.

Mit freundlichen Grüßen

Schon nach zwei Wochen traf die Antwort eines Dr. Ridnik aus dem Justizministerium NRW ein, der mit der Beantwortung der Eingabe an den Minister beauftragt worden sei. Da sich die Eingabe gegen die Sachbehandlung von

Staatsanwaltschaft und Polizei Bonn im Zusammenhang mit einem Tötungsdelikt richte, hätten darüber zunächst der Leitende Oberstaatsanwalt in Bonn und – soweit es um polizeiliche Maßnahmen gehe – das Ministerium des Innern NRW zu befinden. Nach ständiger Übung pflege er der Entscheidung der zunächst zuständigen Behörden nicht vorzugreifen.

Wie von Steinert vermutet, handelte es sich hierbei um die bekannte Zermürbungsschleife, mit der unliebsame Petenten so lange hingehalten werden, bis sie endlich aufgeben. Denn er erhielt erst einmal keinerlei weiteren Bescheid. Nach eineinhalb Monaten schickte er deshalb eine Mahnung an den Minister der Justiz NRW, mit den Vorhaltungen, dass die Abgabe an den Leitenden Oberstaatsanwalt Bonn, der bis jetzt auch keinerlei Reaktion gezeigt habe, verfehlt war, und, dass er sich nicht aus seiner Verantwortung für die skandalösen Versäumnisse seiner Strafverfolgungsbehörden herausmogeln könne. Darauf erhielt er postwendend vom Leitenden Oberstaatsanwalt Bonn ein Schreiben, wonach dieser seine an ihn weitergeleitete Ministereingabe als Dienstaufsichtsbeschwerde behandle, zu der er zu gegebener Zeit Bescheid erhalte.

Zwei Wochen später traf dieser Bescheid bei ihm ein, der eingangs für ihn völlig überraschend seine Kritikpunkte an den polizeilichen und staatsanwaltschaftlichen Maßnahmen völlig zutreffend auflistete. Seine gespannte Erwartung, wie der Leitende Oberstaatsanwalt Bonn diesen also klar erkannten Kritikpunkten nun abhelfen werde, wurde dann aber krass enttäuscht. Der Leitende Oberstaatsanwalt teilte ihm durch Bescheid vom 05.10.2022 Folgendes dazu mit:

»Ich habe den Sachverhalt eingehend geprüft. Nach dem Ergebnis meiner Prüfung habe ich jedoch zu Maßnahmen der Dienstaufsicht aus folgenden Gründen keinen Anlass gesehen:

Bezüglich der bereits vor dem Jahr 1975 fehlerhaft vernichteten Akte und Asservate war schon 1990 wegen Zeitablaufs dienstaufsichtsrechtlich nicht mehr zu befinden.

Ein Ermittlungsverfahren kann nach dem Tod des Beschuldigten nicht mit dem Ziel einer Sachentscheidung (Erhebung der Anklage oder Einstellung des Verfahrens) fortgesetzt werden, weil sich der Beschuldigte selbst nicht mehr verteidigen und nicht mehr bestraft werden kann. Das Ermittlungsverfahren wird mit dem Tod des Beschuldigten gegenstandslos.
…

Abschließend bemerke ich, dass für die Staatsanwaltschaft lediglich nach dem Landespressegesetz eine grundsätzliche Auskunftspflicht besteht. Danach sind Vertretern der Presse Auskünfte zu erteilen, die der Erfüllung ihrer öffentlichen Aufgaben dienen.

Ihre Dienstaufsichtsbeschwerde weise ich daher als unbegründet zurück.

Mit freundlichen Grüßen

Lorscheid

So hatten sie also wieder einen neuen Dreh, diesmal über den Weg der von ihm nicht gewollten Behandlung als Dienstaufsichtsbeschwerde gefunden, um ihre Pflichten weiter auf der bisherigen Linie negieren zu können. Nicht zu einem einzigen Punkt der von ihnen an sich voll verstandenen Kritikpunkte wurde Stellung genommen. Diese plumpe »Papierkorbschleife«, die sich die Herrschaften als neue Variante zur weiteren Verdeckung des Falls ausgedacht hatten, durfte er sich nicht bieten lassen:

Bad Honnef, den 11. Oktober 2022

Der Leitende Oberstaatsanwalt
53222 Bonn

Betr.   Meine Eingabe an den Justizminister
         NRW vom 20.07.2022
         zum Thema: Totalversagen der Bonner
         Strafverfolgungsbehörden in einem Altfall
Bezug: Ihr Bescheid vom 05.10.2022

Sehr geehrter Herr Lorscheid,

zu dem heute eingegangenen Bescheid muss ich Ihnen zunächst gratulieren, weil Sie der erste der von mir in diesem Kapitalfall angeschriebenen Behördenvertreter sind, der mein Petitum verstanden und richtig wiedergegeben hat. Alle anderen haben mein Vorbringen so behandelt, dass ihnen die Antwort möglichst leicht fiel. Sie dagegen haben in ihrer zusammengefassten Schilderung meines Vorbringens auf Seite 1 bis zu Absatz 5 auf Seite 2 den Kern der Problematik zutreffend geschildert.

Um so mehr überraschen dann Ihre Statements hierauf, die diametral an der Sache vorbeigehen und Folgendes bedeuten:
- Nachdem Polizei und Staatsanwaltschaft bis 1990 erfolgreich ihren Versagerfall vernebelt hatten, brauchten sie wegen Zeitablaufs dienstaufsichtsrechtlich nichts mehr tun.
- Ein Ermittlungsverfahren wird mit dem Tod des Beschuldigten gegenstandslos, also schuldet man auch keine Information der Öffentlichkeit über das erreichte Ermittlungsergebnis.

Bravo! Damit haben Sie sich vollumfänglich als weitere nordrheinwestfälische Sollbruchstelle des Strafrechtssystems decouvriert.

Mit freundlichen Grüßen

Es war ihm klar, dass er hierauf keinen weiteren Bescheid des Leitenden Oberstaatsanwalts Bonn erhalten würde, den er auch gar nicht haben wollte.

Stattdessen sah er jetzt den Zeitpunkt für den finalen Takt seines Versuchs der Aktivierung politischer Verantwortung für gekommen. Diesen Schritt hatte er sich zuvor mit Stefanie lange überlegt. Sie hatten zunächst die Möglichkeit diskutiert, Presseorgane einzuschalten, zweifelten beide aber nach wie vor an dem Engagement, das diese in dem Altfall aufbringen würden und sie außerdem unweigerlich zu einer nicht gewollten Konfrontation mit den Landesbehörden brächte. Denn um an tagesaktuelle und gut zu vermarktende Nachrichten zu kommen, pflegten die Printmedien eine ergiebige Zusammenarbeit nach dem Prinzip des »do ut des«, die man durch Bloßstellung eines Landesministers wegen früherer Fehler seiner Behörden nur in einem Ausnahmefall gefährden würde.

Stefanie war es dann, die einen originellen und dem Fall viel angemesseneren Einfall hatte.

»Frank, Du willst doch politischen Druck aufbauen, damit die Polizei zu ihrer eigenen Rechtfertigung den letzten erreichten Ermittlungsstand in dem Fall bekanntgeben muss. Denn nur so könnte sie den Verdacht widerlegen, dass sie aus persönlichen oder anderen unakzeptablen Gründen die Täteridentität schützt. Dazu müsste aber erst einmal die Öffentlichkeit für den Fall sensibilisiert werden, was wir über Presseorgane nicht erreichen können. Dieses Medium ist auf kurze, schnelle Nachrichtenübermittlung angelegt. Es eignet sich nicht für die hier nötige, aber aufwändige Darlegung der Einzelheiten des Falls und der verworrenen Informationspolitik von Polizei und sonstigen Behörden. Man muss das viel breiter anlegen und dann auch für einen Leser ansprechend aufbereiten.«

»An was hast Du denn da gedacht, etwa an eine Fallstudie oder eine Art Dokumentation, die dann alle Verlautbarungen und die Schriftwechsel zu dem Fall enthält?«

»So ähnlich, aber es müsste noch ein besonderer Anreiz für den Leser dazukommen, damit er sich überhaupt diesem Thema widmet. Wenn Du das biografisch anlegst, ist das zu wenig, weil Dich keiner kennt. Das Gleiche gilt, wenn Du das als sogenannte Enthüllungsstory bringst, denn Du bist kein bekannter Investigativjournalist, auf dessen Werke man achtet. Nein, mir schwebt da etwas ganz anderes vor, aber das wäre wohl etwas zu viel verlangt.«

»Ja was denn, Stefanie, jetzt machst Du mich aber neugierig«, Frank wurde etwas ungeduldig, weil er ein solches Zögern bei ihr noch nicht erlebt hatte.

»Ich hatte schon früher die Idee, dass Du Deinen außergewöhnlichen Berufsweg einmal aufschreibst. Du hast schon so viel zu Papier gebracht und kannst fesselnd schreiben, was ich Dir schon oft genug gesagt habe. Du könntest diesen Fall, der Dich seit Deiner Kindheit begleitet, mit einem biografischen Teil verbinden und daraus ein interessantes Romanprojekt machen.« Stefanie hielt inne, weil sie Franks leicht ironisches Lächeln sah.

»Ein Jurist, der sein Leben lang hauptsächlich anspruchsvolle Fachlektüre produziert hat, kann sich wahrscheinlich kaum damit anfreunden, einmal etwas Belletristisches zu schaffen«, warf sie ein, »es könnte aber auch für Dich ein besonderer Reiz sein, jetzt mal nicht wieder ein Schriftstück zum Funktionieren eines Systems zu machen, sondern zur Motivation von Menschen. Fändest Du es nicht auch wichtig, wenn dieser Fall und das Schicksal dieses Jungen einer breiten Öffentlichkeit in mitreißender Form nahegebracht wird?« Stefanie sprach hier aus ihrer Kenntnis von einigen Romanen, die auf tatsächlichen Geschehnissen beruhten, und setzte dann fort:

»Die Fallstory könntest Du doch in jedem Punkt wahrheitsgemäß schildern, mit den bekannten Meldungen zu seiner Aufklärung, außerdem mit den vollständig dokumentierten Schritten und Auskünften zu Deiner Recherche. Für den Leser könnte am Ende dann auch sehr plastisch werden, wie sich hier die Strategie der Behörden des »Unter-den-Teppich-Kehrens« nach den Enthüllungen in den Petitionsverfahren aufgebaut hat. Du brauchtest dann wahrscheinlich nur noch die Zustimmung der angeschriebenen Behörden zur Veröffentlichung. Aber, wie ich sagte, das wäre ein ziemlich großes Vorhaben.«

Frank überlegte und antwortete nach längerer Pause, dass er sich zu einem derartigen Romanprojekt eine detailliertere Vorstellung machen müsse. Stefanie habe aber nicht unrecht, für die Sensibilisierung der Öffentlichkeit in diesem Fall müsse man sich tatsächlich etwas Größeres einfallen lassen.

Eine Woche lang »brütete« er über den Vorschlag und machte sich dazu seitenweise Notizen für eine Art Drehbuch, wie er es erst einmal nannte. Dann teilte er Stefanie mit, dass er sich in nächster Zeit versuchsweise mit dem Vorhaben befassen wolle. Ihm gefalle an ihrer Idee besonders, dass er andere Leute oder Organe, die erst wieder interessiert und überzeugt werden müssten, dazu nicht brauche. Und dann gebe es für ihn den noch ganz wichtigen, persönlichen Aspekt, dass dem ermordeten Jungen damit posthum das verdiente Denkmal gesetzt werde. Es werde sicher Probleme mit den Behörden geben, weil diese nicht erbaut davon sein dürften, wenn ihr Verhalten im Romangeschehen gespiegelt würde; diese Bedenken müsse man eben überwinden.

»Aber ich hoffe nur, Frank, dass Du Dich daran nicht überhebst«, Stefanie hatte jetzt ein schlechtes Gewissen bekommen, ihn zu etwas verleitet zu haben, das ihn wieder viel zu lange in Anspruch nehmen und möglicherweise überfordern würde. Andererseits hatte sie aber auch den Eindruck gewonnen, dass er nur mit einem bleibenden Ergebnis sein Engagement in diesem Fall beenden konnte; Frank würde ohnehin jetzt nicht die Hände in den Schoß legen wollen. Dieser sicherte ihr dann auch zu, sich erst einmal nur so weit mit dem Vorhaben zu befassen, wie es ihm leicht fiel.

Vorrangig für ein solches Romanprojekt war allerdings erst einmal, dass ein Schlusspunkt für seine Versuche zur Aufklärung unter Aktivierung politischer Verantwortung in dem Fall gesetzt wurde. Dazu musste er unbedingt den Justizminister NRW, der sich bisher aus seiner Verantwortung nur herausgemogelt hatte, noch einmal persönlich angehen. Die Absicht, das gesamte Fallgeschehen im Wege eines Romanvorhabens zur Sprache zu bringen, konnte man dabei ja bereits zur Sprache bringen.

Bad Honnef, den 14. November 2022

Minister der Justiz des Landes NRW
Herrn
Dr. Benjamin Limbach
Martin-Luther-Platz 40
40212 Düsseldorf

Betr.: Meine Eingabe an Sie vom 20.07.2022 zum Thema: Totalversagen der Bonner Strafverfolgungsbehörden in einem Altfall
Bezug: 1. Abgabenachricht Ihres Hauses vom 05.08.2022
2. Mein Schreiben an Sie vom 27.09.2022

Sehr geehrte Herr Minister,

inzwischen sind eineinhalb Monate vergangen, ohne dass ich eine Antwort auf mein letztes o.g. Schreiben bekommen habe. Die inzwischen eingegangene Antwort des Herrn Lohrscheid, an den Sie erst einmal meine Eingabe weitergereicht hatten, hat mir dann auch die völlige Überforderung dieses Herrn in dieser Sache verdeutlicht, sodass ich mich erneut an Sie wenden muss. Dabei werde ich jetzt nicht den Fehler machen, den vorgetragenen Sachverhalt zu wiederholen, weil dieser Ihnen hinreichend klar sein dürfte.

Zusammenfassend und abschließend möchte ich Sie nur noch Folgendes fragen:

1. Halten Sie als Justizminister NRW es für richtig, dass Ihre Strafverfolgungsbehörden 18 Jahre nach einem Mord nicht etwa versehentlich, sondern gezielt die Ermittlungsakten und die Spurenträger vernichtet haben, sodass die Überführung des Täters unmöglich wurde?
Bisher hat keiner der von mir angeschriebenen Behördenvertreter es für nötig befunden, eine Erklärung für die völlig ungewöhnlichen Vernichtungsaktionen abzugeben.

2. Halten Sie als Justizminister NRW es für richtig, dass Ihre Strafverfolgungsbehörden nach diesem Desaster keinerlei Versuche der Rekonstruktion der Akten und Sicherung der Erkenntnisse der vormals mit dem Fall befassten Beamten unternommen haben?
Bisher hat keiner der von mir in dieser Hinsicht kritisierten Behördenvertreter es

für nötig befunden, dieses dienstaufsichtliche Defizit zu erklären.

3. Nachdem nun durch den Zufall der Selbstanzeige aus der Familie des wahrscheinlichen Täters in 1990 doch noch dessen Überführung möglich wurde:
Halten Sie als Justizminister NRW es für richtig, dass dessen Identität, nachdem sie mehr als 30 Jahre lang von Ihren Strafverfolgungsbehörden verheimlicht wurde, weiter verborgen wird und keine abschließende Information der Öffentlichkeit über die aus der Selbstanzeige aus der Familie bekannt gewordenen Tatumstände erfolgt.

Halten Sie als Justizminister NRW eine derartige eigenmächtige Sachbehandlung Ihrer Strafverfolgungsbehörden insbesondere für richtig, wenn diese ausschließlich darauf beruht, dass ihre kapitalen Fehler nicht bekanntgemacht und außerdem die Täteridentität geschützt werden sollen?
Diesen meinen Annahmen wurde bisher von Ihren Behördenvertretern jedenfalls mit keinem Wort widersprochen.

Wie Sie bisher in diesem denkwürdigen, unser Strafrechtssystem konterkarierenden Fall agiert haben, vermute ich jetzt wieder Ihre Abgabe dieses «unangenehmen» Schreibens an Herrn Lorscheid. Das wäre Ihr Verständnis von Recht, das ich dann nicht weiter kommentiere.

Abschließend wiederhole ich meine Bitte um Mitteilung eventueller Bedenken gegen die von mir beabsichtigte Veröffentlichung meiner Schreiben an Sie und die hierauf ergangenen Antwortschreiben (vgl. letzten Absatz des Bezugsschreibens 2). Da ich mit meinem, Ihnen dargelegten Romanprojekt zum Ende kommen will, bitte ich um Rückantwort zu diesem Punkt bis spätestens 15. Dezember 2022.

Mit freundlichen Grüßen

26. Kapitel

Das Weihnachtsfest nahte heran, ohne dass eine Antwort des Justizministers NRW eintraf. Für Steinert war dies eine weit aufschlussreichere Reaktion des Ministers als dessen Abgabe seiner vorangegangenen Eingabe an den Leitenden Oberstaatsanwalt Bonn. Minister Limbach lehnte es also endgültig ab, sich mit diesem Fall zu befassen. Vielleicht war er der Meinung, dass er sich nicht mit den Problemen, die seine Vorgängerregierungen hinterlassen hatten, herumschlagen müsse. Oder seine Berater hatten ihn davon überzeugt, dass eine möglicherweise erwogene, saubere Lösung des Problems zu viel Staub aufwirbeln und das Ansehen von Justiz und Polizei unnötig beschädigen würde. Oder aber sie waren zu dem Ergebnis gekommen, dass nur ewig Gestrige keine Ruhe in diesem Altfall gäben und man deshalb dem Problem am besten mit Aussitzen begegne. All diese oder ähnliche Varianten eines Erklärungsversuchs für das Verhalten des Ministers hatten, was dem Minister aber offensichtlich gleichgültig war, zwingend zur Konsequenz, dass er mit seinem Schweigen gegenüber der Öffentlichkeit die Richtigkeit der von Steinert erhobenen Vorwürfe und Schlussfolgerungen einräumte. Es gab nicht einmal den Versuch einer entlastenden Erklärung für das Fehlverhalten der Justiz- und Polizeiorgane. Wie seine Strafverfolgungsbehörden ging der Minister in Deckung, um nicht die Wahrheit offenbaren zu müssen – eine erbärmliche Flucht vor Übernahme von Verantwortung und Anerkennung seiner Pflichten, damit aber auch die nachträgliche, volle Legitimation für Steinerts unnachgiebiges Vorgehen.

Er hatte eigentlich schon lange einen derartigen Ausgang der Sache befürchtet und musste wieder einmal, wie so oft in letzter Zeit, an seinen Schwiegervater denken. Damals hatte er noch nicht dessen wiederholte, etwas pessimistische Feststellung teilen können, die Rechtsstaatsidee verliere zunehmend ihren von den Schöpfern der Verfassung gedachten Rang. Die Menschen wollten heute, trotz ständig gegenteiliger Bekundung, eben nicht mehr schonungslose Aufdeckung der Wahrheit, sondern lieber allgefällige Problemverdrängung. Dann sollten sie auch mit allen Konsequenzen danach leben. Seine sich selbst auferlegte, nach anderen Maßstäben angelegte Arbeit war hier jedenfalls beendet. Er hatte wenigstens dafür sorgen können, dass der Kampf des tapferen Jungen mit seinem Mörder nicht in Vergessenheit geriet, sondern sich noch 65 Jahre nach seinem Tod in dem nicht beendeten Sühnekampf gegen die Behörden zur Aufdeckung der Identität des wahrscheinlichen Täters fortsetzte.

Langsam stand er von seinem Schreibtisch auf, ging zum Fenster und blickte zum Drachenfels. Graue Regenschwaden lagen heute wieder über dem Bergsattel hinüber zur Wolkenburg, die zusammen mit dem üppigen Wald den Ort des alten Steinbruchs darunter unsichtbar machten. Das in einer Oberdollendorfer Weinstube hängende Ölbild aus dem Jahr 1880 kam ihm in den Sinn, auf dem noch sehr plastisch die in den Berg geschlagenen Wunden durch den Steinbruch in ihrer ganzen nackten Hässlichkeit sichtbar waren.